PARDON MADAME

Pour préserver l'intimité et la vie privée de chacun, certains noms ont été modifiés.

5 % des droits d'auteurs seront reversées à la F.J.R (Fédération pour la Justice Restaurative en Nouvelle-Calédonie)

Couverture
© Dominique Roberjot
Instagram :
Photo portrait © Clotilde Richalet Szuch

© Jeanne RABOUTET
42 rue des Lombards
61150 Saint-Évroult-Notre-Dame du Bois
Contact : jeanne@raboutet.com

Dépôt légal octobre 2022
ISBN 978-2-9584422-3-1

DE LA MÊME AUTRICE

Livre

Le soleil finit toujours par nous lever
Jets d'encre, 2021
Idem 2ème édition 2022 © Jeanne RABOUTET
Petit guide de survie d'une femme violée
À paraître 2023

Nouvelle

Vivre nos horizons in Sillage d'Océanie
Z4 Editions, 2022

Film : Documentaire 52 mn

« Jeanne de l'ombre à la lumière »
Réalisation
Dominique ROBERJOT
Co-autrices
Christine Della-Maggiora et Jeanne Raboutet
Production
Latitude 21 Pacific / France TV / 2022

Jeanne RABOUTET

PARDON MADAME

Avec la participation bienveillante de
Julie Tardivel et Jean-Louis Raboutet

À mon Échosœur,
Notre sororité,
Nos quatre mains tendues
Vers l'amour et le pardon,
Ont donné une douce mélodie à ce livre.
Tu es aimée

Ta sœur EN VIE

Plus qu'un repère, sans avoir l'air
Elle est forte en douceur,
Plus qu'un repère, sans avoir l'air
Plus qu'un frère, une sœur.

Grand Corps Malade, « Une sœur »

PROLOGUE

PARDON MADAME

Vendredi 6 septembre 2019

Cour d'assise de Nouméa
Nouvelle-Calédonie

J'y suis, comme un lion en cage, prête à sortir mes griffes et à faire rugir ma haine et ma colère refoulées depuis deux années.

Je ne voulais pas y aller, comme beaucoup de victimes, je redoutais le face à face. Mon avocate m'avait bien briefée sur les bienfaits du procès pour ma reconstruction. J'avais finalement accepté avec peur et angoisse.

Deux années que je suis en arrêt maladie, que j'essaie de me réinventer une nouvelle vie.

La première année, je l'avais passée dans ma prison dorée, ma maison sous le soleil du Pacifique, en Nouvelle-Calédonie, portée par ma famille et mes amis. La violence, que l'on m'avait infligée, pénétrait chacune de mes cellules, je craignais que ça ne recommence et j'avais cette profonde envie de tuer, éternel sentiment de vengeance, j'évitais donc toute sortie.

L'écriture m'avait permis de poser mes maux, d'écrire le déchirement de l'intime. La création de bijoux en macramé, puis celle d'attrape-rêves géants m'apportaient une paix intérieure.

Je transcendais le malheur pour survivre, je voulais y croire à ce merveilleux malheur[1].

Ce procès rouvre la blessure, une blessure pas comme les autres, une blessure où une fois le sang séché, il en reste quelque chose.

Je suis assise face à sept jurés, principalement des femmes, le tirage au sort joue en ma faveur, trois magistrats et une avocate générale.

Près de moi se tiennent mon avocate, Carmen et Lyo de l'association Violences Sexuelles.

J'avais demandé une séance à huis clos, c'était moi face à mon bourreau, je ne voulais pas rajouter, à mes proches, plus de souffrance que ce qu'ils avaient vécu ces derniers mois.

Nous sommes assises du côté gauche de la cour, côté du cœur.

Il arrive, accompagné de deux policiers et s'assoit dans le box des accusés à ma droite.

Je ne le reconnais pas, je le trouve beaucoup plus grand et costaud que ce que les traces de mes souvenirs m'avaient laissé.

Toute la vague d'émotions que j'avais enfouie au plus profond de moi depuis deux ans, jaillit en pleurs, en cris, en rots, en envie de vomir insoutenable.

Tout s'échoue là dans cette cour, aux pieds de mon prédateur.

---

[1] Cyrulnik Boris, Un merveilleux malheur, 2002, Odile Jacob éd.

Pendant des heures, j'écoute les palabres des avocats, mon histoire, mon viol, son enfance difficile, la consommation importante de cannabis la veille qui pouvait expliquer son acte…

Des mots pour tenter d'expliquer l'inexplicable.

Pour les experts, il n'est pas psychopathe, juste attardé mental.

Son interrogatoire laisse paraître qu'il ne sait pas qu'il a fait quelque chose de mal.

Par moment, il s'endort devant son micro, le magistrat le rappelle à l'ordre. J'ai l'impression qu'il ne se rend pas compte de l'ampleur de son acte, qu'il n'a aucune perception de la différence entre le bien et le mal.

De quelle planète vient-il ?

Puis je prends la parole, je dois donner une raison d'avoir marché seule sur une route nationale à 13h. Je raconte mon projet, faire 320 km à pied sur la Côte est de la Nouvelle-Calédonie en hommage aux patients en fin de vie que j'avais suivis… un hommage à la vie.

Je dois tout reprendre à zéro, mon viol, mon expertise psychiatrique faite le lendemain du viol, aberration du système judiciaire, les mensonges du journal local, ma petite mort, mon combat, ma survie, ma fuite, mes enfants…

Je lis des passages du livre que j'ai écrit durant la première année, *Le soleil finit toujours par nous lever*, je ne veux rien oublier.

Je ne dois pas parler de l'Amour qui m'entoure, de cette aide sans condition que mes proches m'apportent...

Non, je ne dois pas dire que depuis deux ans j'avais retrouvé un simili de liberté... **Non, il faut revenir au jour J** pour que la cour comprenne, pour qu'elle ressente les mêmes émotions que moi... Abolir le travail fait... tout oublier pour redevenir la victime du 9 octobre 2017.

Que ce à quoi j'ai dû faire face, s'estompant petit à petit, me revienne comme un boomerang en pleine gueule pour qu'enfin la peine soit justifiée et que justice soit faite !

Je garde la tête haute, regarde chaque juré, observe leur regard compatissant.

Je suis à la barre, et après avoir plaidé ma défense, je tourne la tête à droite, le regarde dans les yeux. Lui, celui qui m'avait suivie discrètement pendant vingt minutes, celui qui m'avait jetée dans le fossé par surprise, puis bavé dessus, malaxée comme de la chair à saucisse, poignardée de son sexe immonde... celui qui avait creusé ma tombe à coups de bite le long d'une route nationale.

Je respire profondément, rehausse mes épaules, et sans jamais baisser mon regard lui crache ma colère et ma haine.

— Espèce de salopard, tu vas payer pour le mal que tu m'as fait, tu as explosé ma vie en mille morceaux, tu m'as tuée ! J'ai dû quitter mon pays, quitter mes enfants, me battre contre mes démons. Tu vas payer et j'espère que tu croupiras en prison le plus longtemps possible. J'espère que tu apprendras la définition du viol, trois petites lignes en plusieurs années, tu enregistreras peut-être dans ton petit cerveau que le viol n'est pas du sexe, et que la femme n'est pas un objet, mais une personne à part entière. Que le viol est un meurtre.

Il baissait les yeux, comme un gosse qu'on gronde et lança un discret : « Pardon Madame… ».

Un tout petit pardon rendrait-il à mon corps sa dignité ?

Un tout petit pardon excuserait-il cet acte infâme et barbare ?

Impensable, inécoutable à ce jour.

Mais certitude et obstination peuvent nous scléroser, paralyser notre élan vital… la vie est mouvement. Le chemin que l'on prend peut nous amener vers la lumière ou au fond du gouffre.

Ce jour-là, j'avais crié haut et fort ma colère et ma haine, je ne m'étais pas tue. J'avais été reconnue comme victime par la justice, je prenais le chemin de la clarté des jours pleins et lui rejoignait l'obscurité pour sept années en prison.

Ce chemin de lumière, que j'avais déjà commencé il y a quelques mois en quittant *Le Caillou*[2], allait me

---

[2] Le Caillou : Souvent cette expression désigne la Nouvelle-Calédonie. « Sa dimension restreinte et la riche teneur de son sol en nickel lui ont valu ce surnom ».

propulser vers une aventure humaine hors du commun.

LIVRE 1

2019
UNE ANNÉE
POUR MOI

S'ENFUIR

Une bonne mère est une mère qui montre qu'elle peut prendre soin d'elle quand c'est nécessaire et qui invente comment assumer son rôle malgré la distance

Julie Tardivel

PARDON MADAME

1

Je m'essuie les yeux, me regarde dans la glace, tente de dissimuler mes cernes avec du fond de teint, et puis me dis que la connexion n'est pas top, il ne verra rien. Je prends mon IPAD, branche Messenger et l'appelle.

-Bonjour mon amour, je te souhaite un merveilleux anniversaire, ouah tu as déjà quinze ans, ça passe vite.

— Merci Mam's

— Qu'est-ce que tu as fait pour fêter ça ?

— Avec les potes, on est allés à la pêche, t'aurais vu ça Mam's, j'ai pêché un thazar géant.

— Tu m'enverras la photo, tu peux être fier de toi mon pêcheur d'amour.

— Je te l'envoie tout à l'heure promis, et toi c'est bien Bali ?

— Oui c'est beau, je suis dans un petit hôtel, les propriétaires sont très gentils. Regarde, je te montre le jardin.

Tout en déambulant, je lui montre ma petite chambre décorée avec goût, le bureau collé à la baie vitrée sur lequel j'écris ma douleur, le jardin, les fleurs, le temple où chaque soir je vais recueillir mon âme en peine. Je lui parle des rituels balinais et des offrandes.

— C'est quoi les offrandes ?

— Ils sont hindouistes et offrent chaque jour un peu de nourriture, des fleurs, et font brûler de l'encens pour leurs dieux. Ils prient et les remercient.

— C'est trop beau Mam's ! Et tu fais quoi là-bas ?

— J'écris beaucoup et puis je déambule un peu dans les rues, j'aime l'énergie qu'il y a ici. Oh mon amour qu'est-ce que tu es beau ! Tu me manques

— Toi aussi t'es belle Mam's, tu me manques aussi mais c'est comme ça, c'est la vie

— T'as raison mon amour. Tu prépares un peu ta rentrée ?

— Bah non, je ne suis pas pressé de reprendre l'école, je profite pour pêcher avec mes potes.

— Tout va bien chez papa ?

— Oh t'inquiète, tout va bien. Mam's je dois te laisser, j'ai un pote qui m'appelle.

— Encore bel anniversaire, prends soin de toi, je prends soin de moi, je t'embrasse comme je t'aime, fort, fort, fort.

— Moi aussi très fort, profite bien...

Je referme l'écran de mon IPad, et m'écroule dans le lit, les larmes ne cessent de couler, je tape du poing sur l'oreiller, et étouffe mes cris de détresse.

Je suis ici depuis plus d'une semaine, j'avais choisi cette transition avant mon arrivée en France. Je fuyais la Calédonie, un pays où j'avais passé mes vingt dernières années.

En vingt ans, j'avais eu le temps de fonder une famille de sang et de cœur, et de vivre avec passion mon métier d'infirmière.

En vingt ans, j'avais aimé profondément ce caillou, ses habitants multi-ethniques, mais je l'avais détesté aussi. Il avait mis des putains d'épreuves sur mon chemin, une agression à coup de sabre, un divorce, une erreur médicale…

Cette fois-ci je devais fuir pour survivre, laisser le choix à mes enfants de quitter leurs racines ou non.

Rimbaud avait choisi de rester, la pêche et son lagon étaient sa raison de vivre. Éléonore avait choisi de me suivre, de faire sa terminale en Normandie, elle était partie avant moi, préférant la Normandie à Bali.

Je me devais de leur faire confiance, et de faire confiance en la vie.

Le personnel de la Guest house ne comprend pas que je reste enfermée toute la journée dans ma chambre, j'ai une tête de touriste.

Je leur explique que j'écris un livre et que j'ai besoin de m'isoler, ils restent très respectueux.

Je me force à sortir une fois par jour, le midi pour aérer un peu mon esprit embué. J'aime les rues de Seminyak bondées de monde et croulant sous les scooters qui klaxonnent sans relâche. Je prends mon repas, tous les jours, dans le même petit restaurant jouxtant la rue JL Raya et la rue JL Plawa, à deux cents mètres de mon hôtel. Ritualiser mon quotidien me rassure. J'avais téléchargé le livre d'une grande créatrice, Virginia, qui, il y a quelques années m'avait impressionnée par sa force de vie lors d'une interview sur France Inter. Je ne sais pas pourquoi c'est à ce moment-là que j'ai repensé à elle. Pourquoi à Bali, pourquoi maintenant ? Je commence à suivre mon intuition, je sens qu'en lisant son livre, je trouverai la force dont j'ai besoin.

2

Tout s'effondre après le coup de téléphone d'Éléonore. Je suis tétanisée, paralysée après ce que je viens d'entendre. Elle aimerait reprendre sa dernière année de lycée à Nouméa, la Normandie chez mamie c'est bien mais elle ne s'imagine pas y rester, l'hiver est difficile et ses amies lui manquent.

Je ne sais pas comment j'ai réussi à rester calme et à juste lui dire que je respectais son choix, qu'il n'était pas trop tard et qu'elle serait revenue à temps pour la rentrée. J'ai trouvé une force insoupçonnée, pour ne pas faillir sous le poids de ses mots lourds de conséquences. Je me retrouve seule, face à moi-même, et je n'avais pas pu lui dire au revoir dignement. Elle aussi je n'allais pas la revoir, mes bébés avaient fait leur choix et je devais l'accepter.

Mes dernières nuits sont hantées par les cauchemars, je suis devenue une loque humaine, réduite à néant. Quel est l'intérêt de vivre, sans eux, je n'ai plus de force.

J'avais arrêté mon traitement antidépresseur avec l'intime conviction que seule la fuite était ma thérapie, j'avais peut-être eu tort.

Je compte le nombre de somnifères qu'il me reste, j'avais besoin d'en prendre plusieurs pour dormir, oublier. Une petite voix me dit « Appelle ta sœur, elle trouvera les mots pour te réconforter ».

L'année dernière, ma sœur m'avait tendu la main, et m'avait aidée à sortir du trou, en mettant en place des stratégies pédagogiques qu'elle utilise dans son école alternative. Je me souviens de la roue de l'émotion qu'elle faisait tourner au rythme de mes émotions. À chaque émotion, j'accueillais et je mettais en place des petits buts. Une fois ces derniers réalisés, j'étais récompensée comme une enfant.

Je l'appelle, la petite voix avait raison, la roue de l'émotion tourne laissant derrière elle des petits buts qui me donnent l'envie de rester en vie.

3

Attablée au Makao, je commande un *Arak Attak*, apéritif composé de grenadine, de jus d'orange, d'alcool local, et un Mie Goreng. Je lis la dernière page du livre de Virginia. Cette femme me redonne l'énergie dont j'ai besoin. J'ai envie de la rencontrer, de partager avec elle. Un destin hors du commun, semé d'épreuves, sa créativité l'avait amenée sur un piédestal. Ce soir, je lui enverrai un mail, on ne sait jamais.

Depuis ces derniers jours, j'accepte tout ce remue-méninge.

Après m'être enfermée deux jours, visionnant tous les témoignages de femmes victimes de viol, pour seul besoin vital de me sentir moins seule dans ma souffrance, je prends la décision de sortir un peu plus loin chaque jour, dépassant mes peurs.

Je découvre les quartiers de Kuta, de Seminyak, à pied, cherchant des perles pour mes créations. Je marche jusqu'à la mer, m'imprégnant de cette énergie divine, profitant des couchers de soleils majestueux assise sur un pouf coloré au son d'un groupe local.

J'aime observer les touristes, les amoureux main dans la main se promettant monts et merveilles pour les années futures.

Je reprends vie doucement.

J'installe un petit rituel journalier. Chaque matin et chaque soir suivant le mouvement du soleil, je vais prier sur la terrasse de la *guest house*, qui surplombe la ville. J'observe les cerfs-volants danser dans le ciel, je danse avec eux. Elle devient mon endroit de ressourcement. La terrasse est sommaire, juste du béton en guise de sol et un faré posé au centre, personne n'y vient. C'est ma bulle, mon espace de bien-être.

Je fais plus ample connaissance avec mes hôtes, Kutet, Wayam et leurs trois filles. Je crée des colliers avec ces dernières, leur apprenant l'art du macramé.

Un matin, Kutet vient faire le ménage dans ma chambre. Je suis toujours mal à l'aise sur le fait que quelqu'un fasse le ménage à ma place. Finalement, elle ne le fait pas, mais nous échangeons, avec notre anglais sommaire, une longue discussion. Je lui parle de mon livre, de mon histoire, de mon viol. Je comprends dans son regard qu'elle aussi l'a vécu et n'en a jamais parlé. Nous nous retrouvons toutes les deux enlacées en pleurant le balai à la main.

Elle me regarde et me dit « We are strong women ! ».

Oui nous étions fortes, elle avait raison. Elle mène son combat pour que ses filles aillent à l'école et soient indépendantes, en leur transmettant de belles valeurs.

Depuis ce jour-là, nous passons beaucoup de temps ensemble, elle m'explique leur croyance, leurs dieux, le rituel des offrandes, m'autorise à y participer, me prépare des pancakes chaque matin, des Mie Gorengs et m'apprend la cuisine indonésienne.

J'en oublie mon statut de victime. À deux nous sommes plus fortes.

4

Delphine m'appelle. Cette amie rencontrée en Calédonie il y a quelques années avait elle aussi quitté ce caillou. Elle vit en Inde et a réinventé sa vie. Ancienne assistante sociale, elle s'est reconvertie dans la peinture. Chacune de ses toiles reflète l'amour qu'elle garde pour ce pays, illustrant des scènes tribales plus jolies les unes que les autres. Elle avait beaucoup appris en Inde et devint pour moi un guide spirituel. Elle trouve toujours les mots pour me faire avancer vers un meilleur possible.

Malgré une éducation agnostique, j'avais ce besoin de prier, comme une béquille pour soulager mon fardeau trop lourd à porter.

Mes prières ne sont que des remerciements envers l'univers, merci d'être encore en vie.

Hier, Delphine m'a dit « Mafalda, quand tu pries, demande à ton ange gardien de l'aide, lance dans l'univers tes désirs et tu verras des signes se mettront sur ta route. Si tu ne demandes rien, bousculé par la multitude il te quitte et suit d'autres chemins ».

Alors, je suis montée sur la terrasse, le soleil disparaissait doucement laissant derrière lui un ciel orangé. Je me suis assise sous le faré et j'ai commencé ma prière :

« Mon ange gardien, bonjour, c'est moi, Mafalda, j'ai besoin de toi. J'ai envoyé un mail à Virginia, c'est une grande dame. J'aimerais de tout cœur qu'elle me réponde et si possible que tu puisses nous mettre en contact. Je sais que tu as ce pouvoir. Je te remercie d'avance pour ton aide ».

Le lendemain matin… surprise !

Je reçois un mail de Virginia en personne !

PARDON MADAME

Elle voulait bien me rencontrer à mon arrivée en France. Elle serait disponible fin mars et je devais la recontacter à ce moment-là.

Je saute de joie sur mon lit, ma prière avait été exaucée.

Demain, j'irai prendre un rendez-vous chez un tatoueur, je transformerai ma haine de la couleur rouge, ce rouge qui me rappelle le caleçon de mon bourreau, en un joli coquelicot sur le mollet gauche. À la racine de ce coquelicot, j'y inscrirai les initiales de mes enfants, ma racine, ma vie, pour ne jamais oublier que j'ai mis au monde deux merveilles et que je me dois de rester en vie pour leur montrer le chemin.

J'observe dans la glace mon papillon sur ma poitrine, ce tatouage fait il y a quelques mois comme un rituel nécessaire. Ce besoin incessant de marquer mon corps à l'encre indélébile pour me le réapproprier et symboliser ma métamorphose. Je hausse les épaules, il est grand et prêt à s'envoler.

Garder la tête et les épaules hautes, tel est mon état d'esprit ce soir.

SE FAIRE DORLOTER

L'amour est ce qu'il y a de plus fort au monde
Cependant, on ne peut rien imaginer de plus humble

Ghandi

5

L'avion atterrit à Paris Charles de Gaulle

Passant d'un hémisphère à un autre, je suis perdue dans les heures et les jours.

Le départ de Bali a été joyeux et triste. Kutet avait préparé des gourmandises balinaises. Nous avions chanté « Imagine » en chœur accompagnées à la guitare par Hamlet, un des clients de la guest house, originaire de Sumatra. Son neveu taximan est venu me chercher. Ils étaient tous là, larme à l'œil, j'étais assise comme une princesse dans la voiture, j'ouvrais la fenêtre, leur souriais. Kutet a gonflé son biceps droit et a crié notre hymne « We are strong Women, see you soon, Mafalda ».

« See you soon my friend, I will come-back, it's promised ! ».

Mon iPad connecté au wifi de l'aéroport, j'envoie un « bien arrivée » furtif à mes parents pour qu'ils ne s'inquiètent pas, même s'ils ne sont pas du genre à me coller les baskets, ils ont de quoi s'inquiéter, ma vie n'a pas été un long fleuve tranquille ces derniers mois.

Jeanne, ma sœur, s'est proposée pour venir me chercher, je pense qu'elle avait une profonde envie d'être là, avec moi, à ce moment-là.

Un message d'elle apparaît sur mon téléphone : « Ma sœur d'amour, je suis à l'aéroport ». Une minute plus tard un autre message : « J'ai trouvé le titre de ton prochain chapitre : *une année pour moi* ». Puis encore un autre : « Je t'attends et je me dirige vers mon prochain but… ou vers tous les prochains petits buts… :

1 Serrer ma sœur dans les bras

2 Pleurer peut-être

3 Pleurer sûrement

4 Boire un thé »

Oui, elle atteindra ses petits buts sauf le dernier.

Oui, on pleurera, on pleurera beaucoup, mais non, on ne prendra pas le temps d'aller boire un thé, mon envie addictive de tabac après ces vingt heures de vol sera plus forte.

J'ai une sensation très particulière en sortant de la douane, j'ai l'impression de sortir du ventre de ma mère, l'impression de découvrir un nouveau monde. L'envie de crier comme un bébé qui, à l'instant où on coupe son cordon ombilical, ressent une forte douleur dans le thorax : la dépliance des poumons. Douleur de s'abandonner à sa propre vie, de tout recommencer, de tout apprendre… besoin aussi naturel qu'impérieux d'être dorlotée et chouchoutée.

On parle beaucoup, d'abord moi puis elle prend le relais comme à son habitude avec les mots adaptés, les solutions simples pour s'en sortir et pour m'aider. Elle a réfléchi à tout… comme si elle pressentait ce dont j'avais besoin.

Oui, j'avais besoin de petits buts, celui de poursuivre mon livre, pour être reconnue et me détacher, celui de créer des bijoux pour permettre à mon cerveau de ne penser à rien. Elle me propose une correspondance régulière. Je lui partagerai mes écrits et elle retranscrira de son côté son ressenti. Elle me redonne l'espoir, l'envie d'y croire un peu.

6

Jeanne me dépose chez maman, qui habite juste en face de chez elle. Je suis épuisée, range mes affaires, le peu qu'il me reste de mon ancienne vie, des papiers administratifs, quelques vêtements pas vraiment adaptés à la saison hivernale en France, et surtout mes perles et ma natte calédonienne, seule chose qui me rappelle la Calédonie de façon joyeuse.

Je la dispose dehors en face du bouleau pleureur, une façon de dire que je ne suis pas seule à pleurer.

Je prends mon ukulélé et fais une offrande pour continuer ce rituel Balinais. J'appelle mes anges…

Je prends mon somnifère, attends le sommeil dans ce lit douillé préparé par ma mère pleine de délicates attentions. Retour au bercail, retour aux sources.

Le lendemain, je me réveille à 5 h, décalage horaire oblige. Je décide d'aller chez le médecin pour renouveler mon traitement anxiolytique et demander une éventuelle hospitalisation.

En arrivant à la voiture, le gel recouvre les vitres, j'avais oublié, c'est encore l'hiver ici et je finis par trouver une pochette de CD pour enlever le givre.

PARDON MADAME

Vingt années en Calédonie m'avaient au moins épargné ce petit désagrément de la vie. En arrivant dans le cabinet de ce médecin avec un accent polonais prononcé, je m'effondre, elle s'inquiète, m'écoute. Malgré les explications que je lui donne sur mon départ, je la sens perturbée sur le fait que selon elle j'ai abandonné mes enfants, elle me dit qu'ils sont jeunes, je lui dis que ce ne sont plus des bébés. Ces mots me blessent, ils me manquent tellement. Elle m'énonce les démarches compliquées pour être hospitalisée. Je sais que j'ai besoin de ça, d'une bonne psychothérapie et surtout d'être dans un endroit neutre.

Notre entretien dure au moins une heure et la salle d'attente est pleine à craquer à mon départ.

Je m'installe dans la voiture, allume une cigarette, met le chauffage à fond, je sanglote tout en me disant "Tu vas y arriver, ne craque pas, tu vas y arriver". Je finis par mettre la radio, les infos, l'horreur des nouvelles du jour. J'ouvre le fameux CD, c'était Françoise Hardy.

La première chanson s'appelle "Dors mon ange", elle m'a bien fait chialer, mais elle était pleine d'espoir aussi. J'ai allumé le contact et pris la direction du centre-ville. Je n'ai pas envie de rentrer dans cet état chez maman.

Je me pose dans un bistrot, sirote mon chocolat chaud tout en écrivant. Je vais mieux, je peux rentrer maintenant.

Maman me prépare des repas bios, elle soigne mon corps. C'est la seule place que je peux lui donner pour l'instant, avec une partie de scrabble. Platon disait « On ne peut pas soigner le corps sans soigner l'esprit et vice versa ». Elle s'occupait de mon corps, et ma sœur de ma tête. Hier soir mon neveu Robin, âgé de 6 ans, m'a dit : « Tu vas où tata ? Tu vas t'occuper de ta tête ? ». Il avait tout compris. Il est doué pour les remarques pertinentes comme celle-ci : « Tata, tu es là en touriste ou en migrante ? ». Il a déjà de l'humour, de la culture et ceci grâce au Petit Quotidien que ma sœur lui lit tous les soirs. Je lui ai répondu tout en souriant : « Je crois que je suis une migrante, je suis comme les cigognes ».

Mais pour l'instant, je me mets en prison, je m'enferme dans ma chambre chez maman, ce besoin d'être seule, isolée comme si je devais endurer ça pour mieux avancer. Je m'octroie une marche par jour, histoire de ne pas ressembler à un zombi.

Je rêve beaucoup d'un avenir radieux où je serais comme avant, épanouie dans mon travail et dans ma vie sociale.

Quelquefois, j'ai l'impression d'être dans un ego surdimensionné où tout tourne autour de moi et cette incapacité à pouvoir donner aux autres. Ma sœur me rassure en me disant, « Tu n'as rien à donner pour l'instant, nous on est là pour toi, souviens-toi, c'est une année pour toi ».

En effet, je n'avais plus aucune responsabilité, je gérais seulement l'intendance financière pour mes enfants.

J'avais eu en prime de mon viol, un petit carnet vert, carnet que l'on reçoit quand on est atteint d'une longue maladie. J'étais cataloguée dans la case SSPT[3] avec récidive. Je touchais des indemnités journalières correspondant à la moitié de mon salaire calédonien, la banque avait gelé les traites de mon crédit maison, suite au refus de la prise en charge par mon assurance.

J'étais rassurée financièrement sur le fait que je puisse toujours subvenir au besoin matériel de mes enfants et me reconstruire à l'autre bout du monde.

Je sais en tout cas que la seule chose que je peux et veux donner aux gens que j'aime c'est de vivre.

Ma sœur lit chaque écrit que je lui envoie, nous mettons en place une forme de correspondance sororale.

Elle a ce don de faire résonner le meilleur de moi-même, elle devient ma « sœur-écho ».

« Mafalda,

Tu m'as serrée dans tes bras : une fois, deux fois, trois fois… Tu as pleuré avec moi, contre moi. Tu as parlé, parlé, parlé. Bali, la méditation, les gens rencontrés,

---

[3] Syndrome de Stress Post Traumatique : https://fr.wikipedia.org/wiki/Trouble_de_stress_post-traumatique

l'admiration que tu as pour les autres. J'ai l'impression que plus qu'être un aimant, tu as su regarder et voir ce qu'il y avait de beau autour de toi. Le chemin vers la Normandie fut long. Un détour par la Suède (magasin Ikéa) et une panne de batterie plus tard, tu as pu enfin t'installer. Toujours le sourire… Tu as sorti les cadeaux pour aller à la rencontre de mes enfants. J'ai l'impression que tu voulais les voir heureux. Ils t'attendaient. Tu es leur tata Mafalda du bout du monde. Le lendemain matin, rencontre avec le docteur. J'ai l'impression que cela a été dur pour toi. Tu as su lui montrer ton mal être. Connaissant le Dr S. et sa sympathie parfois maladroite, je sais qu'elle a dû être submergée par ce que tu as su lui montrer de ta détresse. Certaines de ses paroles t'ont surprise puis blessée. Pour la petite histoire, ce médecin a fait le choix de quitter sa famille dont sa fille de 21 ans pour exercer en France il y a maintenant 5 ans. Sa fille lui a toujours reproché son éloignement. Mme S. pensait qu'elle était assez grande… Chacun a son histoire qui fait écho à celle des autres. Ce n'est peut-être pas à toi qu'elle parlait mais à elle. Tu écris que tu craques. Tu t'isoles alors. Mais bien vite, tu reviens. Tu m'aides à monter un meuble pour améliorer mon intérieur. J'ai envie d'abandonner dix fois mais tu persévères. Tu as envie d'un coca, d'une cigarette. Tu ressens de l'amour pour les gens qui t'entourent et j'ai l'impression que c'est important pour toi. Tu t'es glissée dans ma maison telle une fée du logis. Tu as pris plaisir à ranger, à râler contre mon désordre et à penser que je serais heureuse ce soir en rentrant. Et je l'ai été. Tu as déjà donné beaucoup en quelques jours. Mafalda, tu es vivante, tu es là et je suis là. »

7

Quelques jours se sont passés, tous différents les uns des autres. Des up, des down, infatigables changements d'humeur.

Je me suis fixée des petits buts :

— Faire au minimum un à deux bijoux par jour

— Ranger une pièce chez ma sœur (Eh oui ! Ça vit beaucoup chez ma sœur). Elle remplit sa maison d'objets divers, superpose les meubles, a du mal à se détacher du matériel ou n'en a pas le temps et moi, je n'ai besoin que du minimum : une petite chambre en guise de *Tiny House*, une valise prête pour garder ce sentiment de liberté perdue.

— Faire une heure d'exercice physique.

— Écrire un peu le chapitre 2 et un peu le chapitre 3 du livre *Le soleil finit toujours par nous lever*.

Quatre petits buts que j'arrive malgré tout à réaliser.

Courir ou plutôt marcher quand mes poumons, étouffés par les cigarettes, me laissent un peu d'oxygène. La piscine leur convient mieux.

Le soleil est au rendez-vous et donne une magnifique luminosité aux vastes plaines de Normandie.

Je continue de prier mes anges, je leur donne des missions, celles de m'aider sur mon chemin, je leur offre souvent des petits accords de ukulélé et un peu de nourriture.

C'est ma méditation, mon moment à moi où je garde espoir.

Pendant ce temps-là, ma mère déambule dans le jardin en récitant ses contes. Depuis sa retraite, elle s'est trouvé une nouvelle vocation, conteuse, domaine dans lequel elle exulte. Je l'admire, je l'envie de pouvoir mémoriser à son âge aussi facilement et admire sa persévérance. Pour moi, la mémoire a foutu le camp, enfin pas vraiment c'est ma mémoire traumatique qui paralyse tout nouvel apprentissage.

J'écoute, tout en créant des bijoux, des émissions sur le syndrome post traumatique et notamment sur la mémoire traumatique, un besoin de comprendre mon état, mes humeurs, mon anesthésie émotionnelle…

Je tombe sur la vidéo d'une psychologue qui explique très schématiquement comment fonctionne cette mémoire traumatique. Elle prend dans une main un œuf normal qui représente la mémoire normale, en somme les souvenirs traités par l'hypophyse. Puis elle prend un énorme œuf de Pâques rempli de petits œufs. Il représente la mémoire traumatique, qui elle n'a pas été traitée par l'hypophyse, phénomène de survie empêchant le cerveau au moment d'un choc de traiter correctement les informations. Elle secoue cet œuf de Pâques et explique à l'assemblée que les personnes ayant subi de gros traumatismes doivent vivre en permanence avec ce bruit et ce poids de la mémoire. Celle-ci est restée bloquée dans l'amygdale, centre des émotions. C'est invivable et pour survivre on développe des troubles de la dissociation, c'est-à-dire que l'on se dissocie de son corps, avec l'impression d'être au-dessus, en tant que spectateur de notre vie.

Je me reconnais très bien dans ces explications. Avant d'entreprendre un nouveau métier ou quoique ce soit d'autre, je dois impérativement me faire suivre.

8

Hier a été un jour des plus noirs, où il n'y a plus d'espoir, où on veut crier à l'aide et on n'arrive pas à sortir de sa chambre. J'ai appelé Narima mon amie d'enfance, elle me remue toujours. Elle m'a dit « Passe la deuxième, va faire une cure de repos, du yoga, fais-toi un planning et tu notes maintenant qu'on se voit le week-end du 16 mars ». Je pleurais, ces mots ne m'atteignaient pas, je lui disais « Oui, oui », je raccrochais et à ce moment-là j'aurais voulu disparaître.

J'ai avalé un quart de Lexomil, bu une gorgée de vin, puis une autre. Je me suis regardée dans la glace, j'étais une loque avec ma bouteille à la main. J'ai repris un quart de Lexomil, refermé la bouteille, une petite voix m'a dit « Non, tu ne vas pas sombrer dans l'alcool, pas toi ». Qui pourrais-je appeler ?

PARDON MADAME

Les urgences de St Anne. J'ai composé le numéro, un homme m'a répondu, j'ai eu du mal à m'exprimer, j'ai réussi à lui dire que j'avais besoin d'être hospitalisée. Il m'a rassurée, m'a dit qu'il valait mieux que j'aille près de chez moi, et m'a souhaité plein de courage. Au revoir Monsieur, je vais me démerder avec mes souffrances. Le Lexomil m'a un peu apaisée, j'ai eu envie de sucré, je suis allée chercher la boîte de bonbons à la banane, me suis rempli la panse, j'ai eu mal au cœur, pris un somnifère, regardé une série à la con, et me suis endormie en pensant à un lendemain plus radieux.

Oui le lendemain est plus doux, je suis en mode up. Il n'y a jamais de up sans down, c'est bien connu. Je surfe sur internet, cherche tous les centres de prise en charge, cherche un peu de mer et de soleil aussi. Je me souviens de cette sophrologue que j'avais vue quelques jours avant de partir de la Calédonie. Elle aussi devait quitter le territoire et s'installer à Montpellier. Montpellier, pourquoi pas ? Une association de victimologie réputée, des groupes de paroles. Je l'appelle, mais je redescends vite, elle n'exerce pas pour l'instant mais m'oriente vers une psychiatre. En une heure, j'avais un rendez-vous, en une heure j'avais trouvé un tipi en guise de logement en Airbnb, en une heure j'étais de nouveau dans le up.

J'avais six jours pour gérer mon petit déménagement. Je serai suivie là -bas, combien de temps je ne sais pas mais le temps qu'il faudra.

Ma sœur me motive pour aller promener les chiens autour du lac, il est 19 h passées, il fait noir, mais avec elle je n'ai pas peur.

S'ensuit une méditation en duo en pleine conscience de Frédéric Lenoir, puis un bon plateau de fromages.

9

« Mafalda,

Tu te retrouves à ne t'occuper que de toi. Et j'ai l'impression que c'est un grand changement pour toi, un de plus. Tu t'occupes de toi, tu te donnes des petits buts mais j'ai l'impression qu'ils sont déjà grands pour toi. Ce ne sont peut-être plus des petits buts mais des rituels contre lesquels ta mémoire traumatique se bat. Et alors elle peut t'entrainer vers le down. Mais ce sont des rituels avec lesquels ta force de vie se bat et alors elle peut t'entrainer vers le up. Ranger une pièce de ma maison fait partie de tes petits buts. Mais j'ai l'impression qu'il n'est pas assez petit vu l'ampleur de la tâche. Tu nous as laissé des petits mots. Pour ta nièce, j'ai l'impression que tu veux l'aider à prendre conscience de l'intérêt de faire attention aux autres et elle en a bien besoin. Pour moi, j'ai l'impression que tu veux me féliciter des efforts que j'arrive à faire parfois. Cela nous a touché et nous a fait rire. Nous sommes toutes les deux conscientes de nos manquements quant à notre foyer. Nous ne bénissons certainement pas assez notre foyer au sens que Marla CILLEY donne à cette expression dans son livre "Entretien avec mon évier"[4].

Tu regardes autour de toi et tu cherches le beau. Tu le trouves dans nos paysages normands mais tu cherches aussi à le créer. Je viens te voir et je trouve ta petite chambre transformée. Un vrai cocon coloré et fleuri.

Tu observes maman et tu vois qu'elle n'a pas besoin de toi. Qu'elle mène sa vie avec ses petites exigences matérielles pour le quotidien. Ces petites exigences, j'ai l'impression qu'elles résonnent en toi, qu'elles s'accrochent à tes désirs. En tout cas, elles t'interrogent. Ma place est-elle ici, vais-je pouvoir aller mieux ici sous les yeux de tous ? Ta mémoire émotionnelle est là mais elle se manifeste autrement que comme tu en as l'habitude. Elle se protège et c'est normal. Elle a besoin de se faire confiance, de te faire confiance à nouveau. Tu essaies alors de comprendre ce qui se passe dans ton corps, dans ta tête. Et j'ai l'impression que cela te donne confiance en toi. Oui, tu as vécu un traumatisme, oui cela impacte ta mémoire, oui c'est arrivé à d'autres et oui il y a des êtres humains qui cherchent et qui exposent ce qui peut se passer pour tout être humain ayant vécu des traumatismes. Oui on peut se soigner. Oui tu veux te soigner. Oui on peut te soigner.

---

[4] CILLEY Marla alias FlyLady, *Entretien avec mon évier : Domestiquer les tâches ménagères*, trad. Stéphanie Boudaille-Lorin, 2014, éd. L'instant Présent

Down, hier soir, tu as vécu un jour noir. Tu as alors su aller vers l'extérieur, appeler une amie. Tu as appelé Narima. J'ai l'impression que tu savais qu'elle te dirait de te bouger mais surtout qu'elle te donnerait de l'espoir. Elle t'en donne toujours. Elle fait partie peut-être de ta bulle de bien-être. La bulle de bien-être, c'est une bulle que l'on doit apprendre à se créer pour la convoquer quand ça va mal. Tu l'as déjà intuitivement créée tout au long de ta vie. Mais les grands changements que la vie t'a imposés l'ont mise à mal. Tu es en train de la faire évoluer.

Tu prends des médicaments, tu bois un verre mais j'ai l'impression que tu ne les considères pas comme devant faire partie de ta bulle de bien-être.

Tu prends du sucre et cela te fait du bien. Tu peux le ranger dans ta bulle de bien-être avec le fromage et les kinder bueno.

Tu appelles les urgences d'un hôpital psychiatrique. Ton corps crie à l'aide.

Le Lexomil fait son effet. Le sommeil aussi un peu. Le jour se lève et la force de vie qui est tapie en toi te permet d'envisager ce qui sera le mieux pour toi.

La semaine se termine, on est vendredi soir. Tu es dans ta chambre. Tu as fait des recherches toute la journée et tu as construit. Tu as besoin d'être seule pour ne t'occuper que de toi. Tu as besoin de ta famille mais tu sais qu'elle ne pourra pas te soigner ».

Je m'empresse de lui répondre, j'aime la façon dont elle résonne en moi :

« Tu écris pendant que je crée un collier pour toi, simplement connectée par cette sororité. Je trouve ton écriture très belle et très douce, elle me fait couler des larmes mais non plus des larmes de tristesse et de désespoir, oui des larmes d'espoir.

Merci ma grande sœur pour la considération que tu me portes, merci d'éveiller ma conscience, merci de me tendre la main pour sortir du trou. Je t'aime tant…

En te lisant une pensée traverse mon esprit, je pense à papi et mamie, je les imagine faire des vagues sous le pont des arts.

Quelle fierté ils doivent ressentir de là-haut.

Le souvenir de maman, toi et moi face à ce pont avec l'urne commune dans laquelle nous avions rassemblé leurs cendres (et celles de leurs poissons rouges !). Nous nous donnions la main et prîmes un grand élan pour la jeter sous ce pont à Paris, selon leur dernière volonté. Nous essayons d'être discrètes mais une crise de fous rires nous a toutes les trois envahies. L'urne avait du mal à couler, les bateaux mouches la ramenaient vers le bord de la Seine et puis d'un seul coup, elle a disparu juste en dessous du pont, leur vœu s'était réalisé.

Les miracles existent, il faut juste y croire.

Je pense aussi à papa, l'adepte des haïkus, des proses, des lettres d'amour inconditionnel, où tous les cinq mots, j'ouvrais le dictionnaire pour en comprendre la signification.

Voilà ma grande sœur d'amour ce que tu fais sortir de mes tripes en écrivant. »

10

« Mafalda,

Tu t'es sentie connectée en me lisant et ta mémoire émotionnelle semble reprendre un peu de poil de la bête. De beaux souvenirs, certains tristes mais beaux te reviennent. Oui la beauté t'entoure, et tu vas pouvoir la revoir un jour sans effort.

Tu viens alors me donner ce collier que tu faisais quand j'écrivais. Tu le trouves beau sur moi. Encore la beauté, oui elle est encore là comme un bouclier. Elle deviendra un rempart.

Tu viens partager ton ressenti avec moi. C'est une journée Up. Tu as des projets, tu sembles confiante. Tu as tout programmé pour aller mieux. Tu n'oublies pas qu'il faut te protéger et tu as prévu d'acheter un "taser" électrique. Cela te rassure.

Tu te prépares pour sortir. J'ai l'impression que tu y prends un plaisir mêlé d'appréhension alors tu dis que tu prendras ta voiture. Tu seras alors indépendante et pourras te sauver si c'est nécessaire… »

11

Dimanche, le jour du seigneur, le jour du repos, le jour des sorties en famille…ou un jour sous la couette. Il pleut, il vente, la Normandie montre son côté gris.

Première sortie hier soir avec maman, Boris Vian était à l'honneur. Une dame contait sa vie, une vie mêlée d'amour maternel trop pesant, d'un père parti trop tôt, d'une femme l'abandonnant pour vivre avec Sartre, puis d'une autre, plus jeune, Ursula, qui l'aida à affirmer son côté artistique.

Un chanteur et un guitariste, duo exceptionnel, qui ont réussi à me faire sourire.

Ce matin, Éléonore via Messenger, me raconte sa vie, des déboires avec sa cousine, je l'écoute, je continue d'être une maman. Cadeau supplémentaire de cette matinée, mon Rimbaud, sourire aux lèvres, il a l'air heureux.

Puis je pense à mes préparatifs pour mon départ, j'annule mon billet de train pour Paris, je préfère y aller en voiture et stationner dans un parking afin de partir pour le sud vendredi soir. Alors je modifie tout, ça me rassure d'avoir le contrôle sur ma vie, mais c'est plutôt fatigant. Je ne vais pas escalader l'Everest, je vais juste à Montpellier, nom de Dieu.

Je commence le tri dans mes papiers, ce que j'emmène, ce que je laisse. Je me fabrique un pêle-mêle avec des photos, de ma famille, des amis, qui me suivra partout où j'irai, comme un sentiment d'appartenance. Je dois m'occuper de remplir des documents pour ma prise en charge. J'ai la nausée, les aigreurs d'estomac qui ne cessent pas depuis quelques jours,

les tripes qui spasment et les vomissements qui jaillissent. Je suis pliée de douleur, j'expire, inspire, expire, inspire, toujours la même douleur. Elle me rappelle les souffrances de mon adolescence. J'avale un
Spasfon et la tisane miracle de maman. J'accepte
d'écouter mon corps, ne fais rien, ne pense plus, c'est
dimanche.

12

« Mafalda,

Samedi soir, tu t'es retrouvée observatrice des autres durant cette soirée que tu sembles avoir appréciée. Plus qu'observatrice, tu as été contemplative. Tu as de nouveau regardé le beau, le bien être, la gaieté des gens qui t'entouraient et dont tu te souviens de leur bienveillance. Tu te souviens que tu as su être gaie et insouciante, tu te souviens que c'était bon. Tu te demandes quand tu vivras cet état à nouveau.

Le lendemain, ta fille te confirme que tu continues d'être maman quoiqu'il arrive et cela semble te rassurer. La distance te permet le recul nécessaire pour l'aider. Tu dis "c'est celui qui est loin qui est le moins critiqué", certainement le plus fantasmé et cette fois-ci c'est toi qui as ce rôle. Alors tu sembles le savourer. Ton fils qui te montre son bonheur paraît te confirmer ce sentiment : tu es une bonne mère et la distance que tu as mis entre eux et toi sera bénéfique à votre relation. Une bonne mère est une mère qui montre que l'on peut prendre soin de soi quand c'est nécessaire et qui invente comment assumer son rôle malgré la distance.

Tu modifies plein de « petit peu » pour ton départ. Il semble surtout que tu ajustes et réajustes comme lorsque tu crées tes bijoux. Tu te construis un chemin sur mesure, haute couture. Il me semble que c'est pour cela que tu changes des détails mais sans perdre de vue l'objectif : aller mieux, te soigner.

Photos de famille. Tu crées de nouveau pour répondre toi-même à ton besoin d'appartenance. Tu construis des images pour te soutenir mentalement dans ce chemin que tu traces. Oui tu as une famille et des amis qui t'aiment. Et oui tu as le droit de les garder près de toi. J'ai l'impression que plus que le droit, tu sais aussi que tu as le devoir de les garder près de toi. Cette image extérieure, tu la fabriques pour mieux l'intérioriser et t'en souvenir dans les moments difficiles durant lesquels ton corps te réclame du réconfort. Tu commences à savoir comment te faire du bien.

Tu souffres physiquement pendant que tu te prends en charge. J'ai l'impression que cela te demande des efforts ; cette prise en charge, tu la feras plus tard. Aujourd'hui, tu t'autorises à écouter ton corps. À te laisser soigner, à te laisser soulager : un Spasfon, une tisane de maman, du repos. Tu as mal mais tu arrives à ne plus penser.

Quatre jours se sont écoulés durant lesquels tu as telle une orfèvre ciselé ton chemin. Tu ne passeras plus par

Paris, cette étape est peut-être de trop et surtout plus nécessaire aujourd'hui.

Miracle, espoir, tu es radieuse. Tu es amusée par ces perpétuels changements qui te montrent que tu avances. Tu es amusée de la réaction des autres : tu renoues avec la rigologue[5] qui est en toi.

Tu as le contrôle, tu vas prendre du plaisir. Tu as tout préparé : ta voiture, ton petit nid douillet, ton Lexomil au cas où. Tu viens nous voir à la maison et dernière préparation tu demandes de l'aide pour régler ton GPS. Tu sais comme cela où tu vas et comment tu y vas. Et tu y es arrivée hier soir, une partie de l'Everest est franchie... »

13

Gravir l'Everest... chemin chaotique... retrouvailles avec Coralie... bouquet final joyeux.

Je repense aux conseils de mon beau-frère, qui me voyant désemparée, a trouvé ce petit proverbe, qui permet de relativiser :

Quand je pense que c'est un projet,
C'est une idée,
Quand je pense que c'est une idée,
C'est une hypothèse.

---

[5] Rigologue : titre reçu à la suite de deux formations diplomantes que j'ai effectuées à l'École **Internationale du Rire** créée et animée par Corinne COSSERON

PARDON MADAME

J'avais ce projet de partir à Montpellier, enfin une idée ou plutôt une hypothèse.

Disons que j'ai émis l'idée de passer par Paris pour participer au salon de la création, mais c'est devenu une hypothèse, même si entre deux j'ai tout fait pour que ce soit un projet bien structuré. J'ai réservé un hôtel, un parking, copié sur un bloc note les routes à prendre, téléchargé la carte du métro parisien, calculé les distances, un temps en énergie inimaginable, se transformant en troubles obsessionnels… tout contrôler dix fois… ce que je faisais avant en cinq minutes prend désormais des heures, une concentration qui me voue à un épuisement physique et moral. La connexion neuronale fait son bug. Et puis, ce qui m'a pris des heures, je l'efface en une minute suivant mon rythme de stress qui me paralyse. J'annule Paris, l'hôtel, le parking la veille de mon départ. Je suis mon intuition, cette petite voix qui me dit « tu n'es pas prête pour tout ça, prends le temps d'aller chez Coralie, annule Paris source d'angoisse ». J'avais toujours ces aigreurs d'estomac et ces nausées, malgré tout j'ai eu le courage de refaire mes valises, de charger ma voiture avec toute « ma life » à l'intérieur. Je partirai j'espère plus sereine. La nuit est courte, dernier partage avec maman, on se donne la main, on regarde John, enfin son urne posée sur la table de nuit près de son lit. Comme s'il était là et qu'il nous protégeait.

Ma sœur m'a gâtée d'une boîte géante de kinder bueno, du livre de Michael Douglas « L'homme qui voulait vivre sa vie » et du CD d'Angèle.

Plaisir divin, Angèle, son « Balance ton quoi » et son « Tout oublier » m'accompagneront sur ma longue route.

Départ qui ressemble à une jeune fille qui quitte le cocon familial, la voiture pleine à craquer pour aller faire des études.

Je suis juste une femme de 45 ans blessée par la vie, perdue dans un labyrinthe, cherchant l'issue finale.

L'arrivée sur l'autoroute fait monter les pulsations et entraîne une sécrétion accrue de cortisol. Mon bide se noue dans tous les sens, Angèle m'apaise, je chante avec elle pour déstresser. Mes mains accrochées au volant, la nuque tendue, j'atteins les 130 km/h, une vitesse que je n'ai pas faite depuis un bail. Les images de l'accident sur l'autoroute avec maman quelques années avant traversent mes pensées, je les remplace par des images plus joyeuses. Je roule, me pose, tocs obligent, je contrôle mon GPS « Suis-je bien sur la bonne route ? ».

Au milieu de la journée j'arrive à Beaune, je suis fatiguée, je m'écoute, fais une sieste puis repars beaucoup plus sereine.

L'arrivée en fin d'après-midi face aux montagnes enneigées et aux trois arcs en ciel qui jouxtent ma route me rend joyeuse. Et puis l'excitation de voir

Coralie, ma meilleure amie, qui n'est pas au courant de ma venue. J'arrive face à cette belle maison, ancienne ruine rénovée avec goût.

Je sonne, elle ouvre, plus de son, plus d'image le temps de quelques secondes et on se retrouve comme toujours, on s'embrasse comme on s'aime.

Repas gargantuesque, mon ventre toujours fragilisé me fait la misère toute la nuit, je finis par m'endormir après une bonne dose de médicaments.

Malgré tout cela, je suis fière de moi, fière d'avoir vaincu mes peurs. J'ai gravi le plus dur. Je suis heureuse ce soir.

14

« Mafalda chérie,

Tu dis "les projets ont encore changé" peut-être pour t'en excuser, comme quelque chose de plus fort que toi. Mon mari a alors mis des mots sur ce qu'est un cheminement : hypothèse, idée, projet, construction, contextualisation, réalisation.

Pendant que tu construis, j'ai l'impression que tu t'entends " « tu n'es pas prête pour tout ça, prend le temps d'aller chez Coralie, annule Paris source d'angoisse ». Tu t'écoutes alors et tu chemines. Ton corps continue de te parler. Tu fais preuve de courage, Mafalda.

Tu as réalisé ton projet. Tu y es arrivée. Tu es auprès de Coralie. Tu t'écris heureuse, heureuse d'avoir su gravir le plus dur : contrer tes peurs. Heureuse, plus qu'une hypothèse, qu'une idée, qu'un projet, c'est peut-être ce soir une réalité. »

15

Avec Coralie c'est comme jouer à la balançoire à bascule, ce que l'on appelle plus communément le « tape cul ».

On est chacune en face de l'autre, on essaye de garder un équilibre sans jamais toucher le sol. Si l'une de nous deux tombe avec toute sa force l'autre la hisse vers le haut. C'est ça notre amitié.

Coralie a elle aussi sa mémoire traumatique, infirmière à MSF[6] ça laisse des traces, les camps de réfugiés, les guerres civiles au Congo, au Niger…toute cette violence, elle aussi est en arrêt.

Malgré toute cette adversité, elle garde la tête haute.

Hier, en allant en ville, elle est rentrée dans un magasin de pierres, elle voulait trouver une pierre qui puisse l'aider énergétiquement.

Le vendeur, je dirai plutôt le médium, rien qu'en posant une main sur elle, a ressenti sa vie, lui a décrit son état, ses souffrances, et a mis la main sur une larme d'apache et une émeraude. Ce sont ces pierres-là qui la soigneront. Puis elle désirait m'en offrir une.

---

[6] MSF : Médecins Sans Frontières (https://www.msf.fr/)

Le médium lui a simplement dit de penser très fort à moi, puis lui dit :

« Votre amie, elle ne va pas bien, elle a subi des violences sexuelles, c'est un être de lumière, elle est haut-perché, il faut qu'elle s'ancre et qu'elle travaille sur son chakra sacré ». Il m'a choisi une tourmaline noire.

Envahie de frissons, je l'enlace, ma douce Coralie. Je travaille à sertir les pierres pour lui faire de jolis colliers, ma façon à moi de la remercier.

Malgré ces douleurs abdominales incessantes, principalement le soir, je promène un peu dans les montagnes savoyardes, profite de la cheminée, endroit méditatif et contemplatif.

J'ai hâte d'arriver à Montpellier pour traiter ma tête et mon corps.

Je n'ai pas eu de up ou de down, je suis comme un funambule un peu bancal mais stable.

Mais je sens que j'ai besoin de vite retrouver ma bulle.

Ma sœur transforme mes douleurs. Grâce à ses mots, elles deviennent moins difficiles à vivre.

16

Les mots que je pose ne suppriment pas les maux qui me rongent l'estomac et les intestins. Chaque soir, mon ventre est pris de spasmes, se durcit, remue-ménage incessant de la colère, de la haine et de l'injustice ? Les vomissements font désormais partie du package. Après une nuit des plus douloureuse, je décide enfin de consulter, verdict :

« Diverticule sur colon gauche dû à un état de stress important », reprise d'un antidépresseur, reprise d'un anxiolytique, début d'une nouvelle prise en charge. Le manque viscéral de mes enfants s'imprime en moi.

Aujourd'hui, nouvelle étape, direction Valence, je me rapproche à petits pas de Montpellier, sillonnant la Chartreuse, le Vercors et l'Isère, douceur des paysages bordés de montagnes aux sommets enneigés. Arrêt chez Gallou et Jim, anciens amis de Calédonie, désormais installés en France, retrouvailles plus chaleureuses que les flocons de neige et giboulées rencontrés sur ma route.

Avec Gallou, on se raconte nos derniers mois, elle, son départ de Calédonie et son installation en France et moi, mon arrivée tourmentée. On se tire les cartes, rituel obligé, on s'annonce que du bon, c'est long, mais on va tenir le coup.

Ce soir, pas de douleur, le traitement fait son effet…

Demain arrivée finale à Montpellier et un pas de plus vers la guérison.

ACCEPTER
LES MAINS TENDUES

Tout groupe humain prend sa richesse dans la communication, l'entraide et la solidarité, visant un but commun : l'épanouissement de chacun dans le respect des différences.

Françoise Dolto

17

Que la route était belle, ces ruelles pavées bordées de maisons en pierre, j'arrive à Poussan…

Au bout d'une route en terre, je vois un petit portail en bois signalant *Catfarm*[7]. Je vais y rester un petit mois. Je ne m'attendais pas à tomber dans une communauté.

Je suis accueillie par des personnes plus ou moins jeunes, d'origines diverses (Israël, Palestine, Grèce, Argentine, Angleterre…) venues ici pour partager et vivre différemment.

Je suis ébahie par la vue splendide sur les vignes et au loin Poussan.

Les garçons m'aident à porter mes valises, Skarlett me fait faire le tour de la propriété, petits coins hamac, petits coins repas, petits coins communs (douche, toilettes sèches…), et le tipi.

J'entre dans ce majestueux lieu, dédié à la zénitude, j'installe mes affaires, récrée un chez moi, mes enfants sont près de moi en photo avec leurs sourires angéliques.

Le vent souffle, j'ai froid, on s'habitue. Un petit apéro pour faire connaissance. Chacun s'attèle à une

---

[7] Communauté Alternative où l'on cherche/trouve l'harmonie entre la nature et notre nature humaine. Les ressources sont limitées et les consommations frugales. On y mange végétarien (https://catfarm.net/)

tâche, pour moi la vaisselle, je suis un peu perdue, pas de produit vaisselle, on lave ici avec de la cendre.

Je ne participe pas au repas du soir, j'ai envie de profiter de mon tipi.

La nuit fut particulièrement froide, je m'habitue au bruit de cette nature déchaînée par le vent. Trois couches de couettes, deux paires de chaussettes, trois pulls et l'affaire est jouée. Je m'endors sans maux de ventre.

18

Une heure du matin, réveil nocturne, effet secondaire du traitement. J'accepte…

Hier, je suis allée à Montpellier, la ville, la foule, et malgré la beauté de l'architecture, je me sentais oppressée. J'ai bu un coca sur une terrasse d'un café, j'observais les gens vivre, je les enviais. Puis ce rendez-vous tant attendu avec la psychiatre, trois mois sans suivi, ça laisse des traces. Elle a entendu ma détresse, m'a changé mon anti dépresseur, et m'a proposé une hospitalisation dans la clinique de Béziers.

Sur le chemin du retour, je suis vidée, suis mon GPS comme un robot.

Encore un peu d'énergie pour passer à la pharmacie et faire des courses, j'ai promis à la communauté que je leur ferai des lasagnes. En rentrant, je n'ai qu'une envie, retrouver mon tipi, ma bulle. Skarlett, la mexicaine pleine de vie veut faire une méditation, on l'a faite ensemble. Sa joie de vivre est communicative.

Mais j'ai l'impression que je ne suis bien nulle part.

19

Il est 5h, Poussan s'éveille, j'aperçois par le rideau qui fait office de porte du tipi le soleil se lever, donnant une douce lumière rosée aux vignes bordant Catfarm.

Le vent a soufflé cette nuit, faisant grincer le bois et voler les toiles de mon logis. Je suis emmitouflée sous mes couettes, j'essaie d'écrire malgré le froid sec qui engourdit mes doigts.

Je repense ce week-end, ce lieu me fait sortir de mon isolement et me rappelle avec nostalgie les « camps mamans » où tout le monde mettait la main à la pâte.

Quelle fierté de préparer un repas pour quinze personnes, lasagnes au menu du jour et un spring chocolate cake décoré de fleurs sauvages.

J'ai installé ma natte calédonienne et sorti mon matériel de macramé. Simon, Skarlett, Célia, Mathilde et Flo m'ont accompagnée dans la création de bijoux.

Le soir, Tom et Guillaume nous ont préparé des huîtres accompagnées de vin blanc. Le tout sur un fond sonore oriental grâce à notre DJ israélien Chadi.

Mélange de cultures, où l'anglais est la langue maîtresse. Je ne suis pas tout, mais mon oreille s'habitue à cette langue et je comprends de mieux en mieux. Pour ce qui est de parler, Skarlett m'accorde beaucoup de son temps pour m'apprendre. Elle m'observe aussi, me dessine, me transforme en reine. J'aime son dynamisme, elle me rappelle mes vingt ans.

La soirée se finit aux vibrations de la danse et c'est en me sentant vivante que je retrouve la fraîcheur de mon tipi, il est 1 h du matin.

Le réveil est plutôt difficile, petit mal de tête et puis je n'ai plus vingt ans. Je me motive, je retrouve Manue mon amie d'enfance que je n'ai pas vue depuis 30 ans. C'est comme si on ne s'était pas quittées, on se raconte trente ans de vie en quelques heures attablées au restaurant bordant l'étang de Bouzigues. Elle ne me trouve pas changée et décèle au fond de moi encore cette étincelle de joie de vivre.

On se donne rendez-vous la semaine prochaine.

En fin d'après-midi, je retrouve ma tribu qui apprécie ma natte. C'est jour de repos pour eux, ils lézardent au soleil.

Puis la musique redémarre, histoire de motiver les troupes pour la vaisselle.

S'ensuit un cours d'hébreu avec Madi, dans la petite chambre sous les combles de Cristabella, une Croate. L'anglais, l'hébreu, mon cerveau a du mal à suivre, je quitte le groupe pour préparer ma bouillotte et mon thé et rejoins mon tipi.

20

Ce matin, j'assiste à la réunion de cohésion, l'anglais fuse dans mes oreilles, « I understand a little ». Tout le monde se présente, je n'arrive qu'à dire « I enjoy to meet you ».

Je propose de nettoyer la salle de bain, y a du boulot.

Ce week-end il y a une quinzaine de personnes supplémentaires et il faut faire de la place.

Chacun vaque à ses occupations, Tom, l'anglais, poursuit l'enduit du mur de la cuisine, Simon, Cristabella et Hugo fabriquent une étagère, Aurélie, Skarlett et Ulysse s'occupent de la logistique, publicité via le net, Flo finit sa mosaïque dans la *kitchen*. Sa sœur jumelle Célia nous quitte pour rejoindre l'Italie avec son van. Un nouveau arrive, Corentin, un Belge.

L'après-midi fut consacré à l'écriture. J'ai avancé sur le premier chapitre.

La psychiatre ne m'a pas rappelée pour une éventuelle hospitalisation. La colère qui m'a envahie dans ce non suivi thérapeutique a vite laissé place à l'acceptation. Me sentant bien ici, je ne ressentais plus l'envie d'une hospitalisation.

Je ne baisse pas les bras et prends un rendez-vous avec une psychologue qui est formée en EMDR juste

à côté de la Catfarm. J'avais découvert, quelques années auparavant, cette technique qui permet de traiter une information qui n'a pu être traitée à la suite
du traumatisme. J'avais vécu une agression à coup
de sabre il y a 16 ans. Un homme avait pénétré chez
moi, avait coupé l'électricité et avait essayé de me
violer. J'ai combattu sachant que je n'étais pas seule,
ma meilleure amie Coralie m'avait sauvé la vie.
J'étais cette fois-ci une victime visible avec des plaies,
contrairement au viol où j'étais une victime invisible,
je n'avais pas pu combattre et anesthésiée par mon
système neuronal, j'avais très peu de signes visibles
d'agressions, un bleu dans l'entrecuisse et quelques
égratignures, mais un corps meurtri.

L'EMDR, contrairement au suivi psychologique,
m'avait permis de retrouver des nuits paisibles et je
pouvais raconter l'agression sans ressentir la
moindre émotion.

Ce rendez-vous s'ajoute au rendez-vous de jeudi
avec l'association de victimologie.

Je pense vraiment que ma re-sociabilisation se fera
à la Catfarm.

Hier soir, Chadi et Madi nous ont préparé un festin israélien, mais j'ai oublié le nom du plat.

Je n'ai pas pris mon somnifère, j'ai juste pris ma
bouillotte, l'ai posée sur mon ventre, chakra sacré ou
cerveau émotionnel, peu importe, ça m'a apaisée et
endormie.

21

Je fais chauffer de l'eau dans une bouilloire rétro, je remplis ma bouillotte, me prépare mon thermos de rooibos.

Je passe un long moment sur ma natte en regardant le ciel étoilé, il est différent du caillou, moins de voie lactée. Je pense très fort à mes enfants et leur envoie plein d'amour.

Et puis vient le moment de s'habiller pour la nuit, il ne fait pas loin de 2° et je suis frigorifiée. Tout se passe en une seconde chrono, déshabillage et rhabillage, une paire de collants, un pyjama, un tee-shirt, un sous pull, un pull bien molletonné, une écharpe, un bonnet et le tour est joué. Je saute dans mon lit réchauffé par la bouillotte. Je me souviens de maman, qui me repassait le lit et glissait sous mes pieds une bouillotte avant de me conter une histoire pendant les nuits hivernales.

La journée a été rythmée par un peu de jardinage, de création de bijoux et la suite du chapitre 1. Par moment, une poule ou un chat vient me divertir et je n'hésite pas à tout abandonner pour jouer avec eux.

Le repas du soir est très joyeux, concours de pompes entre Chadi et Tom, l'Angleterre a gagné et, entre Skarlett et moi, la France a gagné.

La nuit fut fraîche et le réveil matinal.

Aujourd'hui, je vais rencontrer la psychologue de l'association des victimes. Raconter encore et encore, mais j'ai l'espoir de participer à des groupes de paroles.

22

Ce matin j'emmène Cristabella, la belle croate, à la clinique pour une radio de la cheville.

Je découvre Sète bordée par ses ponts et son port, je retrouve l'ambiance des services hospitaliers qui ne me manque pas du tout. C'était avant, quand j'étais infirmière…

Nous en profitons pour faire le marché. J'avais oublié combien j'aimais ça… les couleurs des épices sur les étals, les « Bonjour », les « C'est pas cher !», les « Y a pas plus frais que mon poisson ! »…

Je me sens chez moi, dans mon pays, je retrouve mes racines.

Ce midi, dernier repas avec Chadi et Madi avec lesquels j'ai noué une belle amitié. Ils retournent finir leurs études d'informatique en Allemagne dans l'optique de retourner en Israël. Ils m'ont invitée, je commence à faire une mappe avec tous les endroits où je pourrais être accueillie un jour. La mappemonde qui me faisait rêver enfant.

Durant le repas, Lotte et Bianca, les deux poules qui sont considérées comme des chats, viennent picorer sous nos jambes, me chopent ma cigarette pensant que c'était de la nourriture. On rit tous de bon cœur.

La photo avec elles est un petit rituel de bienvenue.

Tout le monde reprend le chantier qu'il avait en route, Tom nous met de l'électro pour motiver les troupes, et après quelques réprimandes de certains, il passe à de la musique country bien plus agréable pour mes oreilles.

J'aide au jardin, m'ancre, écris, perfectionne mon anglais, mémorise de nouveau et je commence à penser en anglais, c'est bon signe.

23

Assise face aux vignobles, le soleil se couche doucement laissant la fraîcheur envahir mon corps.

Je remercie ce soleil de toute l'énergie qu'il m'apporte.

Il a rendu cette journée radieuse et créative. Les femmes étaient sur la natte, comme en Nouvelle-Calédonie. Veronika, une Slovaque, contemple les dessins de Frida, l'allemande, et celui de Luiza, brésilienne, qui est arrivée ce matin. Toutes les langues se mélangent, l'espagnol, le portugais, l'anglais, l'allemand.

Les hommes préparent les pizzas au feu de bois partageant une bière, c'est dimanche.

Ce soir, Khadija nous a rejoint, apportant une nouvelle petite pièce de la mappemonde, le Maroc.

Elle nous apprivoise avec des petits morceaux d'orange coupée en fines lamelles, joliment présentés.

Puis nous avons l'honneur d'avoir un cours d'anglais par notre *teacher* préférée, Skarlett. Presque tous les volontaires sont attablés autour de la table, je suis la seule à prendre mon cahier de notes, bien droite comme une écolière.

Je pense que j'ai trouvé le professeur qui me donne envie d'apprendre, un cours très théâtral et clownesque. Skarlett nous explique que les Français parlent avec le nez et les Anglais avec la bouche. Je sors des sons qui font rire l'assemblée. Je redeviens le clown d'avant qui faisait rire. On me demande en anglais mon prénom et je réponds « chocolate cake », étant concentrée sur ma recette de fondant au chocolat. Je pense que cela va rester dans les annales et que mon petit surnom sera ironiquement celui-ci.

Puis, je retourne m'isoler un peu dans mon tipi, ma petite méditation avec ma bouillotte et des mots anglais plein la tête.

24

Hier, nous avons sans le vouloir fait une séance de rire sur la natte, tout a démarré d'une incompréhension verbale (venant de plusieurs country, il n'est pas rare qu'un mot signifie autre chose dans un autre pays et parfois, cela peut être cocasse voire coquin).

Oksanka, originaire d'Ukraine s'est mise à rire et tout le monde a suivi, personne ne pouvait s'arrêter.

Luiza, la brésilienne, nous apprend à nous ancrer. Nous nous retrouvons à pousser des cris de guerre tout en tapant sur le sol avec un pied, puis l'autre. Tom, l'anglais, fait son clown en nous imitant puis il empoigne un hula hoop et nous fait une démonstration digne d'un gymnase.

Khadija nous prépare un tajine, je l'aide, je retrouve le partage de mon enfance dans cet immeuble du Luth à Gennevilliers, où se mêlait la culture orientale et occidentale.

Je fais mon fameux gâteau au chocolat, y ajoute un iris comme décoration en signe de remerciements.

À table, l'idée de partir à Barcelone pour ce week-end est lancée. *Booking* fait, on sera huit volontaires à partir, huit volontaires qui sont devenus amis et qui ont envie de partager un petit voyage hors de la Cat-farm.

La soirée se finit par un cours de salsa dispensée par Skarlett, nos pas dansent sur le rythme latino.

Ce matin, nous sommes beaucoup moins nombreux, beaucoup sont partis mais il reste ce noyau.

Nous en profitons pour nous poser au soleil, Luiza m'offre son livre écrit en portugais. Elle est décontractée, se met topless, à côté d'elle, Khadija, docteur en chirurgie thoracique, porte son foulard. Il n'y a pas de jugement, nous sommes juste là pour être heureux.

Nous décidons de partir à la plage, les volontaires mettent du temps à être prêts, pire qu'avec mes enfants !

Dans la voiture, Cristabella monte le son, Skarlett, Fabien, un nouveau venu d'Uruguay, écrivain et comptable, et Khadija tentent de converser.

La mer au loin, des cris de joie, tels des enfants qui font leur première sortie. On y croyait dur au fait que l'on aurait chaud, mais le vent glacial nous a vite calmés, sauf Khadija et moi, elle, tout habillée ayant oublié son burkini, et moi avec le petit maillot des îles. L'eau était froide mais à cet instant là je sentais mon corps.

S'ensuivent des danses dans le sable, des cours de gymnastique et un petit goûter.

Nous décidons de faire un petit tour dans le centre, je ressemble à une maman, je les compte et recompte au cas où j'en perde un, ils en rigolent. La sortie au centre-ville se transforme en visite de boulangerie. Tous étrangers, ils raffolent des baguettes et des petits pains au chocolat. De mon côté, je m'offre un feuilleté à la viande, petit plaisir, même si la viande ne me manque pas beaucoup.

Bien rassasiés nous rentrons à la Catfarm, préparons un feu, et chacun s'isole pour créer. Skarlett fait résonner sa voix version comédie musicale, Fabien écrit son roman, tout comme moi, Luiza retouche les photos, Aurélie, répond par mail aux prochains volontaires. Bien sûr quand elle nous dit qu'il y en a une qui est cuisto végan, tout le monde est heureux.

Et Tom, notre English préféré nous fait un show sur « comment cuisiner un burger à la fraise, chamallows et chocolat » et tout ça sur le poêle… encore une tranche de rire.

Une fois mon burger avalé difficilement, je commence mon rituel du soir et dis à tout le monde : « I wish you a good night. See you tomorrow ».

Et je pense à mes enfants tout le temps….

25

Ce matin réveil plutôt matinal, j'en profite pour appeler Éléonore. Je ne la sens pas très en forme, petite déception d'amour. Elle n'arrive pas à réaliser ce qu'elle s'était programmé, mettant comme sa mère des buts un peu trop hauts pour elle.

J'aurai tant aimé la serrer dans mes bras, la soulager, mais seul un bisou virtuel est possible.

Après notre appel, je prends un billet d'avion sur internet pour les retrouver en juin, j'avais un peu d'argent de côté (à la Catfarm on ne dépense que 3,5 euros par jour pour manger) et j'avais ce réel besoin de savoir que nous allions nous voir bientôt.

J'avais rendez-vous pour l'EMDR, je prends le temps de descendre à pied toute seule. Je me sens un peu mal à l'aise malgré la splendeur du chemin et le soleil au zénith. J'ai toujours cette impression que quelqu'un me suit.

Je fais quelques petites courses au village pour les volontaires.

Et puis le rendez-vous, de nouveau exposer les faits, ma vie, mes traumatismes, la liste s'allonge au fur et à mesure du temps qui passe. Tout cela cessera-t-il un jour ? Je me sens étrangement bien même si je pleure dès que je parle de mes enfants, point toujours très sensible.

À la fin, elle me propose plusieurs rendez-vous rapprochés et me dit qu'il y a plusieurs traumatismes à régler et que l'on travaillera par priorité.

Comment savoir ce qui est prioritaire, le choix est compliqué.

Je reprends le chemin de Cabrolous, vidée et en repensant aux épreuves que la vie a mis sur mon chemin : un mal être profond en entrant dans l'âge adulte, une agression avec sabre dont l'auteur n'avait jamais été retrouvé, un accouchement traumatique avec une erreur médicale, et puis cette randonnée mortelle. J'avais bien ramassé mais comme dit ma sœur « Tu es en vie, Mafalda, tu es vivante ».

Je m'isole un long moment dans mon tipi, tout le monde s'inquiète, chacun à sa manière. Je les rassure, ils finissent par manger sans moi.

J'évacue ce mal être en créant deux bijoux, un pour Cristabella et un pour moi.

Deux heures plus tard, je sors du tipi, tout le monde est là, avec son sourire compatissant. Luiza, la brésilienne, me serre dans les bras, il n'y a pas besoin de parler, elle sent les choses.

Khadija, telle une maman, me prépare un couscous rien que pour moi.

Nous discutons autour de la table, Skarlett me demande de l'imiter, alors mon petit clown théâtral ressurgit, tout le monde rigole, puis elle m'imite en parlant un anglais très sommaire.

Khadija me prend à part et me dit combien elle s'est sentie accueillie à son arrivée avec mon large sourire plein de lumière. Je suis heureuse de transmettre cette chaleur humaine.

Ce soir, nous avons fait un « Talk circle », qui consiste à tirer une petite question philosophique, chacun prend le bâton de parole et s'ouvre un peu plus. Des questions comme : Quel est l'animal qui te ressemble le plus ? Qu'est ce qui te fait le plus peur ? Quand ressens-tu de la tristesse ? Hugo, l'argentin, dont je parle peu, est le plus vieux et le plus discret, il nous transmet des messages dignes d'un grand sage. Nous sommes surpris de le découvrir ainsi.

26

Hier fut une journée paisible, Khadija est repartie, nous ne sommes plus que sept autour de la table, ça fait bizarre.

À vingt heures, tout le monde était prêt à aller au dodo, demain direction Barcelona !

Ce matin, un large sourire nous envahit soulignant la joie de quitter pour trois jours la Catfarm.

Skarlett exprime sa joie en sautillant dans tous les sens et sortant des vocalises bien à elle, Aurélie contrôle que tous les outils ont bien été rangés, rôle de la *Catcommander*, je finis la vaisselle de la vieille et nourris pour trois jours les chats et les poules. Nous inaugurons le nouveau portail, refait entièrement par les volontaires. Assez audacieux d'ailleurs, la porte est comme une ouverture de cage, il faut se baisser et la tenir au-dessus de sa tête, se courber et tenter de passer, la manipulation n'est pas simple mais ça vaut l'effort.

Nous prenons deux voitures et après un « Go to Barcelona », nous traçons la route.

J'aime ce sentiment de pouvoir traverser des frontières, de passer d'un pays à un autre, l'insularité ne permettait pas ce genre de liberté.

Nous traversons les Pyrénées, puis atteignons l'Espagne, plus verte que je ne le pensais. Je n'y avais pas mis les pieds depuis des décennies.

Malgré des difficultés à trouver notre appartement, les rues ayant les mêmes noms dans la ville, nous arrivons à Sant Adrià de Besòs, proche de Barcelone.

L'appartement est tenu par le pakistanais du coin, qui tient aussi un kebab à l'angle de la rue. Nous le découvrons avec plaisir, chauffage, lit moelleux, eau chaude à volonté, cuisine équipée, terrasse, télévision…un confort que nous apprécierons tout le long de notre séjour.

Il est 17h, nous décidons de découvrir la *playa* qui n'est qu'à quelques mètres de chez nous, le soleil est là mais la fraîcheur du vent aussi. On oublie l'idée de se baigner, Tom et Corentin décident d'aller acheter des bières, prennent la seule clé de notre appartement, nous ne les reverrons pas avant une heure très, très, tardive.

Skarlett, Aurélie et moi, après une longue discussion philosophique sur l'Amour, allongées sur la natte, ne les voyant pas revenir, repartons jusqu'à l'appartement en espérant les retrouver.

Nous attendons quelques minutes devant l'entrée… personne…nous rencontrons un des frères du pakistanais qui nous fait entrer, il a pitié de nous et finit par trouver une deuxième clé pour nous ouvrir.

Blotties au chaud dans l'appartement, peu importe si les hommes ne reviennent pas, après tout ils ne sont ni nos compagnons, ni nos enfants, et sont assez grands pour que l'on ne s'inquiète pas.

Enfin c'est ce que l'on pensait jusqu'à leur appel vers une heure du matin pour demander que l'on vienne les chercher, ils ne savaient plus où ils étaient, complètement ivres.

Nous profitons du confort de notre logis, en s'offrant une petite soirée télé, falafel et verre de vin ou bière suivant les préférences et surtout une douche chaude sans limitation de débit. Humm… quelle belle soirée.

Le lendemain matin tout le monde se réveille tranquillement, je sors au petit *supermercat* d'à côté (les « cats » nous suivent) - tenu aussi par la famille de notre proprio - pour garnir notre table de bons mets.

Les garçons ont une tête de lendemain de fête très arrosée, les filles ont la pêche. De nouveau, nous savons qu'ils ne nous suivront pas pour la journée visite que nous avions organisée.

Nous les laissons avec leur gueule de bois et partons pour la Sagrada Familia. Cristabella a cette façon à elle de prendre toujours les bonnes directions, les bons tickets de métro, alors que nous galérons avec notre GPS et notre espagnol. La voilà nous tendant un billet unique pour nous cinq et hop on traverse les portiques en se passant l'une à l'autre le ticket.

En sortant du métro, je suis éblouie par cette architecture gigantesque et originale, malheureusement en pleine rénovation. Le printemps donne aux arbres ce goût de renouveau, décorant harmonieusement de rose et de violet les rues de Barcelone.

Pendant notre visite, Cristabella n'hésite pas à nous arrêter dans des boutiques de fringues. Nous voilà toutes à essayer un vêtement, puis un autre, à faire des défilés, nous imaginant avoir un portefeuille bien fourni.

Le passage au marché émerveille tous mes sens, ses couleurs, ses odeurs, quelques tapas pour combler ma faim insatiable face à ce festin.

Nous parcourons notre route vers le parc Güell, deux petites maisons ressemblant à la maison de Gretel et Hansel désignent l'entrée du parc.

Un jardin nous attend, semé de tulipes, de pensées, de roses, de jonquilles. Des arches en pierres brutes surplombent la colline, agrémentées de glycines.

Attirés par le son des claquettes et de la musique espagnole, nous découvrons ce groupe de quatre hommes partageant leur passion. Un d'entre eux fait des claquettes sur un planche de bois d'à peine un mètre avec une élégance inexplicable, me laissant de longues minutes, obnubilée par le son de ses pieds et des castagnettes.

L'heure tourne, notre rendez-vous avec les garçons approche, il est 17h.

Nous parcourons une dizaine de kilomètres à pied pour atteindre le quartier gothique, lieu du rendez-vous. Cette route restera gravée dans ma mémoire. Skarlett veut nous apprendre à rouler les « R », Aurélie malgré son jeune âge a frôlé l'incontinence en me voyant essayer de faire vibrer ma langue afin de faire jaillir « Arriba ! » de ma bouche. Skarlett nous raconte que petite, elle se mettait dans un coin et essayait de rouler les « r ». Ce n'était pas inné pour y arriver il faut une véritable gymnastique quotidienne. Après de nombreux essais infructueux, je sens enfin ma langue rouler sur mon palais ce qui provoque chez moi une immense joie.

En pénétrant dans le quartier gothique, je découvre le Barcelone que j'avais imaginé et certainement avais-je aussi été influencée par le film *L'Auberge espagnole*.[8] Ces rues étroites, où les immeubles se juxtaposent, bordés de balcons à l'ancienne où le linge sèche, des tags très artistiques et colorés sur les portes en fer des garages, des petits magasins de souvenirs, de créateurs ou d'artistes…

Nous finissons par trinquer, tout le monde est à l'heure.

Comme si nous n'étions pas assez nombreux, nous invitons Bouquet, une voisine de table, seule face à son verre. Elle vient d'Istanbul et est venue déposer des tableaux à sa sœur artiste. Les verres se remplissent et je commence doucement à m'enivrer.

Dans ces moments-là, j'ai ce besoin de danser, Luiza m'accompagne, nous virevoltons dans les ruelles pavées pour arriver jusqu'à cette gigantesque cathédrale illuminant la Plaça de Réial. En nous voyant, les gens sourient, partagent un pas ou deux avec nous et puis s'en vont. J'ai l'impression de vivre…

---

[8] *L'Auberge espagnole*, réalisé Cédric Klapisch, 2002, produit par « Ce Qui me meut » et « France2 Cinéma »

PARDON MADAME

Au pied de la cathédrale, les avis divergent, ceux qui veulent danser sur du flamenco, ceux qui veulent danser plutôt sur de l'électro, et ceux qui sont fatigués et veulent rentrer. La communauté c'est un va et vient continuel de compromis.

Tom et Corentin nous emmènent dans un bar irlandais, pour le local on repassera…

Je passe une partie de mon temps assise devant l'entrée du bar, je fume des cigarettes et regarde la vie autour de moi. Les gens qui passent, avec chacun leur style, des classes, des cools, des roots. Les taxis jaune et noir, les bus touristiques envahissent la double voie. Je souris, je me sens libre, je sais que je dois être ici, c'est ici que ma remise en liberté commence.

Merci Barcelone, merci les amis de la Catfarm.

27

Ce matin, il est 11 h quand le propriétaire sonne à la porte et nous réveille. Nous étions tous rentrés plus ou moins tard et nous avions oublié que nous devions rendre l'appartement.

Il nous laisse une heure pour partir, nous nous transformons en fourmis, astiquant, rangeant et hop une heure après nous étions prêts.

Je dis au revoir à Cristabella et Flo qui continuent leur chemin de vie.

Nous profitons d'un dernier moment sur la plage, je me livre un peu sur les circonstances de mon départ. Une relation fraternelle se crée.

Je leur exprime ma plus grande colère, celle d'être privée de mes enfants. Je suis émue, et leur douce compassion m'apaise.

Chacun se livre un peu, et je comprends que nous avons tous une raison d'être à la Catfarm, à la recherche d'un meilleur, face à un monde qui ne nous parle plus.

Le retour est plus triste, mais nous sommes tous heureux de retrouver la communauté et notre petit confort alternatif.

28

Ma nuit a été partagée entre sommeil, cauchemars, et réveils.

J'entends au loin le staff des volontaires discuter du planning de la semaine, il est déjà 10h, je saute dans mes affaires et pars à l'EMDR.

Pendant la séance, mes yeux dansent de gauche à droite suivant la rythmique du bâton, je vis la scène traumatique, je vis mes émotions trop longtemps enfouies, c'est épuisant mais si miraculeux. Le pouvoir de l'accueil me montre sa magie.

En sortant de la séance, je marche avec légèreté comme si on m'avait délestée d'un poids énorme, je m'arrête à la boulangerie, sans oublier de passer à la fromagerie et reprends la route plus sereinement, un chèvre de Poussan dans la bouche.

29

Un miracle s'est produit à force de prier les anges, Virginia la créatrice m'a invité à passer deux jours avec elle à Saint-Chély. Je saute de joie et remercie les anges.

Luiza est passée dans le tipi pour me remettre un poème magnifique que je lui ai inspiré :

« In the village of Poussan, there was a witch. She had power in her golden eyes, thought where we would reach her soul, made of earth, air, chocolate cake and creps ; under her skin, a green light illuminated her heart, it was a mom's heart ? Caring and Staring, curious like a child ; And her way of talking was so light that sometimes she actually looked like a child. Maybe the world outside the tipi's window was too much for her body, the heavy of wind could drop her equilibrium and it was hard, so hard. How can a soul made of earth fall so easily ? She didn't know as well. And was not searching for an answer. The only thing she wanted was to make love with peace, after realizing that peace lives inside her own. Thank you Mafalda »[9].

____

[9] « Dans le village de Poussan, il y avait une sorcière. Elle avait du pouvoir dans ses yeux d'or à travers lesquels nous pouvions

PARDON MADAME

Sans rien savoir, elle a perçu mon âme, elle a compris mes peurs. Je découvre qu'elle est aussi journaliste et a écrit un article sur les clowns à l'hôpital. Je ressors mes archives et je retrouve un article de moi paru dans le journal Horizon, moi en rigologue, moi en clown, moi un grand éclat de rire sur le visage, la Mafalda d'avant…

Je décide de préparer pour le soir un avant-goût d'une séance de rigologie, après tout je pense que je suis toujours capable d'en faire. Il y a de ça quelques années, j'avais commencé une formation de sophrologie et malgré toutes les vertus bienfaisantes de cette thérapie, je n'avais pas accroché, j'avais besoin de mouvement. J'avais trouvé une formation de rigologue, la thérapie par le rire, à l'école internationale du rire à Frontignan. Après avoir obtenu mon niveau d'experte 2, j'avais créé un club de rire dans mon village en Nouvelle-Calédonie.

---

atteindre son âme, faite de terre, d'air, de gâteau au chocolat et de crêpes. Sous sa peau, une lumière verte illumine son cœur, c'était le cœur d'une mère soucieuse et regardant, curieuse comme un enfant. Et sa façon de parler était si légère qu'elle avait parfois l'air d'une enfant. Peut-être que le monde à l'extérieur de la fenêtre du tipi était trop pour son corps, le poids du vent pourrait lui faire perdre l'équilibre et c'était dur, si dur. Comment une âme faite de terre peut-elle tomber si facilement ? Elle ne le savait pas, et ne cherchait pas de réponse. La seule chose qu'elle souhaitait était de faire l'amour avec la paix, après s'être rendu compte que la paix vivait à l'intérieur de la sienne. Merci Mafalda »

Je me transforme en teacher, et le plus dur est de traduire en anglais. Skarlett m'accompagne dans la traduction.

Nous parlons d'émotions, de sentiments, de rire, de la Calèche de Platon. Le nez de clown les transforme, je découvre les volontaires d'une autre façon. Ils réussissent leur défi, celui de nous faire deviner une émotion et de nous faire rire. Le temps d'un soir, je retrouve confiance en moi.

À la Catfarm, la rigologie n'est pas forcément nécessaire, ici on rit souvent, même très souvent.

Ce soir, c'est au coin du feu que j'écris, tout le monde se réchauffe. Skarlett part demain, fini les comédies musicales, les mimes, les "Very good", au revoir ma translater préférée. Je souhaite qu'elle réussisse son audition à New York dans la comédie *Heathers*.

Elle est en train de laisser son art sur les poteaux en bois de la cuisine, un pinceau à la main. Corentin et Aurélie nous préparent the cooker for the dinner. Sigy, le chat, s'étire tout en nous observant. Ismaelo appelle en Colombie sa femme et ses enfants. Luiza médite assise au coin du poêle et Tom se repose dans sa tente après une dernière nuit difficile.

Tout est paisible.

30

« *Mafalda,*

Tu te refais le film d'hier, convoquant ta bulle de bien être après cette séance de soin qui t'a épuisée. Hier, tu as partagé, tu as partagé ton savoir de rigologue et tu as reçu. Tu as reçu un conte de Luiza, des mots pour traduire ta séance de rire de Skarlett, des émotions de tous. Tu ressens de l'apaisement autour de toi.

Pendant notre conversation Messenger, je te vois sourire. Tu as un rendez-vous avec cette créatrice que tu as très envie de rencontrer. On cale les dates pour que notre venue te permette de la voir quand même. Tu poursuis tes envies. Tu vis cette année pour toi et tu peux en être fière. Je t'aime ».

« *Ma Jaja,*

Oui j'en suis fière, merci my love sister. Mais je suis moins fière de ce que je viens de faire, boire de l'eau un peu trop fraîche, allongée dans mon lit, la renversant dans mon pyjama, alors que tout mon rituel du soir était fait. J'ai froid dans mon tipi ! ! ! »

31

Une semaine est passée, où j'ai repris mes petites habitudes à la Catfarm.

Aujourd'hui, Je ressens le besoin de bouger pour le week-end.

Je prépare une petite valise, pour retrouver Gallou à Valence, puis Coralie à Chambéry. Cette fois ci, la décision de partir se fait sur un coup de tête, plus besoin d'émettre une hypothèse, de tergiverser pendant des jours, le projet est très vite concrétisé. Je démarre la voiture, actionne le GPS en une seconde, mets mes lunettes de soleil, ouvre la fenêtre et les cheveux dans le vent, un sourire illumine mon visage, je crois qu'à cet instant précis je me sens LIBRE.

32

La route s'est faite sans problème, Chérie FM à fond, vagues de nostalgie des années 80.

Chez Gallou et Jim, je me suis régalée d'une douche longue et chaude, je me suis collée aux radiateurs, et j'ai avalé la raclette en un rien de temps.

Le lendemain, départ pour Chambéry avec le même enthousiasme. Coralie est toujours aussi fatiguée, je file au rendez-vous qu'elle m'a prise chez un praticien de la médecine chinoise, un ancien infirmier. Il m'a mise en confiance rapidement, j'ai pu dépasser mes peurs et me mettre en sous-vêtements devant un homme que je ne connaissais pas.

« Le foie, il y a un problème, il y a de la colère, de vieilles colères »me dit-il. Il me masse le foie, puis les intestins, me débloque les sphincters émotionnels, et enlève les adhérences de ma césarienne. Et ce n'est pas fini, il me manipule sur le côté, j'entends un

« crac », ma vertèbre, me remet sur le dos, regarde la symétrie de mes jambes, je l'interpelle :

— Il y a un problème avec mes jambes ?

— Non maintenant il n'y a plus de problème, avant la jambe droite était plus courte que la gauche.

Dans mon for intérieur, je me suis dit chouette, je ne suis plus bancale.

Je repars avec un traitement à base de plantes pour drainer mon foie et digérer ma colère.

Le lendemain, je décide de rencontrer le vendeur du magasin de pierre qui avait donné une tourmaline à Coralie pour me soigner. Je pense qu'elle m'a beaucoup aidée sur mon chemin. Je l'ai simplement remercié, et il m'a juste répondu « Vous êtes sur la bonne voie », il n'avait pas besoin de m'en dire plus.

Le soir, je me transforme en barman, pour donner un coup de main au compagnon de Coralie. Je me sens bien derrière un bar, je discute avec les clients, les observe et réussis ma première pression.

En rentrant, j'effectue les exercices d'ancrages que m'a conseillé l'infirmier. Je souris, je respire profondément pour permettre, par l'intermédiaire de mon diaphragme, de mobiliser mon foie. J'imagine des racines prolongeant mes pieds, des racines qui vont très loin dans la terre, jusqu'au magma. La chaleur de la bouillotte permet de rendre cette sensation plus réelle. Je me sens bien, mes bras deviennent des branches dans lesquelles j'accueille mes enfants, moment de tendresse et d'amour en pleine conscience.

PARDON MADAME

Retour à la Catfarm, heureuse de retrouver ma petite tribu qui se réduit. Dimanche, jour de repos, Luiza, Aurel, Corentin et Tom visionnent un film sur St-Jacques-de-Compostelle. De vieux souvenirs rejaillissent. Il y a trois ans j'avais commencé le chemin de Saint Jacques seule, quelques deux cents kilomètres du Puy-en-Velay à Conques. C'est durant cette randonnée que je m'étais fixé une randonnée d'au moins deux cents kilomètres par an. J'avais fait des rencontres extraordinaires et m'étais promis d'en faire une en Nouvelle-Calédonie. Malheureusement ce chemin-là avait été mortel.

En voyant les images défiler sur l'écran, j'ai soudain l'envie folle de reprendre mon sac à dos, de poursuivre le chemin commencé il y a trois ans.

Je suis censée être libre, mais ma petite voix intérieure me dit : Doucement, Mafalda, doucement…Oui pour l'instant, la Catfarm, les soins, l'anglais…La patience est de mise, je la découvre et l'apprivoise.

Ce matin, Luiza commence notre matinée avec une séance énergétique. Tous en rond, nous imaginons une boule d'énergie virtuelle, nous la passons, l'attrapant avec délicatesse ou pesanteur, le regard bienveillant. Ce petit jeu me relaxe et je suis pleine d'énergie pour me rendre à mon rendez-vous pour l'EMDR.

En arrivant, je suis persuadée que je ne pleurerai pas, il n'y a aucune raison, je me sens bien et pourtant, cette thérapie est forte pour sortir les anciennes colères. La thérapeute active le balancement de son bâton de droite à gauche, afin de me désensibiliser face aux traumatismes vécus. Cette séance me fait vivre des émotions trop longtemps refoulées, je les digère non sans douleur. Nous traitons les relations sexuelles où je ne me suis pas respectée, conduite à risque qu'inconsciemment on prend après avoir subi des violences sexuelles. J'apprends à dire non, à reprendre possession de mon corps, ce que j'appelle ma petite voix intérieure est en fait mon moi parental.

J'apprends simplement à me respecter.

Demain, maman et Jeanne arrivent, je suis heureuse de leur montrer l'endroit où je me reconstruis, où je crée.

33

En attendant ma famille, Luiza m'apprend une rythmique en ukulélé, qui fut interrompue par une scène de rire. Luiza était capable de transformer une peau de banane en une histoire clownesque. Nous voilà toutes les deux à monter un scénario, la peau de la banane se transforme en chapeau, puis en collier, l'imaginaire déborde, nous nous regardons avec bienveillance, sourions à la vie et finissons par un grand *hug*.

Jeanne et maman arrivent, je doutais de leur capacité à faire 700 km d'une traite avec le *van*, et ce soir elles m'ont bluffée.

Elles sont rayonnantes et pétillantes malgré la route. Très peu de temps est nécessaire à ce qu'elles se sentent à l'aise. Jeanne partage ses connaissances pédagogiques avec Aurélie et maman découvre la douceur du tipi.

Cette nuit-là, il paraît que j'ai chanté pendant mon sommeil. Je devais chanter la joie de les revoir.

Les quatre jours avec elles ont été doux, tendres, joyeux, dansant, chantant, contant, marchant, aimant…

34

Je suis malade. Les vomissements sont de retour. J'essaye de comprendre ce que mon corps me dit, ça fait longtemps que j'ai compris que tout ce qui ne s'exprime pas s'imprime. Je ne sors pas de mon tipi, accepte ce qui vient. Ce matin, je repense à ce que disait Jeanne : Au bout de la vingtième minute de sport, on commence à déclencher un processus immunitaire. Alors, malgré le ciel maussade et les gouttes de pluie, j'enfile mes baskets, que j'avais laissées au placard depuis mon arrivée, direction *el camino* derrière la Catfarm. Je ne ressens aucune peur, seule l'envie de sentir mon corps bouger me préoccupe.

Je cours, *Je marche seul* de Jean Jacques Goldman rythme mes pas, je regarde chaque pied avancé l'un après l'autre comme pour me dire que c'est bien moi qui trace la route dans les montagnes, seule, je me surprends.

Je veux atteindre le flag en haut de la montagne, je traverse des ruines de pierres, des pierres et toujours des pierres ; les arbres sont partis pousser ailleurs. L'eau a traversé mes baskets et c'est avec les pieds inondés que j'arrive au sommet… mais pas le bon, le flag est sur un autre sommet.

Peu importe, le but recherché n'est pas la destination finale, mais me reconnecter avec mon corps.

Je repense aux conseils de Luiza sur l'ancrage. Seule en haut de nulle part, je crie de toutes mes forces tout en tapant des pieds, telle une danse de combat avant d'entrer dans l'arène. Je domine, je suis forte, très forte, invincible.

Je redescends comme une biquette, sautillant, je ne vois plus Poussan, ni la Catfarm d'ailleurs, je crois que je me suis perdue. Je contrôle la situation, sors mon GPS, et finis par retrouver ma route.

Arrivée à la Catfarm, deux nouveaux volontaires sont là : Chris un Canadien et Roger un Brésilien… un réel plaisir des yeux d'ailleurs. Mon dynamisme est revenu et mon humanité aussi. C'est en pleine forme que je prépare une plâtrée de légumes pour tout ce beau monde. Je me surprends à cuisiner aussi bien. Aurélie me fait une proposition de job : être *cooker* à la Catfarm.

— Mille mercis mais j'ai d'autres projets, lui répondis-je.

Je change souvent d'avis comme de chemise mais j'avais profondément envie d'ouvrir un bar à fromages au Portugal. Une idée qui m'avait été soufflée avant mon départ du Caillou par un ami médecin. Je trouvais audacieux de tourner le dos à mon métier et de me réinventer une nouvelle vie, mais je n'avais aucune certitude d'y arriver d'autant plus dans mon état actuel. Se réinventer une vie n'est pas chose facile.

Le repas fini, j'enfourche le vélo, comme si l'effort physique de ce matin n'était pas suffisant. Je dévale les collines, ressens la même liberté que celle de mon enfance et adolescence. Je m'arrête au supermarché pour acheter les ingrédients pour ma tarte aux pommes et repars sans omettre de passer par la boulangerie, un chausson aux pommes en guise de récompense.

Le retour est plus rude, ça grimpe, je me défie en prenant la position de danseuse, mes muscles tremblent, mes poumons s'asphyxient, putain de clope ! ! ! Et la petite voix me dit « Tu seras vraiment libre le jour où tu auras arrêté cette saloperie ». Eh oui, elle a toujours raison cette petite voix.

Pour la peine, je me pose sur un petit tas de pierres, je savoure mon goûter et j'admire les lignes de vignes à perte de vue. Les bourgeons commencent à dévoiler de petites feuilles, les pieds sont garnis d'épis de blé aux reflets dorés et de petites marguerites. Moment privilégié, moment magique.

La soirée se termine en douceur, le soleil pointe son nez enfin, pour vite aller se coucher, au rythme de notre DJ Tom, de Bruno à la guitare et moi au ukulélé.

Il n'est pas loin de 23h, je quitte la bande pour rejoindre mon tipi avec sous le bras ma fidèle compagne, ma bouillotte. Tobby va se coucher aussi, j'entends ses pas derrière moi dans le noir, je n'ai pas peur, je commence à faire la différence entre le danger et la normalité. Tobby nous quitte demain, je me retourne, lui souhaite « take care, bon voyage », il me prend dans ses bras, c'était la journée des hugs, alors on termine par un gros hug. Je suis en confiance, ce sont des gens comme moi, qui développent leur amour dans la création et il n'y a aucun geste mal placé. La Catfarm me fait travailler sur mes peurs, elle me rassure, me redonne confiance en la beauté des hommes.

35

« Ma sœur d'amour,

C'est dimanche soir, j'aurai aimé te dire que ma journée fut pleinement joyeuse à Saint Guilhem du désert. Oh oui, elle l'a été, c'est à sept volontaires que nous sommes partis, traçant les vignes, les montagnes, enfin tu connais le chemin, à peine une semaine nous le sillonnions ensemble. Puis on s'est attablés à la même crêperie sur la place de la Liberté, on a mangé bruyamment, puis les garçons ont découvert la brasserie, qui deviendra le point de ralliement.

Flore et Aurélie veulent faire les magasins, moi je préfère découvrir St Guilhem autrement, en escaladant ses versants. Roger se joint à moi, il est mon garde du corps (ceinture purple de Karaté, attention !).

La vue est splendide, on aperçoit au loin sur le pic de la montagne une abbaye en ruine, une heure de marche, quarante minutes d'immunité, tout allait bien…

Puis au retour, je prends le volant, la ribambelle de volontaires bien gais derrière, parlent politique in English, je n'ai pas le courage d'essayer de comprendre, je me concentre sur la route et pars dans mes rêveries…

Je regarde dans le rétroviseur central, je vois tout ce bon monde, puis je vois mes enfants et leurs copains, les départs à Ouano[10] dans la mamamobile[11] sept places. Je me demande si je suis bien à ma place ici et maintenant. Un méli-mélo d'émotions, nostalgie, culpabilité, colère, injustice, manque, m'envahit, mes yeux rougissent et s'humidifient, Flo me regarde, me demande si ça va, je lui réponds que oui, tout va bien. Toutes ces émotions restent

---

[10] OUANO : site réputé de la côte Ouest de Nouvelle-Calédonie, succession de mangroves et plages, de petites criques et de rochers : idéal pour d'heureuses escapades

[11] Surnom donné à ma voiture peinturlurée avec des cœurs et des *peace and love*

bloquées dans ma gorge, je n'ai pas envie de montrer mon malaise.

Arrivée à la Catfarm, je me dirige vers mon tipi, sens ma gorge se dénouer et j'éclate en sanglots, la tête sous la couette, Leif Vollebekk en fond sonore pour étouffer mes pleurs et mes cris. Je fais défiler les photos de mes enfants, j'ai envie de les sentir, de les toucher, de les embrasser, un manque indescriptible, viscéral. Je vomis, mon ventre se tord.

Une heure plus tard, je me sens mieux, je me dirige vers la cuisine pour chauffer mon eau pour ma compagne de lit, ma bouillotte. Personne ne remarque mes yeux bouffis et mon nez rouge, l'avantage d'avoir peu d'électricité, je fume une cigarette, Roger vient me faire une proposition pour la leçon de portugais n°2 de demain, on doit chacun décrire l'intérieur de notre bedroom, lui la tente et moi le tipi. Je pars me coucher, apaisée.

Belle nuit grande sœur et encore merci pour tes messages d'amour, je te découvre, je lève le voile, je vois une sœur aimante et pleine de compassion, quelle chance j'ai. »

36

« Mafalda d'amour,

C'est dimanche soir, ta journée n'a pas été pleinement joyeuse. Tu refais le chemin que nous avons parcouru la semaine dernière mais cette fois tu es accompagnée de sept volontaires pour découvrir Saint Guilhem, ses cafés, ses boutiques, ses ruelles.

Tu marches une heure et tu calcules ton taux d'immunité. Tout semble aller bien.

Au retour, tu prends le volant. Tu entends les autres parler mais tu ne sembles plus avoir le courage d'essayer de comprendre. Tu te concentres sur la route et tu te mets à rêver. Tu regardes dans le rétroviseur et j'ai l'impression que tu as eu une vision, un souvenir. Tu te demandes si ta place est bien ici. Les émotions te semblent bloquées dans ta gorge. Puis arrivée dans ton tipi, ta gorge se dénoue et tu éclates en sanglots. Tu pleures, tu cries, tu vomis… tes intestins, cerveau émotionnel, tordent ta douleur. Tu mets de la musique pour étouffer les bruits de ta souffrance. Tu convoques alors ta bulle de bien-être : des photos de tes enfants. Tu as envie d'être auprès d'eux : de les sentir, de les toucher, de les embrasser. Pendant une heure, tu as pleuré et exprimé ton mal être et tu sembles te sentir mieux. Tu sors de ton tipi, le rituel est là. Tu fais chauffer ta bouillotte dans la pénombre de la cuisine. Tu rencontres alors Roger qui te parle de demain, de leçon de portugais. Tu sembles apaisée et tu te couches. Tu me remercies pour les messages d'amour. Tu sembles heureuse de me découvrir aimante et pleine de compassion. Tu écris que tu as de la chance mais c'est moi qui te suis reconnaissante de ta confiance en moi. Moi qui ai de la chance de la place que tu me laisses occuper auprès de toi, dans cette année pour toi.

PS : je t'envoie le ressenti que j'avais écrit quand j'ai appris que tu t'étais faite violer de l'autre côté du monde »

« Mon père pleure. Il m'annonce ce qui est arrivé à ma sœur. Je le vois pleurer, je le sens s'effondrer. Il souffre, il cherche ce qu'il aurait pu faire, dire pour éviter ce drame. Et moi, qu'est-ce que je ressens ? Un grand désarroi que je m'empresse de chasser. Je dois aider ma sœur. Elle est vivante. Elle a été violée, blessée comme elle me le dira plus tard. Et moi comment je peux l'aider. Je suis forte. Je suis enseignante. Je construis des milieux qui éduquent et qui instruisent les êtres humains. Que puis-je faire ? Je prends l'avion avec mon père, je serai là pour elle comme elle voudra bien que je sois. Je n'y connais rien. Je n'ai jamais été agressée, je n'ai aucune expérience à transmettre. Je ne sais qu'une chose : ce n'est pas sa faute. Ce n'est jamais la faute de la victime. Si, je sais une deuxième chose, la résilience existe. Je l'ai déjà vue à l'œuvre chez certains de mes élèves.

Je ressens bien sûr un profond sentiment d'échec en tant qu'enseignante. La personne qui a agressé ma sœur est sûrement allée à l'école et que n'a-t-elle pas appris ? Qu'est-ce que la culture ne lui a pas permis de dépasser ?

Comment aider ma sœur ? Je ne sais pas. Alors je ne fais rien, rien qu'être là pour elle, ses enfants, mes parents. Je vais l'accompagner comme elle voudra bien me le permettre. Tout au long de ce chemin qu'elle m'a permis de faire à ses côtés, j'ai appris : que l'on peut aider ou non, que l'on peut parler ou non, que l'on peut écouter.

Mais surtout qu'on peut rester debout, prendre en charge le quotidien, continuer à vivre sans culpabiliser… et être là ou pas.

Ma sœur a tout de suite cherché à se soigner : psychiatre, psychologue, lecture, écriture, médicaments… Tout cela est nécessaire parce que ce sont des professionnels. Ils vont soigner les blessures à vif et permettre de passer les moments de douleurs intenses comme ils le feraient pour toute autre blessure.

Pour Mafalda, j'ai remarqué qu'elle ne se voyait plus comme elle était. Elle dégageait toujours ce charme et cette impression d'avoir envie de vivre et de rire de tout. Mais elle écrivait, elle disait qu'elle souffrait. Elle semblait coupée de la réalité, de ses émotions, dissociée.…

Mafalda ne se voit pas comme elle est. Elle ne fait plus de lien entre la réalité et ce que son cerveau et son corps lui envoient comme message. Je vais faire écho. J'ai appris cette technique pour aider des élèves qui n'avaient pas eu la chance d'avoir une mère suffisamment bonne. Ces enfants que vous surprenez en train de faire une bêtise et qui vous assurent que ce ne sont pas eux. Eh bien, ils y croient vraiment. Leur cerveau leur envoie un message différent de la réalité.

Faire écho, c'est dire à l'enfant sans jugement, sans interprétation ce qu'il a fait mais recréer ce lien entre acte et parole sur l'acte. C'est un travail de longue haleine que *l'on fait chaque jour avec l'enfant ou le groupe classe. Ce qui m'a surpris lorsque j'ai mis en place cet outil en classe, c'est l'écoute des enfants, le silence qu'il y avait quand je racontais l'écho de la classe. Si jamais j'oubliais ce temps d'écho, les élèves me le rappelaient aussitôt. Ils en avaient besoin…. Cela répondait donc à un besoin.*

J'allais faire écho à ma sœur. Elle avait commencé à écrire, à dire ce qu'elle ressentait. J'avais la chance de la voir, de la lire, je pouvais peut-être l'aider.

Chaque soir où je la voyais, chaque écrit qu'elle me faisait lire, j'y faisais écho ».

Avec tout mon amour

Jeanne, ta sœur écho… »

37

Je décide de quitter la Catfarm pour m'isoler un peu, comme si je devais recharger mes batteries pour deux ou trois jours. Direction Pézenas, une petite ville non loin de Poussan. Manue, mon amie d'enfance me propose de garder sa maison le temps de son absence.

Je vais faire des courses, je veux me faire du bien. Je remplis mon sac avec du parmesan, de la mozzarella, des asperges, des artichauts, des myrtilles, des fraises, des framboises, et des riz au lait.

Mon cabas en mains, je retrouve le champ de coquelicots que j'ai aperçu en passant. Je croque ces mets appétissants à pleines dents, assise dans l'herbe, dominée par des milliers de coquelicots.

Je vais déjà mieux.

Le soir, je m'invite à dîner, appréciant le confort de la maison.

Je savoure, je déguste, tout en écrivant un poème sur le coquelicot :

Mon *wonderful* Poppy
On dit que tu viens
D'une crête de coq
Enterrée par un paysan
Dans les Cévennes
Les éléments naturels
T'ont magnifié
Coloré à la Stendhal
Léger comme le papillon
Fragile comme le bonheur
Fort comme la résilience
Mon wonderful Poppy
C'est dans ton champs
Qu'aujourd'hui je me suis allongée
Plénitude d'un instant
Grandeur d'un amour perdu
Ta tige ondule sous la fine brise
Me laissant la sensation enivrante
D'une danse sensuelle,
D'un cœur qui bat la chamade
Merci joli coquelicot,
Tu es aimé.

Je poursuis la soirée en dansant. Je me regarde dans une glace, me trouve un beau teint, me souris…Je me rends compte que je peux voir mon corps mais je ne le sens pas, je me demande s'il est bien à moi, là dans ce miroir.

J'imagine le regard que les gens peuvent avoir sur moi, oui je suis jolie, oui j'ai un grand sourire et des yeux plein d'amour, oui je comprends pourquoi je suis un aimant.

Ce soir pour la première fois, je m'attire, j'ai envie de me connaître et de me faire du bien.

Un petit joint s'ensuit dans le canapé, la télé, retour à la société de consommation, et petit cadeau du soir, une émission sur les musiques des années 80.

Je pense que mes batteries se rechargent doucement.

En allant dormir, un long miroir trône dans la chambre de Manue, je n'ai jamais vu autant de miroir dans une maison.

Je me dénude, me regarde, chante en cœur avec l'enceinte sur Gloria Gaynor :

« No, not, I will survive. Oh, as long as I know how to love. I know. I'll stay alive. I've got all my life to live and I've got all my love to give… And I'll survive, I will survive, hey, hey ».

Je lâche prise, ma colère sort, je m'enlace, je crie haut et fort « C'est mon corps, il m'appartient, c'est moi qui décide ».

Je regarde mes tatouages, qui ont l'année dernière, recouvert mon corps. J'imagine un slogan publicitaire contre le viol. Un corps recouvert de tatouage pour redonner vie à un corps meurtri, à l'instar d'une poitrine tatouée pour redonner sa beauté à un corps mutilé par le cancer du sein.

38

« Mafalda,

Nous avons parlé ce matin sur ce que nous faisions toutes les deux à travers ce livre. Tu inventes un nom pour notre échange : l'écho thérapie. Tu demandes si cela sonne bien. Tu écris que c'est une idée de génie.

Tu sembles savoir ce qui te permettra de te faire du bien. Tes décisions de la journée semblent déjà te faire du bien.

La soirée s'annonce bien. Tu as déjà établi le menu qui te fait saliver.

Tu décides de danser, de te regarder dans une glace. Tu souris à ton reflet. Tu te rends compte que tu vois ton corps sans le sentir. Tu t'interroges : est-il bien à toi ? Le miroir te renvoie ce que les autres voient de toi : de la joliesse, un grand sourire, des yeux pleins d'amour, un aimant. Tu te sens alors attirée par toi.

Tu commences par un petit joint dans le canapé, la télé et une émission sur les musiques des années 80. Tu avais entre 7 et 17 ans dans les années 80. Tu sens tes batteries se recharger doucement.

PARDON MADAME

Au moment de te coucher, tu aperçois un long miroir et tu décides de te mettre nue et de te regarder. Tu chantes, tu danses, tu sembles lâcher prise, tu laisses ta colère sortir, tu t'enlaces, tu cries haut et fort que c'est toi qui décides, que ton corps t'appartient. Tu laisses ton imagination créer un slogan publicitaire contre le viol, le comparant à celui d'une femme mutilée par un cancer.

Belle nuit ma sœur en vie.

Jeanne ».

TISSER DES RÊVES

Nous avons tous notre propre vie à pour-
suivre, notre propre genre de rêve à tisser
Et nous avons tous le pouvoir de réaliser
des souhaits tant que nous continuons à y
croire.

Louisa May Alcott

39

Au moment où je pense perdre le contrôle de tout, où je me sens perdue et déboussolée, je reçois un mail de Virginia.

« Bonjour Jeanne, je suis seule ce week-end si vous avez envie de venir me retrouver à Saint-Chély, vous êtes la bienvenue.

Virginia »

Le miracle se produit, les prières depuis janvier sont salvatrices. Merci mes petits anges, merci Virginia.

Je bondis de joie telle une enfant le jour de Noël, oui c'est Noël pour moi, le plus beau cadeau qui pouvait tomber, maintenant, même si je ne sais pas comment se passera cette rencontre.

Je quitte la maison de Manue, pleine de joie.

Dans la voiture, je sens mon cœur battre comme un premier rendez-vous.

J'arrive par Nasbinals, rencontre des pèlerins cachés sous leur K-Way XXL. La pluie et le brouillard laissent peu de visibilité.

Je remonte trois ans en arrière, lors de mon pèlerinage, je revis les moments intenses de cette randonnée.

Saint-Chély au loin, je revois ce petit chemin par lequel je suis passée, je me souviens d'un pique-nique entourée de vaches vêtues d'une robe fauve et aux yeux joliment khôlés. Je me souviens du bar de Saint-Chély où j'ai bu un chocolat les genoux en vrac. J'étais juste à côté de la maison de Virginia.

Je sonne, Virginia vient m'ouvrir, je la trouve belle, ses cheveux blancs sont soyeux, on se sert cordialement la main, elle m'invite à prendre un thé.

Je découvre tout ce que j'ai pu lire dans son livre, son talent pour la déco : chaque objet a sa place avec son histoire.

La tête de cerf trône dans la salle à manger, honneur au cerf qui lui a barré la route et l'a sauvé un soir d'hiver. La photo du lion mangeant une girafe se dresse sur un grand tapis mural dans le salon, Virginia voulait se jeter dans sa gueule en Afrique du Sud un jour de grand désespoir, mais elle ne l'intéressait pas, sa proie la girafe était bien plus appétissante qu'elle. L'escalier menant aux chambres est décoré de skis vintages en bois, des photos de sa vie, de ses enfants, son combat, de Johnny Depp son ami.

Deux pèlerines ont trouvé refuge ici, elles sont jeunes, très attentives et compatissantes envers Virginia qui conte son récit de vie tumultueux.

Un petit temps furtif où j'avais besoin de la prendre dans mes bras, sous cette force, on sent cette fragilité, ce besoin d'être aimée et d'être reconnue.

La grêle et l'orage se déchaînent, Virginia nous propose de passer au salon. Les pièces sont immenses, je traverse son magasin, échantillonnage de produits locaux admirablement mis en valeur, pour arriver au salon. Tout est beau, je sens des énergies douces.

Le salon est dominé par des tentures, on retrouve des traces de ses voyages en Mongolie, en Bolivie, au Népal. Un grand lit devant la cheminée fait office de canapé, tout est fait pour que l'on s'y sente bien. On parle beaucoup toutes les deux de nos blessures, d'un renouveau aussi angoissant pour elle que pour moi.

J'admire cette mémoire des dates, tout est encore là malgré son âge, soixante-douze ans.

Les pèlerines écoutent nos vies, nos traumatismes, nous conseillent.

La soirée se finit au coin du feu, nous étions toutes les deux épuisées par nos récits, et avions chacune mal quelque part, comme si le poids du passé pesait encore sur nos épaules et nous empêchait d'avancer.

Au réveil, nous en discutons et pensons qu'hier, nous avons été trop directes avec ces deux jeunes pèlerines. On leur a envoyé en pleine face la moitié des horreurs que l'on peut vivre durant une vie. Nous pensions les avoir traumatisées, nous nous sommes promis de ne jamais reparler de tout ça de cette manière et de positiver beaucoup plus.

À notre plus grand étonnement, les jeunes filles ne l'avaient pas du tout ressenti comme cela. Elles décident d'aller chercher le soleil et de ne pas finir le chemin de St Jacques, le temps est à la neige et au froid, je peux les comprendre, elles étaient là pour se retrouver, se parler de leur vie et le chemin n'était pas propice à cela.

Elles nous remercient, disent que nous sommes des femmes fortes. Aurore, l'une des deux, très psychologue, quitte Virginia en lui disant « Il serait bien de vous détacher de votre nom, et que vous trouviez votre propre identité ». Virginia est touchée.

Une bonne demi-heure plus tard, je profite d'un bon bain chaud dans ma chambre portant le nom de « branchages ». J'ai l'impression de prendre un bain dans la forêt. Les miroirs tout autour de la baignoire donnent une dimension gigantesque à cette pièce. Je sirote un verre de vin en profitant du spectacle, jusqu'à ce que Virginia m'appelle et me dise :

— Mafalda, viens voir, les filles m'ont laissé une carte sous la porte.

Je m'habille rapidement, dévale les escaliers, elle me tend la carte, je la lis :

« Virginia
Les personnes et les choses ont l'importance qu'on leur donne. La liberté consiste à construire la réalité qui nous correspond. Nous vous souhaitons de vous écouter, de vous accepter et de vous aimer pour ce que vous êtes vraiment. Comme tout être humain, pas plus, pas moins, vous méritez de vous aimer et d'être aimée pour ce que vous êtes et non ce que vous faites.
Aurore et Solène »

PARDON MADAME

Je regarde en haut à droite de la carte, il est écrit en tout petit un PS :

« Prenez soin de Mafalda ! ».

Nos regards embués se sourient, nos bras s'entrelacent, nos cœurs battent au même rythme, pas besoin de parler, je sais à ce moment-là pourquoi je suis ici avec elle.

Nos petits anges partis, je décide d'aller affronter la tempête le temps d'une marche sur les pas de St Jacques. Je fais un remake de mon arrivée à Saint-Chély trois ans auparavant. Les conditions météo sont complètement différentes et le paysage du coup aussi.

N'ayant pas la tenue adéquate pour traverser des champs de boue neigeuse, je me retrouve vite les pieds inondés dans mes bottes de ville. Le vent gelé me frappe le visage, je m'emmitoufle dans mon écharpe, mes doigts sont insensibilisés par le froid, mais je suis là, je retrouve la vierge en haut de la Montagne, je la contemple, la prie à ma manière, et je ne sais pas pourquoi, ma petite voix me dit « Laisse ton passé ici. »

Je regarde ce que j'ai sur moi matériellement qui pourrait représenter le passé, je vois la bague de mariage de papi et mamie que je porte à mon annulaire gauche, comme si j'étais mariée avec mes ancêtres. Je l'enlève, lis une dernière fois l'écriture à l'intérieur de l'anneau S. Lardeux à H. Dugué le

18 septembre 1946. Je creuse un trou à 30 cm de la vierge sous le tas de pierres, formant une pyramide délicatement érigée par des pèlerins. J'y dépose l'alliance au fond et recouvre de terre et de pierres. La neige s'arrête, les nuages se détachent pour former des ombres chinoises sur le sommet des montagnes, le soleil inonde mon visage, je souris…

Je garde désormais tous les bons souvenirs avec eux dans mon cœur, c'est suffisant.

Je reprends le chemin en sens inverse, j'aperçois Saint-Chély en marchant, je me revois, marchant seule… il ne m'était rien arrivé cette fois-ci.

En psychologie, on dit souvent qu'il faut remplacer un souvenir traumatisant par un souvenir joyeux, c'est à ce moment-là que j'ai remplacé mes images dures par des images agréables. Merci Saint Jacques.

40

On est dimanche soir, je rentre de Saint-Chély, je suis exténuée, je décide de me coucher tôt, il est à peine vingt heures et le soleil rayonne encore sur la Catfarm.

Malgré le vent qui fait danser les toiles du tipi, je relis mes écrits, les échos de ma sœur, je frémis de joie.

Tant de changements en moi en à peine cinq mois, une sorte d'acceptation, le fruit d'une compréhension.

« Mafalda,

Ce soir, tu es fatiguée, tu te couches en te relisant. Tu frémis de plaisir, tu vois de la beauté.

Tu sembles réaliser les changements en toi en à peine cinq mois.

Tu me dis alors que tu m'aimes. Tu me remercies de te faire grandir. Tu peux être fière de te sentir grandie. Tu peux être fière d'avoir su prendre soin de toi durant ces derniers mois.

Je t'aime ma sœur EN-VIE. »

41

« Ma sœur écho,

Des jours sont passés depuis mes derniers écrits, depuis ton dernier écho. J'éprouvais ce besoin de me déconnecter de l'écriture et de vivre le moment présent d'une autre manière, en faisant l'ours dans mon tipi.

Je viens de finir ma thérapie en EMDR, enfin façon de parler, une thérapie peut durer des années, c'est à nous de décider d'y mettre fin pour passer à l'action. Ces séances ont été éprouvantes et ont fait rejaillir de mon inconscient ce qui s'était passé lors de cette fameuse boom, dans mon adolescence. Je n'ai pas voulu creuser plus loin, mais j'ai compris pourquoi je ne me respectais pas dans les relations amoureuses. J'ai compris que le fait de l'avoir enfoui m'autorisait à me faire du mal inconsciemment. Nous avons repris certaines scènes où des hommes, fort de perversion, ont profité de ma faiblesse pour abuser de moi. Chaque scène a été visualisée, mais cette fois-ci, je les vivais avec la possibilité et la force de pouvoir dire non. Ces visualisations m'ont permis de me réapproprier mon corps et de retrouver mon estime. Je retrouvais de la valeur, cette valeur que j'avais perdue depuis ma plus jeune adolescence.

Je n'étais coupable de rien, seuls coupables, ces prédateurs qui nous prennent pour leur jouet.

C'est moi qui dois me soigner mais ce n'est pas moi la malade.

Mes rendez-vous chez la psychologue prenaient fin aussi, avec un petit goût amer de ne pas avoir pu participer à un groupe de paroles, manque de places.

Le départ de la Catfarm est proche, une petite pause pour que ma conscience devienne amie avec mon inconscient, pour que les traumas laissent la place à la vie.

Les étapes sont parfois difficiles et douloureuses, et il m'a été nécessaire d'augmenter mon antidépresseur pour sortir de ce tunnel qui parfois paraît bien long.

Je me découvre, et j'observe, que durant cette période d'hibernation, mes fonctions vitales sont au ralentis, je dors, somnole, suis dans l'incapacité de traiter une information, culpabilise, me dis, enfin mon moi parental dit :

"Tu as du temps pour toi, lis le livre que ta sœur t'a offert sur la méditation, tu sais que le jour où tu auras appris à lâcher prise, tu verras, tu seras sur le chemin de la liberté".

Je sais, je sais, mais je ne contrôle pas tout.

Je sais aussi que la lune agit sur moi, surtout la nouvelle lune.

J'ai le temps d'écouter mon corps et je suis le rythme des saisons. Cela peut paraître incongru de ma part, mais pourquoi attendre que l'on soit malade ou blessé pour pouvoir apprécier ce temps et ce partage avec la nature. Enjouons-nous à une nouvelle réflexion sur la vie et son sens, réfléchissons à notre condition humaine et à ne pas attendre un malheur pour apprendre à se connaître et à vivre en toute conscience.

Je dis aussi "blessée" car suite à la lecture du dernier livre de Boris Cyrulnik "La nuit, j'écrirai des soleils"[12], j'ai trouvé ce mot plus signifiant que "malade".

Cet écrivain est extraordinaire, il pose vraiment les mots adaptés. Par sa résilience, il dégage une force extraordinaire.

Il explique parfaitement le sens des mots et l'importance de l'écriture dans la cicatrisation :

"La création d'un monde de mots permet d'échapper à l'horreur du réel en éprouvant au fond de soi le plaisir provoqué par une poésie, une fable, une belle idée, une chanson qui métamorphose la réalité et la rend supportable…"

Je le lis, le dévore, tout reprend un sens légitime à ce choix de l'écriture.

---

[12] Boris Cyrulnik, *La nuit j'écrirai des soleils*, 2019, Odile Jacob éd.

L'ours sort de sa tanière, grande sœur, l'ours reprend l'envie d'écrire, je suis là et je t'aime. »

42

« Chère Mafalda,

Tu fais l'ours dans ton tipi. Tu écris que tu avais besoin de te déconnecter de l'écriture. Tu sembles avoir besoin de vivre le moment présent, de faire une pause avant ton départ de la Catfarm. La lune semble agir sur toi. Tu écris que tu as l'impression d'être dans un tunnel. Tu dors, tu somnoles, tu acceptes que tes fonctions vitales fonctionnent au ralenti. Tu t'écoutes, tu t'observes, tu apprends à te connaître sans te contrôler. Tu sembles avoir trouvé dans les mots de Boris Cyrulnik une expression qui décrit ce que tu ressens : "blessé". Alors tu lis ce livre "La nuit j'écrirais des soleils" qui met des mots sur ce qu'il y a de résilient dans l'écriture. Tu sors de ta tanière, tu es en EN-VIE, tu as envie d'écrire. Tu es là et tu écris que tu m'aimes. Je suis là et je t'aime. »

43

Lors de mon dernier rendez-vous chez la psy, j'ai flâné du côté historique de Montpellier, parcourant ses petites rues pavées, ses shops vintages, ses bars, ses boutiques hétéroclites.

J'ai vu cette vitrine d'un salon de coiffure, mélange coiffeur/bar/création. Son côté insolite et atypique me plaisait. Je me regardais dans la vitre, voyant ma coupe de cheveux défraîchie, je décidais de prendre un rendez-vous pour le jour même.

J'y vais en petite jupe, bottines, et casquette. Le soleil et la chaleur sont aussi au rendez-vous. Je marche dynamiquement, les épaules hautes, émane de moi une expression de confiance en soi, j'entends l'écho d'Angèle « Balance ton quoi ».

Tout en déambulant dans la rue, je m'invente des scénarios comme si je tournais un film et que j'avais le rôle principal. C'est comme dans les films que l'on aime regarder avec ma sœur, où tout fini toujours bien et où on verse une larme à la fin en criant un grand « Ouahhh, c'est troooppp beeeeaaauuu ! »

Après avoir été victorieuse dans mon scénario, je rentre dans le salon, Lyse la coiffeuse, un sourire vrai et large, des yeux lumineux, me demande de choisir mon fauteuil. Le choix est difficile, entre "le siège de Germaine, Augustine, Simone ou Georgette mais ma préférence va vers le siège prénommé « Georgette », ça rime bien avec Janette comme ma sœur.

Avec les ciseaux dans la main droite, elle observe mon visage, change le côté de ma raie, me parle de mon cheveu, de sa texture, de sa couleur blond foncé. J'avais l'intime conviction qu'elle avait les cartes en main et que je pouvais lui faire confiance.

C'est l'année du changement, alors on change de coupe.

J'ai testé pour la première fois le concept bar/ coiffure, un bon chardonnay avec des cacahuètes à treize heures sans rien dans le ventre depuis la veille, ça fait son effet rapidement. Tout paraît fluide, tout va un peu au ralenti, ce qui a été très appréciable pendant le massage du cuir chevelu. Heureusement le temps de pose de la couleur m'a permis de reprendre doucement mes esprits. Lyse parle joyeusement de son voyage à Cuba avec son tendre amour, je laisse mes cheveux entre ses doigts de fées, elle les malaxe, les tortillonne, les coupe, les ébouriffe et la touche finale du léger brushing me laisse contemplative. C'est la grande classe, le dégradé de la nuque, laissant entrevoir un carré plongeant, me ravit. Je sors du coiffeur comme si je sortais d'un bar avec des copines.

Je rentre à la Catfarm où il y a eu beaucoup de mouvements ces derniers jours.

Roger, « le brésilien bien aimé », dès qu'il fait quelque chose il réussit : comme faire un gâteau carotte, faire du slackline, apprendre le français, danser une valse ou un tango… Tout, il réussit tout. Roger, mon ami de cœur, a quitté la Catfarm pour rejoindre sa dulcinée en Croatie.

Entre temps sont arrivés et partis Zwen, Loukas, Tobby et Suzanne des Allemands qui ont laissé de jolies traces de leur passage, un dream catcher, une cabane pour oiseaux, et leur bonne humeur. Tobby m'a offert un petit morceau de bois de vignes délicatement sculpté laissant entrevoir de petites alvéoles. Je l'ai accroché à ma baguette magique (je m'étais fabriqué une baguette magique avec tous mes grigris, me donnant un petit air de sorcière).

Papa est venu et est reparti, comme à son habitude avec un besoin intarissable de parler, évoluant vers la tachypsychie[13]. D'ailleurs il faudrait que je lui parle de ce mot, peut-être que celui-là, il ne le connaît pas !

Mon père s'est intéressé plus que d'habitude à moi, il voulait tout savoir, mes rencontres avec lesquelles il voulait faire un buisson généalogique, mes soins, moi, mon tout, tout ce qui me touche de près et qui puisse me faire retrouver la joie de vivre d'antan.

Un soir, bras dessous, bras dessus, nous parcourons les rues de Pézenas, dans l'espoir de boire un dernier verre, mais il est déjà tard et le choix n'est pas large.

Au bout d'une rue, on observe un attroupement, on s'avance, que se passe-t-il ?

— Un concert ?

— Qui ?

Bazbaz « Le cri de la mouche », je trépigne, je veux y aller. Papa est partant même s'il ne le connaît pas.

---

[13] Tachypsychie : cet « emballement de l'âme » est un symptôme de la vie psychique qui se manifeste par une rapidité anormale du cours de la pensée… fuite des idées qui est ressentie par les autres comme un discours très rapide (logorrhée) et parfois incohérent.

Ces quatre jours passés ensemble l'ont fait réfléchir, je sais que Catfarm lui a fait un grand bien, malgré l'anglais qui réduisait considérablement son débit verbal.

Me voilà donc ce soir dans mon tipi, mon rituel du coucher est différent depuis quelques jours, le printemps pointe son nez et une couette devient suffisante, la petite toilette est plus agréable et la bouillotte un peu trop chaude, mais c'est comme un compagnon que l'on ne peut se résoudre à quitter.

Et chaque soir, je remplis d'eau chaude ma tasse magique offerte par mes collègues et je vois apparaître mes enfants. Bientôt ce sera en vrai, je vais pouvoir les sentir et les croquer, plus que trois semaines.

Il me reste quatre jours à la Catfarm, j'en profite pour me détendre ou participer à la mise en place d'un YOUTH EXCHANGE[14] pour juin. Je couds des banderoles de drapeaux multicolores sur une Singer Vintage manuelle.

La pleine lune arrive, l'énergie aussi.

44

---

[14] Initié par le ROTARY « Youth Exchange » est un programme d'éducation populaire rassemblant des jeunes autour d'une thématique, communication non violente, permaculture… https://www.rotary.org/fr/our-programs/youth-exchanges

« *Ma sœur écho,*

Ce soir tu m'écris via Messenger, tu me parles de mon écriture que tu trouves belle. Une image me vient et si c'était peut-être par l'écriture que je pourrais être reconnue et transmettre quelque chose, l'envie d'y croire, de ne jamais baisser les bras.

Oui, j'y crois, je vais y arriver, et puis ayant le signe du taureau, je suis une fonceuse.

Aujourd'hui, j'ai pris soin d'Isabella, une Brésilienne très lumineuse que je sentais très fatiguée. Elle passe ses journées à faire le ménage à la Catfarm. Elle est accompagnée de Pedro, son boyfriend argentin. Ils se sont rencontrés il y a quelques mois en Espagne.

Je lui propose un massage qu'elle accepte en sautant de joie.

Ma sœur, il se passe des choses magiques, je l'ai massé avec le cœur et elle s'est mise à pleurer, à sortir toute sa souffrance, je sens en elle la violence que l'on a pu lui infliger, je ressens des choses.

Je pense que nous avons tous des dons que nous exploitons ou non, en tout cas je pense que j'en développe un.

Avant de préparer ma bouillotte, je danse sur la musique colombienne de Laura, qui nous apprend le déhanché version colombienne, un pas en avant, un pas en arrière ; Marcella nous apprend la version brésilienne, tu t'accroupis et tu bombes les fesses en les remuant, on éclate de rire, Tom suit le move.

Je retrouve mon lit et mon iPad qui me notifie 50 le-çons à revoir sur Mosalingua, j'ai du retard, c'est stres-sant ces saloperies et mon livre sur le bord de mon lit « l'anglais pour les nuls ».

Je ne désespère pas, je n'ai pas trop potassé mon an-glais mais j'ai réussi à tenir une conversation durant plus de trente minutes avec Tina, une Allemande bohême, je suis fière. »

« Mafalda,

Tu sembles découvrir et développer un don qui te relie aux autres.

Tu stresses de ne pas faire correctement les cours d'an-glais, mais tu as réussi à tenir une conversation avec Tina et tu peux être fière de toi. »

45

Les gouttes de pluie me réveillent fraîchement. Je connais ce tipi par cœur, je sais que quand il pleut il faut que je me décale de quelques centimètres dans mon lit. Malgré ces petits désagréments, le tipi est fait pour se sentir bien, sa forme ronde rend la vie moins carrée, ces plantes sauvages qui commencent à envelopper doucement le bois, la toile d'entrée fai-sant office de porte s'envole au sifflement du vent.

Je me réveille doucement, dis bonjour à ma petite chenille verte qui squatte sur la toile du tipi depuis deux ou trois jours, discute avec elle, lui dis qu'elle deviendra un beau papillon, deux bébés escargots sillonnent en bavant en dessous d'elle. J'ai un profond respect pour les petites bêtes que je trouve près de mon lit.

Le bruit de la pluie me paralyse dans mon lit, je me rendors, un vrai bonheur. Vers midi, un toctoc indien retentit et la jolie bouille d'Aurélie apparaît :

— Je peux squatter ton tipi ?

— mais bien sûr, « *come on* poulette » lui répondis-je du tac au tac.

Après une longue discussion, nous affrontons la pluie pour rejoindre le hangar où treize volontaires chassés par la pluie sont recroquevillés dans cette petite pièce.

Aurélie et moi prenons peur, direction le salon de thé de Poussan. Si j'avais pu découvrir ce cocon avant, je pense que j'y aurai passé mes journées.

Bien que ce soit un salon de thé, je dévore la carte, chocolat gourmand, chocolat à l'ancienne, chocolat crème… Aurélie choisit à l'ancienne et moi le gourmand. Quelle surprise lorsqu'arrive l'énorme tasse, la crème fouettée dessinant une jolie courbe sur le dessus, décorée avec un mixte de M&M's, de popcorn et de coulis de beurre salé.

Nous avons l'après-midi pour nous, pour nous prélasser dans cet endroit chaleureux.

J'imagine bien mon futur bar avec un coin fromage, un coin création, un salon détente littérature et une petite piste de danse pour organiser occasionnellement des concerts. Je vois les choses en grand…

j'aime ça. Je me sens bien quand j'imagine ma vie comme ça.

46

Demain je pars de la Catfarm, dernière nuit dans le tipi, vidé de mon âme, tout est bouclé dans la voiture. Je retrouve la sérénité de ce lieu atypique dans lequel j'ai atterri le 11 mars dernier.

Plus qu'une éducation populaire, plus qu'un concept alternatif, la Catfarm a été ma maison de convalescence, d'apprentissage de l'anglais, du portugais, de la bienveillance, et du partage.

J'y ai aussi appris à cuisiner pour quinze personnes, essayant de respecter au maximum les végans à une exception près avec mon chocolate cake.

J'ai partagé des séances de karaté, de yoga en haut des collines au petit matin, de slackline, de jonglage, de rires et de danses multiculturelles.

J'y ai croisé des personnes lumineuses, avec cette envie d'être libre.

J'y ai vu les feuilles de vignes pousser le long du chemin des Cabrolous.

Je n'oublierai jamais Catfarm à Barcelone, où l'on aurait pu faire concurrence aux Ch'tis et aux Marseillais.

Je n'oublierai jamais le jour de mes 46 ans où toutes les chansons *happy birthday* ont résonné dès le matin en sortant de mon tipi, la version portugaise,

la version anglaise, et la version allemande, et ce majestueux gâteau recouvert de bougies.

Hier, pour couronner le tout, une soirée de départ
déguisée, où le thème était ce que vous rêvez d'être.
J'ai pu sortir mes trois personnalités en un costume,
la bohême, la danseuse de cabaret et le petit clown.

Allongée sur le lit, dans mon tipi, je repense à tous
ces moments de bonheur, savoure encore pour une
dernière nuit.

47

C'est le jour du départ, heureuse de poursuivre
mon chemin mais je ressens une profonde tristesse.

Les bras s'enlacent, s'attachent, les larmes coulent,
à bientôt Catfarm…

Au volant de ma voiture, je regarde dans le rétroviseur tous les volontaires arborant de grands signes
de mains et s'éloignant petit à petit.

LE POUVOIR DE LA CRÉATION

Créer, c'est vivre deux fois

Albert Camus

48

Me voilà plongée dans un autre monde, une autre dimension.

Je retrouve Virginia pour quelques jours avant mon départ en Calédonie.

Je déambule dans la chambre mongole, située au troisième étage de son hôtel de Saint-Chély.

Après le tipi, je me retrouve dans cette pièce immense ornée de petites fenêtres en bois, les murs sont recouverts de planche de bois bruts, le sol est revêtu de tapis sobres et vifs, un lit gigantesque trône sur un des murs, recouvert de literie orange et marron, plus qu'un simple lit c'est une œuvre d'art à la Virginia, les initiales « VWE » sont cousues sur le plaid (hommage au prix de la légion d'honneur veuve Clicquot qu'elle avait reçu), de grosses graines orange sont enfilées dans une corde, des morceaux de rubans satinés forment un tablier jupe.

Puis je découvre, comme une peau de bête noire, je ne vois pas grand-chose, la lumière est tamisée. En m'approchant je distingue les manches, c'est un manteau qui est cousu sur le plaid à la tête du lit, sur lequel surplombe un encadrement typique mongol. Sur la droite du lit, des malles recouvertes de couvertures, cela ressemble à un trésor, renfermant le génie créatif de Virginia.

La chambre est séparée par des rideaux gardant les tons du lit, une immense banquette se dresse sur le mur opposé, je me demande combien de personnes peuvent s'asseoir, je compte, quinze personnes, c'est juste géantissime, c'est Virginia.

Sur la table basse centrale, sont disposés des photos de Mongolie, deux immenses vases en verre remplis de petits graviers blancs, sur lesquels sont posés des bougies, un magnifique chapeau tibétain en velours et broderie, trois statues mongoles, un CD de Buika (je ne connais pas, mais je sais que s'il est posé là, il a une signification bien particulière), et des bouquets de plumes.

Deux petits lits se trouvent dans les recoins de la pièce, j'en choisis un, je m'allonge, profite de l'énergie, prends mon casque et écoute Ma liberté de Reggiani :

> *Ma liberté*
> *C'est toi qui m'as aidé*
> *À larguer les amarres…*
> *J'ai changé de pays,*
> *J'ai perdu mes amis*
> *Pour gagner ta confiance…*
> *La liberté*
> *Toi qui m'as fait aimer*
> *Même la solitude…*
> *Toi qui m'as protégé*
> *Quand j'allais me cacher*
> *Pour soigner mes blessures….*

Je prie mes anges, leur envoie plein de gratitude ; je me dis qu'ils m'ont envoyé ici pour une bonne raison et je leur fais confiance.

Me voilà donc de nouveau à Saint-Chély. Petit retour en arrière : avec Virginia nous nous sommes découvertes il y a à peine un mois, depuis nous nous apprivoisions... ne nous connaissant qu'à peine nous envisagions déjà de vivre quelque chose ensemble dans le plus proche futur.

Deux âmes esseulées, blessées, qui à deux pourraient peut-être retrouver l'énergie du passé.

Virginia avait décidé de vendre l'hôtel de Saint-Chély, un compromis était signé, mais les aléas de la banque faisaient traîner en longueur la vente. Cette attente et cette incertitude totale la mettaient dans une impossibilité de se projeter. Je découvrais alors une Virginia différente de celle que j'avais pu lire. Cette guerrière, qui avait affronté le roi des animaux de la savane et le roi de la forêt... fatiguée de combattre pour être reconnue. Ma seule envie était de prendre soin d'elle, de la couver pour qu'elle retrouve son âme de guerrière.

Le récit de vingt ans de sa vie à Saint-Chély, sa maison de famille, un deuil à faire... alors ressurgit en moi mon métier de foi : infirmière.

Je la quittais, en sachant que bientôt j'allais la revoir, il ne pouvait pas en être autrement.

Lors de notre dernière rencontre, elle m'avait proposé de venir fin mai pour l'aider au tri de ses affaires et pour la Transhumance : grande fête à Saint-Chély où les jolies vaches, décorées de fleurs traversent la rue pour rejoindre les pâturages après l'hiver.

Nous y sommes. Depuis deux jours, je suis drivée par Virginia et Salima, la fille de Djelila, la gouvernante de Virginia depuis vingt ans.

Je sers au comptoir, où tous les produits locaux sont présentés (bières, limonade, rillettes, foie gras, thé sauvage, saucisson Conquet…), me trompe un peu dans les additions, mes neurones se connectent. Je me sens à la fois perdue, plongée dans un monde complètement différent, et un sentiment profond d'être en vie et utile.

Je suis fière de mon chemin parcouru, j'ai hâte d'annoncer à mes enfants que ce n'est pas pour rien que je les ai quittés et de leur conter mes cinq mois passés loin d'eux.

Je m'occupe aussi un peu du service à table. J'apprends que le couteau doit être positionné les dents vers l'assiette. Je vais chercher les commandes à Nasbinals ou Laguiole, en dévorant le paysage vallonné semé de jonquilles.

Virginia est distinguée et directive, j'aime ça. Elle aime la précision, je commence à comprendre pourquoi on devait se rencontrer, je pense qu'elle peut m'apprendre un nouveau métier et moi je peux lui apprendre à lâcher prise.

On émet l'idée de se rejoindre à Barcelone en septembre, et de prospecter un éventuel projet en commun.

On rêve à un monde meilleur.

Maman est arrivée aujourd'hui, je suis heureuse de lui présenter Virginia. Comme d'habitude, elle rayonne, conte ses histoires aux hôtes attentifs, j'ai aussi envie de prendre soin d'elle.

49

« Ma sœur chérie,

Je crois que je n'arriverai jamais à me coucher plus tôt.

Chaque soir à l'hôtel de Saint-Chély, nous nous réunissons autour de la cheminée dans ce salon majestueux, nous discutons, projetons nos rêves.

Maman est arrivée pour la fête de la transhumance et s'est très bien adaptée au lieu, à ses hôtes, et à sa chambre blanche que je surnommerai plutôt la chambre Love. Chaque mur est recouvert de drapés blanc et beige. Des frises de cœurs pendent au-dessus de la tête de lit, et des pierres en forme de cœur notifiées d'un LOVE sont posées sur la desserte blanche.

Dimanche nous étions donc une équipe de choc pour le service de la fête de la transhumance.

Virginia supervisait les opérations, et créait l'assiette "Saint-Chély" (filet mignon, salades de pommes de terre, tomates, jambon, saucisson), unique plat à 19 euros.

Ce fut une réussite, le soleil donnait un joli reflet sur les vaches d'Aubrac qui défilaient ornées de grandes couronnes de fleurs.

Le soir, Virgin, un jeune stagiaire de Sciences Po et de littérature nous a rejoint pour fêter ça… direction le bal du village, où j'ai appris la bourrée (danse traditionnelle) et bu un digestif à la gentiane.

Le réveil, ce matin, est difficile. J'emmène maman à la gare d'Aumont, après lui avoir offert un room service. Nos moments partagés ont été beaux : assises face au lac "des moines", elle m'a raconté l'histoire des abeilles et j'ai pris le relais en lui contant mes aventures extraordinaires.

Me voilà de retour sur Saint-Chély, il y a du monde au comptoir, Salima doit partir, Virginia est malade nichée au fond de son lit. Je remonte mes manches, prépare une grosse gamelle de soupe maison et note sur le panneau d'entrée "Soupe de Saint-Chély 5 euros".

Virginia déteint sur moi. Il y a une énergie dans cette maison qui nous donne l'envie de créer. La soupe marche du tonnerre, d'autant plus que la température ne dépasse pas les 10° et la brume envahit les pâtures.

Je prends un réel plaisir à discuter avec les visiteurs, c'est ainsi que j'appelle les pèlerins ou touristes car ils ne viennent pas qu'acheter un pain ou une boîte de thé de Saint-Chély, ils viennent aussi visiter un musée. Oui, l'hôtel de Virginia est un musée.

J'ai appris aujourd'hui que la grande tenture - en pièces découpées dans des peaux de léopard, de lion, de cerf - qui décore le mur du salon représente sa maladie de peau. Une autre dans la suite **Out of Africa** est une référence à sa séparation : rouge sang, parsemée de gélules de Dafalgan rouges et blanches, d'un HAPPY secours et de tubes de cosmétique rouges vides.

Ma sœur d'amour, j'aime ce travail. Faire une crêpe, un thé, sourire aux gens, recevoir leur sourire, discuter le bout de gras pendant trente minutes, et les voir repartir heureux comme s'ils étaient chez eux.

Prends soin de toi, tu es aimée. »

50

« Ma chère Mafalda,

Tu t'es installée quelques jours à l'hôtel de Saint-Chély.

Avec toi, c'est un peu comme une série, on pourrait la catégoriser en saison 1 épisode 2…

Le soir, tu discutes, tu rêves assise près de la cheminée.

J'ai l'impression que tu apprécies cet endroit et les personnes qui s'y trouvent. Tu leur fais du bien et elles te font du bien. Tu as l'air de te sentir de nouveau utile, tu trouves une place qui te convient dans ce monde.

Tu écris apprécier ce lieu, ce travail de restauration, ces rencontres de trente minutes et le bonheur des gens auquel tu as participé. Tu sembles avoir trouvé ce que tu veux aujourd'hui, ce que tu nommes ton autre voie.

J'aime te sentir vivante…

Jeanne »

51

Virginia me propose de tracer la route vers l'Espagne, le Portugal, Ibiza, lors de mon retour en septembre. Je suis enjouée de cette idée, mais j'y réfléchis à deux fois quand elle m'annonce que je conduirais sa Bentley, une superbe voiture vintage.

Je lui dis « Tu veux faire le remake de Thelma et Louise, Ok mais moi je ne saute pas dans le vide à la fin ! ».

Elle m'offre des Kimberley, des chaussures Chanel, des bottines, des chaussons, et ce soir un petit sac d'une superbe marque italienne. Elle me gâte, sa façon à elle de me dire qu'elle m'apprécie. Avant j'aurais refusé tout ça, mais désormais j'accepte.

Ce soir, nous sommes allées à l'église de Saint-Chély. Le reflet de la lumière sur les vitraux laisse entrevoir un couloir de lumière divine.

Virginia ne peut s'empêcher de refaire un peu la déco, en bougeant les pots de fleurs près de Jésus sacrifié sur la croix. Je suis sûre qu'elle aurait pu orner la croix de divers cailloux ou tissus collés.

Elle me raconte qu'elle a joué du piano dans cette église et même mis les Rolling Stones à fond.

Depuis toutes ces années, c'est elle qui fait vivre la commune avec ses idées de génie.

Je reçois un appel de Ludo plus d'un an après notre dernier contact. Je suis étonnée et heureuse d'avoir de ses nouvelles.

Ludo m'avait prêté sa maison à Poindimié au moment du viol, j'avais dû rester sur place trois jours pour l'enquête et mise à part lui, je ne connaissais personne dans cette ville. Il était absent au moment des faits et nous nous étions rencontrés un mois après le viol. Il m'avait beaucoup aidée à reprendre confiance en moi, en me donnant des missions pour réussir à dépasser mes peurs. Nous nous étions donnés des surnoms, James Bond pour lui et commandant Gnouss pour moi. Il était tombé en amour pour moi, je n'avais pu lui trouver aucune place dans mon cœur meurtri.

Sur un ton un peu gêné, il me dit :

— Bonjour Mafalda, comment vas-tu depuis tout ce temps ?

— Bonjour Ludo, c'est un plaisir de t'avoir au bout du fil. Je vais beaucoup mieux et toi.

— Je vais bien, Mafalda, tu es où en ce moment ?

Je tourne la caméra sur le salon mongol et lui fait deviner où je suis :

— Mais tu es où ? En Mongolie !

— Presque agent 007 !

Je prenais un malin plaisir à utiliser ce surnom, il avait laissé en moi une marque indélébile de soutien et de force.

— Vous êtes en France, commandant Gnouss ?

— Gagné ! Oui je suis chez une amie, c'est une histoire de dingue, je t'expliquerai.

— Tu comptes rentrer en Calédonie ?

— Je dois partir dans quelques jours pour retrouver mes enfants mais je ne reste qu'un peu plus d'un mois.

— Ça tombe bien, j'aimerai t'inviter au restaurant. J'ai quelque chose d'important à te dire, mais je préfère te le dire en face.

Un peu perturbée et émue, je lui réponds :

— Je t'appelle quand je suis posée et on conviendra d'un petit restaurant.

— J'ai hâte de te revoir Mafalda.

— Moi aussi, à très bientôt alors…

— A bientôt, je t'embrasse fort et prends soin de toi.

Je raccroche, émoustillée et le cœur palpitant.

J'essaye de savoir ce qu'il avait à me dire de si important, tant de mois sans nouvelles.

On passe au dîner rapidement, les toasts au saumon, le bon vin, au coin du feu me font oublier cette conversation.

Avant de me coucher, je vais dans le garage, décide de préparer un petit cadeau pour Virginia, un tableau pour qu'elle y annote la liste de ses envies.

L'AMOUR MATERNEL

L'amour maternel est intarissable
Il résiste à toutes les épreuves.

Louise Colet

52

Ce matin, je lui offre le tableau (petite anecdote, c'était une planche de bois que j'avais trouvée chez elle où il était inscrit : « Peut-être à vendre ». Qui aurait l'idée d'un tel message… eh bien il n'y a que Virginia pour faire ce genre de choses).

En le découvrant, elle me dit « Tu es aussi barrée que moi ! »

Départ de Saint-Chély ce midi, triste de quitter Virginia, Salima et Djelila qui insistent pour que je reste.

Le soleil illumine la route, je salue les vaches d'Aubrac. Je m'arrête pour cueillir quelques dernières fleurs et profiter du paysage où les jeunes feuilles des arbres, tendres et tremblantes, se fondent dans les collines.

J'arrive en Normandie, refait le chemin inverse de février dernier, ce chemin où seule Angèle faisait partie de ma bulle. Ma bulle s'est modelée, s'est transformée, s'est élargie pour être celle d'aujourd'hui, douce à l'intérieur et forte à l'extérieur. Je n'ai plus peur, je ne suis plus angoissée.

Je me rapproche de Jeanne, ce soir je pourrais la serrer dans mes bras ainsi que sa marmaille.

23 h 30 : je la serre dans mes bras. Je sens l'écho de son cœur raisonner dans ma poitrine.

J'observe ses enfants, ils sont beaux et joyeux, puis on s'assoit, discute autour d'un thé.

Je retrouve ma chambre chez maman, mon lit, elle ne me rappelle pas forcément de bons souvenirs, maman le sait, alors elle a ces petites notes particulières d'attention, comme le bouquet de pivoines roses et blanches et le tableau de coquelicots qui me permettent de me sentir bien.

53

« Jeanne,

Le soleil se cache derrière les arbres, la lune pointe son nez, le ciel est limpide, je repense à ma journée, entourée de tes enfants.

Des tourbillons dans la tête après la fête foraine de l'Aigle et ses manèges diaboliques sauf un, la balançoire à l'ancienne, où l'on se retrouve délicatement propulsé sur les côtés, un enivrement subtil. Une complicité avec tes filles, comme si elles m'avaient vu tous les week-ends depuis leur naissance, leur « Tata Mafalda » qui comble mon cœur et me fait chavirer.

Comment puis-je leur refuser des manèges qui me font tourner la tête. Je les aime tant aussi ?

Et toi, une mère aimante, j'ai aimé te voir serrer Robin dans tes bras, j'ai aimé te regarder raconter une histoire au fond de ton lit avec Fantine, j'ai aimé le regard que tu portais sur notre chère ado Lison et je t'ai aimée aussi.

Après avoir relié nos mains, nous avons ce matin relié nos livres, imaginé une autre version, l'après avant l'avant, le bonheur avant l'horreur.

Ma grande sœur, j'aperçois au loin le sommet de l'Everest, je le visualise de plus en plus. »

54

« Ma Virginia d'amour,

Nous sommes samedi soir, j'ai ressorti ma natte calédonienne, l'ai posé dans le majestueux jardin de maman, ornée d'iris jaunes et violets, de pivoines roses et blanches et de saules pleureurs, ces saules pleureurs sous lesquels je me réfugiais pour pleurer en cachette toute ma détresse, et priais mes anges qu'ils me sauvent de cet enfer, il y a à peine cinq mois c'était en février…

Cinq mois où j'ai eu l'impression de gravir l'Everest, où j'ai chuté, où je me suis à chaque fois relevée, cinq mois où j'ai connu des personnes plus belles les unes que les autres et il y a eu TOI le 25 avril 2019, toi dans ton univers, toi dans ta faiblesse, toi dans ta force, toi au coin du feu, toi à la cuisine, toi au fond du lit, toi derrière le comptoir, toi cherchant des chaussures, ou des sacs à m'offrir en signe de reconnaissance, toi et des envies d'un amour sincère et de bras qui te disent que tu es aimée pour ce que tu es, toi et des projets plein la tête, encore et encore. Peu de jours ont suffi pour que l'on s'apprivoise, peu de jours ont suffi pour que l'on projette de partir en Bentley sur les routes, suivant le vent, une façon romanesque de se la jouer à Thelma et Louise.

Je repars dans les bras de mes enfants, heureuse de tout ce chemin parcouru, j'ai appris à ne dépendre de personne, je me suis aimée enfin. À ce moment-là tout ce que tu aurais cru, depuis des années, pouvoir te rendre heureuse t'est maintenant complétement égal.

Ma Virginia, aime-toi, regarde ton âme, chouchoute-la, elle en a besoin, et après tout ira bien.

Je t'aime.

Mafalda »

55

« Ma sœur en vie,

Ce soir, tu sembles penser que tu as besoin de t'aimer plus que tu n'aies besoin d'être aimée.

C'est un grand pas vers la liberté.

Belle nuit ».

Jeanne

56

Cherchant une prise pour recharger mon IPad dans le terminal, je m'assois par terre face aux écrans gigantesques de TV diffusant les infos du monde entier.

Les voyageurs passent, chacun part sur un bout de cette terre, se croisent, une valisette les suivant comme des petits chiens.

Il y en a qui courent, d'autres qui se perdent cherchant leur *gate*, d'autres qui ont beaucoup de temps et flânent dans les Duty free ou surfent sur le net, attablés à un resto.

J'écoute Hisho, observe, puis aperçoit aux loin deux jeunes mélanésiens. Mon sang se glace, c'est étrange, en cinq mois j'avais tout oublié. Ils passent devant moi, un vent d'angoisse m'envahit, en une seconde, le cerveau refait des connexions, l'alarme rouge sonne, respiration haletante… non, non, pas tout ce travail pour ça. « Reviens à la raison ma petite Mafalda, ils n'y sont pour rien ces deux jeunes, ils ne sont qu'une représentation de ta mémoire traumatique ».

Je respire et me dis que toute la joie que j'éprouvais depuis quelques jours à l'idée de retrouver mes enfants et mes amis, d'un seul coup vire au cauchemar.

Retour sur le lieu des crimes, retour vers l'enfer.

Dois-je vraiment rayer ce pays de ma vie ?

Je me dis qu'il est encore trop tôt, je ne peux pas juger sur un ressenti d'une minute, mais je sais déjà que le retour ne sera pas si simple. Je dois juste penser au fait que dans moins de deux mois je repars.

Je fais le choix d'avancer et de ne plus tomber trop bas.

Il y a trois jours, j'ai revu le médecin de famille en Normandie, Me S. En me voyant, cinq mois après, elle me dit « C'est spectaculaire ce qui vous arrive », oui comme un spectacle que j'ai mis en scène, ma renaissance. Je joue le rôle principal, et je lève haut le poing pour crier ma victoire, enfin pour ce premier acte de la pièce : « Une année pour moi ».

Je suis allée la voir pour qu'elle m'aide à arrêter de fumer. Je voulais finir en beauté ces cinq mois et montrer à mes enfants que j'avais une sacrée force.

Pour la première fois depuis des mois, je lance « Je veux arrêter de fumer, aidez-moi », ce qui signifie « Je veux vivre, je ne veux plus me tuer à petit feu ». Je la suppliais de me donner la solution miracle, même si depuis toutes ces années, toutes mes tentatives ont été vaines.

Elle me répond du tac au tac :

-Il y a un toucheur à Gauville

— un toucheur ? ? ? C'est quoi ?

— Un guérisseur si vous voulez, il a aidé beaucoup de personnes à arrêter de fumer, il a un don.

Why not, après tout je suis ouverte à tout, tant que cela peut me faire du bien. Je prends rendez-vous pour le mardi suivant.

Me voilà, à Gauville, plus précisément au lieu-dit Roncerets. J'aperçois cette petite maison normande entourée de fleurs, l'intérieur est cosy, des anges en plâtre décorent les étagères, Serge et sa femme m'accueillent chaleureusement. Passionnée de philatélie, ils me font découvrir leur album de Nouvelle-Calédonie. Serge m'interroge sur ma consommation de tabac, puis me masse activement le crâne. Sa femme, sentant chez moi une connexion particulière, me propose de faire mon arbre généalogique, elle aussi a des dons. Je lui raconte ce qui m'est arrivé. Elle remonte à ma grand-mère Claire, qui a changé de prénom à l'âge adulte. Elle a voulu se donner une nouvelle identité, suite au décès de sa sœur jumelle (nous n'avions jamais entendu parler de cette sœur dans notre famille). Changer de prénom était, pour elle, se donner une nouvelle identité pour retrouver sa place. Le choix du prénom n'était pas anodin c'était plus « Claire ».

Elle me donne pour mission d'écrire sur deux papiers distincts, le premier nom et prénom de ma grand-mère avec sa date de naissance et sa date de fin, puis sur un autre papier son nouveau prénom et nom de mariée. Sur chaque papier, je devais écrire :

« Je te libère, je te rends la liberté éternelle ».

Elle me demande de les jeter dans un ruisseau avant mon départ en Calédonie.

Elle se connecte avec mamie, et en écriture automatique m'adresse ce message :

« Paix, amour et lumière, le passé se ferme à jamais, la lumière va éclairer ta vie avec elle et surtout abolis le mot PEUR. Paix à toi mon ange, ta voix, ta voie est tracée, je t'aime ».

Mon corps se couvre de frissons…

Je sors de chez eux dans un drôle d'état, mélange d'ivresse et de plénitude.

Je retrouve maman au restaurant, je suis sur mon nuage et ressent une fatigue extrême. Je décide de m'allonger dans le parc de l'Aigle. Je ferme les yeux, je suis en lévitation. Je m'endors puis me réveille hébétée.

Quarante-huit heures avant mon départ, je suis sur une autre planète sans l'envie de fumer.

J'accomplis la mission pour libérer mamie à la rivière longeant la maison de maman.

Maman et moi partons à Paris pour rejoindre l'aéroport, je conduis, je défie les rues parisiennes où les feux rouges sont en panne. Le bordel monstre des voitures où l'anarchie règne en maître, je me sens forte, je suis fière, je n'ai pas peur.

57

L'avion survole la Tontouta, je les sens mes enfants, plus rien ne peut aller contre. Dans quelques minutes je les verrai à travers les vitres de l'aéroport, puis les sentirai, les embrasserai… je les aime tant. À ce moment précis où les roues se posent sur le caillou, j'entends mamie Claire dire, « Abolis la peur ». Promis mamie, je rassurerai mes peurs, mon chemin est tracé.

58

L'avion posé, des sueurs froides m'envahissent, je sens la lourdeur des énergies, je sens rejaillir en moi la haine et la violence.

Je sens aussi le cœur de mes enfants battre de l'autre côté du hall. Je traverse le long tunnel transparent qui mène à la douane, je les vois, colle mes mains sur la vitre, les larmes coulent à flot. Je me transforme en animal, qui retrouve ses bébés après un long moment d'absence, je veux les sentir, les toucher…

Je passe la douane, les yeux humides, récupère mes valises, la porte du hall d'arrivée s'ouvre, je propulse en avant mon caddie chargé de mes valises.

Je les vois, tous les deux, main dans la main, comme s'il ne manquait que la mienne pour faire un tout. Je cours, leur saute dessus, je crie, je pleure, ils pleurent, crient aussi, toute cette retenue durant ces cinq derniers mois, tout explose en un tourbillon de bonheur.

Nous en oublions où nous sommes, dans ce hall où tout le monde est ému de nous voir, on en oublie le temps, l'espace, quelques minutes qui valent des années.

Le son de la voix de Marc, un ami résonne :

« Et nous ? Nous aussi on veut des câlins »

Retour sur terre, les accolades, les retrouvailles, les sourires…l'Amour tout simplement.

Arrivée chez Coco… tout le monde va se coucher sauf Odile, Coco et moi nous fêtons la joie de nous retrouver autour d'une coupe de champagne. On se raconte ces derniers mois, on s'enlace, on s'aime.

Le lendemain, je retrouve ma prison dorée. Je retrouve mon papayer, il est toujours aussi beau, même si la végétation envahit l'espace. Je cueille une papaye et la savoure délicatement.

Je décide que ce voyage sera le dernier sur cette terre mélanésienne, mais très vite j'apprends que mon procès aura lieu en septembre, j'avais oublié. La Calédonie me rappelle à elle, encore et toujours.

J'invite les enfants au restaurant, je leur raconte ma vie loin d'eux, mes progrès, ma thérapie, je leur explique un avenir plus radieux. Je leur dis que je ne serai plus une maman qui sera présente chaque matin au petit déjeuner et chaque soir au coucher. Je leur demande pardon de les avoir propulsés trop rapidement dans l'âge adulte. Ils ne m'en veulent pas et finissent en cœur par un « On est fiers de toi ».

Éléonore me fait découvrir son appartement qu'elle a décoré avec goût, je me mets à sa place, elle assume tout toute seule tout en passant son bac. Je suis fière d'eux aussi. »

59

« Ma sœur d'amour,

Ce début de semaine a été très difficile, le père des enfants me renvoie de nouveau sa colère, cette colère qu'il garde au fond de lui depuis notre séparation. J'ai besoin de me mettre dans ma bulle. Je décide de partir à Ouano plus tôt que prévu pour être loin de cette violence.

Ps : j'ai repris la cigarette, et même si mon corps la refusait, en transformant ma bouche en nid à aphtes, mon mental addictif a gagné la partie.

Tu me manques »

60

« Mafalda,

Tu as vécu un début de semaine très difficile.

Tu sais maintenant que tu as une bulle de bien-être et que tu as les moyens de la convoquer pour aller mieux. Tu décides de partir à Ouano plus tôt que prévu pour ne pas subir cette colère.

Tu as repris la cigarette, personne n'est parfait.

Tu te protèges et je suis fière de toi !»

61

Tout le monde est couché, je suis dans une tente, moins standing que le tipi, l'air respire la douceur de vivre. C'est l'effet Ouano.

Vendredi en fin d'après-midi, nous avons pris la route avec Rimbaud et ses amis. Le départ est digne d'une épopée. À l'arrière de la voiture, les ados sont écrasés par le kayak gonflable, son moteur, et les bidons d'essence. Bien qu'ils soient vides, ils laissent affluer des odeurs migraineuses, mais peu importe le confort, tout ce qui les intéresse, c'est de pouvoir pêcher.

À 15 kilomètres du camping, on prend une petite route, cette petite route où tout est permis : lâcher la ceinture, s'asseoir sur la portière, et surtout chanter du Keen'v « Je veux faire ma vie au soleil » à s'en faire péter les tympans. Je les observe, chante en cœur avec eux, ils sont joyeux ; mon fils illumine son visage d'un sourire qui me rend heureuse.

Débarrasser la voiture, monter la cuisine équipée spécialement conçue par la bande à Bretécher[15], monter les tentes malgré la nuit.

Tout le monde retrouve ses marques et les garçons se sont empressés de gonfler le kayak pour faire une pêche de nuit.

62

Dernier soir à Ouano, dernier feu improvisé face aux palétuviers, dernière pêche, menu langoustes, vieilles des palétuviers et picots.

Beaucoup d'amis, dont la bande à Bretécher, m'ont rejoint. Ouano, c'est comme à la Catfarm, tout est en mouvement.

63

De retour de Ouano, je retrouve mon chez moi.

Cette maison me ramène à un passé que je ne veux plus.

Je comprends mieux mes peurs désormais. L'achat de cette maison a représenté ma liberté, mon

---

[15] "Bande à Brétecher" : des maris et compagnons ont donné ce surnom au groupe des femmes qui, chacune ayant fait face à de de difficiles épreuves, ont a su ensemble échanger joie, solidarité, amour… Voir « LE SOLEIL FINIT TOUJOURS PAR NOUS LEVER » © Jeanne Raboutet 2021, p. 56 et suivantes

indépendance, puis elle a été ma prison dorée, maintenant je veux quitter cette prison, je veux aller de l'avant, même si en ce moment la saveur de cette liberté gagnée durant ces derniers mois me semble fade.

À Ouano, je me suis un peu perdue, j'ai eu peu de temps avec moi-même et je pense qu'il est temps que je me remette dans ma bulle, je l'avais presque oubliée.

64

Deux jours que je me suis mise dans ma bulle, je recharge mes batteries et laisse derrière moi la culpabilité de ne pas réaliser mes buts un peu trop hauts que je me suis fixée, comme faire mon jardin, nettoyer ma maison…

Ce soir, nous avons rejoint Éléonore dans son appartement, je joue mon rôle de maman et ça la fait rire car elle se débrouille si bien toute seule.

Aujourd'hui c'est un grand jour, la date est fixée pour mon procès ce sera le 5 et 6 septembre. Cette annonce me glace le sang, suis-je prête à le voir, suis-je prête pour lui dire ce que j'ai sur le cœur ?

J'avais prévu de passer par Bali en août avant de rentrer en France. Finalement, je modifie mon billet. J'irai à Bali, maman me rejoindra et en septembre, elle m'accompagnera à Nouméa pour le procès.

Bali était la destination parfaite pour me ressourcer avant cette confrontation.

65

J'observe mon fils et son meilleur ami pendant leur cours de boxe thaï, je suis fière de le voir mettre toute son énergie à chaque coup, même si ce n'est pas mon sport préféré, il est utile dans ce monde violent. J'écoute les conseils du prof, des conseils qui auraient pu me servir ou qui maintenant pourraient me servir.

Rimbaud change d'adversaire, un Wallisien bien costaud, le combat est rude, cette violence artificielle me perturbe. J'ai du mal à me contenir. La violence des coups fait écho dans mon corps à cette autre violence que l'on lui a infligée.

Je me pose dans un coin, me reconnecte à ma bulle, mets mon casque, écoute de la musique, pour éviter d'entendre les bruits, les coups.

Je vais finir par m'y habituer, à raison de deux fois par semaine, ma raison reprendra le dessus et je n'y verrai plus que le bon sens de ce sport.

Je sors fumer une cigarette, dans l'autre salle, c'est un cours de gymnastique, souvenir d'enfance, je trouve la gymnastique élégante, douce, puissante, artistique. Elle m'aura permis d'avoir cette souplesse encore à mon âge, de donner cette douceur à mon corps mais ce n'est pas elle qui m'aidera à me défendre.

66

Ma maison est composée de deux parties distinctes, comme deux appartements. J'avais laissé à mon ex-mari une des deux parties, lors de mon départ en France. Je tenais à ce que Rimbaud garde sa chambre et son univers.

Ce soir, je me réapproprie cette partie.

Je frotte, lave, serpillière à la main, à quatre pattes telle cendrillon aux douze coups de minuit. Je donne à nouveau vie à mes plantes, surtout mon papayer qui a bien ramassé. Mon papayer a une profonde symbolique, une amie me l'avait offert après le viol, il était tout petit, chaque jour j'en avais pris soin, manière détournée de prendre soin de moi.

Pendant le rangement de la chambre de Rimbaud, j'aperçois intacte les étoiles fluorescentes sur le plafond où on pouvait lire I LOVE YOU. J'avais collé ce petit message d'amour avant de partir.

Je remarque aussi qu'il avait rajouté du scotch sur le *Decostick* où était écrit la phrase suivante

Faire ce que tu aimes, c'est la liberté.
Aimer ce que tu fais, c'est le bonheur.

Tout cela le rappelait à moi, je n'étais plus là physiquement mais j'étais toujours là d'une autre manière et Rimbaud le savait.

67

Ce midi, j'ai mangé avec Ludo, j'étais heureuse de le retrouver mais certainement beaucoup moins euphorique que lui. Avec un grand talent, il me fait une belle déclaration d'amour, je suis là en face, l'entends, ne ressens pas grand-chose, avec ce sentiment d'être anesthésiée de toutes émotions. Il reste un homme, j'esquive ces avances et je sais qu'à ce jour, mon seul objectif est ma guérison, et elle ne peut se faire que dans la solitude sentimentale.

Il ne m'en veut pas, m'attendra le temps qu'il faudra, et s'en va après une longue accolade.

68

Il est tard, et je suis légèrement enivrée par les coupes de champagne bues autour d'une table familiale, avec Isa, Armand, et les cousines. J'ai préparé un tian pour l'occasion. Je leur devais bien ça, ils avaient gracieusement offert, en guise de logement, leur studio attenant à leur maison pour ma fille.

Je dors dans le studio d'Éléonore, seule, ma fille est partie dans ma maison faire la fête avec ses amis.

Je suis là, sur le lit dans la mezzanine, je contemple le méli-mélo de l'ordre et du désordre, ses vêtements très joliment empilés dans l'armoire et ceux parsemés par terre, typiquement génétiques.

Je veux changer ses draps, mettre la housse de couette que j'ai lavée, je n'y arrive pas, j'ai envie de sentir son odeur, tel un nouveau-né dont l'odeur de sa mère le rassure. Son odeur me rappelle les câlins du soir quand tout allait bien. Je suis addicte à mes enfants et le plus beau et dur à la fois dans tout ça c'est qu'ils se débrouillent très bien sans moi.

69

Ce soir, j'assiste au cours de boxe thaï de ma fille. Elle aussi s'y est mise, un besoin de savoir se défendre comme si c'était une nécessité, comme un cours qui devrait faire partie de l'éducation nationale, apprendre à se protéger d'un potentiel danger. Bien sûr, ceci n'est que ma vision, je sais déjà ce que diront mes enfants. Pour Rimbaud, la boxe lui permet d'évacuer sa colère et pour Éléonore, c'est un sport qui muscle, qui galbe son corps de jeune adulte parfois mis à mal par des contrariétés du quotidien. Elle veut faire criminologue et sait que cette discipline est importante.

Je la contemple, elle affronte son adversaire comme elle affronte la vie, elle se bat, sautille, tape, un crochet à droite, un autre à gauche, le geste est un peu raide mais elle y croit et garde toujours, malgré les coups, le sourire.

Elle y croit comme elle croit à son avenir, à ses études et à un poste au FBI.

Oui" Il suffit d'y croire" : c'est la chanson d'Hoshi[16] que je lui fais écouter.

J'ai envie de fumer une cigarette, la salle de boxe se trouve rue Gallieni, je la connais bien, c'est la rue où je travaillais depuis quelques années. Cette rue où le soir des clodos trainent alcoolisés. J'étais souvent amenée à m'y rendre en pleine nuit pendant mes gardes, seule, à ce moment-là je n'avais peur de rien.

Quand des personnes me disent que j'ai pris un risque de marcher toute seule à 13 h sur la côte Est, je pense qu'ils n'imaginent pas les risques que l'on prend quand on est infirmière en Nouvelle-Calédonie.

Je descends les trois étages de l'immeuble, je regarde si je ne suis pas seule dans la rue, non trois sportifs sont là, je me sens rassurée. J'allume une clope, deux minutes plus tard, les voilà, deux clochards bien perchés, je me sens bien, je ne suis pas toute seule. J'envoie chier le premier, il me répond « Je voulais juste te dire bonsoir Madame », je lui rétorque « Vas t'en » il n'insiste pas. Le deuxième m'aborde aussi sans me coller cette fois-ci, me lance un bonsoir que je lui renvoie poliment. Ils n'étaient pas méchants, juste un peu trop alcoolisés, ils ne sont pas tous des prédateurs.

---

[16] Hoshi, 2018, *Il suffit d'y croire*, CD, label Jo&Co / Sony Music France

Je remonte sereine, ne me trompe pas d'étages, l'odeur d'une salle de boxe se sent à des mètres.

« Mafalda,

Ce soir, tu assistes au cours de boxe de ta fille. Tu surmontes tes peurs en descendant fumer. Tu peux être fière d'avoir su convoquer ta bulle de courage pour affronter une situation potentiellement anxiogène.

Je t'aime. »

70

Installée dans mon canapé sur ma terrasse, mon chien Pinceau sur mes genoux, j'observe mon papayer. Je me souviens que nous avons grandi ensemble. Je me reconnais en lui : solide sur sa base malgré les attaques de la nature qui ont pu lui mettre la tête en vrac.

J'observe mes peurs, le procès, mon violeur qui refait surface comme un boomerang. Je les accueille, je m'adapte.

J'essaye d'anticiper cette rencontre et me prépare mentalement. J'imagine être forte devant lui. Je construis des discours à l'infini, mais j'ai juste envie de me détacher de lui.

Le jour J, je pourrais crier ma colère, ma haine. Je n'imagine toujours pas un éventuel pardon, il est encore trop tôt.

PARDON MADAME

Je compte les jours avant mon départ, plus que 15 jours. La danse des émotions reprend sa ronde, colère, haine, culpabilité, colère, haine, culpabilité…

Je suis comme paralysée, ne faisant que ce qui est nécessaire pour mes enfants, ils sont ma seule force ici. Plus rien n'a de goût, de saveur, ma liberté me semble loin. Je vais devoir la reconquérir.

Je me remets à visionner des témoignages, je repars en arrière.

Je viens de déposer Éléonore au lycée, je squatte son studio, ferme les volets, me prends un petit somnifère pour ne plus penser, pour que temps s'écoule, comme un sablier qui coule doucement, trop doucement.

Dans quelques minutes mon inconscient prendra le relais, j'espère qu'il sera plus tolérant que mon conscient.

Alors je vais regarder une série, puis m'endormir, ce sommeil qui est tellement dur à trouver et que seul un comprimé peut faire venir. Un jour, je sais que ce sommeil sera naturel, j'attends ce jour avec impatience.

SE RESSOURCER

Celui qui suit la foule n'ira jamais plus loin que la foule qu'il suit. Celui qui marche seul peut parfois atteindre des lieux que personne n'a jamais atteints.

Albert Einstein

71

Le départ approche, dernier entretien avec mon avocate avant le procès. Elle me parle de la cour d'assise, de son côté théâtral : la victime et l'avocate générale à gauche côté cœur, l'accusé à droite dans son box. Elle m'explique la longueur des palabres, un jour ou deux au moins à compter de 8 à 10 heures par jour. Elle m'explique que je dois jouer un jeu, où plus je serai théâtrale, plus le jury aura pitié de moi et plus la peine sera longue. J'hallucine…

Pas besoin de faire semblant, pas de jeu à jouer, c'est ce que je vis, c'est tout.

72

« Ma sœur écho,

Bien arrivée à Tegalalang près d'Ubud. J'ai décidé de ne pas écrire, désirant m'immerger un maximum dans l'énergie de ce lieu. L'écriture n'a plus la place thérapeutique que je lui accordais depuis ces derniers mois. J'ai la ferme certitude que les trois prochaines semaines seront bénéfiques. J'ai juste besoin d'accueillir mes émotions, de me centrer, et de puiser au fond de moi la puissance nécessaire pour affronter ce procès. Ce besoin vital de me couper du monde pour mieux renaître. Je suis sereine face à cette parenthèse. Je t'aime ».

« Mafalda,

Tu es à Bali et tu m'écris ton ressenti sur l'écriture, qu'elle pourrait être destructrice avant ce procès. Je te fais confiance, tu as déjà fait un énorme travail ces derniers mois. Accueille et accepte, comme tu le dis si bien. Ta bulle de bien-être a été bien secouée ces deux derniers mois à Nouméa, alors ressource la, grandit la, et elle sera que bénéfique lors de la confrontation. Tu peux être fière de faire cette parenthèse, ma sœur-en-vie.

Je t'aime. »

73

Par le hublot, j'observe la mer, le ciel est dégagé, le caillou se dessine à l'horizon. Maman est à mes côtés, et comme à son habitude elle m'a rejoint avant cette nouvelle épreuve.

J'avais pris le temps de me ressourcer. J'avais communié plus de dix jours avec la nature sauvage à Tegalalang dans la région d'Ubud, loin de l'effervescence des touristes.

Chaque matin, je buvais mon thé au son des oiseaux virevoltant au-dessus de moi, n'hésitant pas à faire une pause sur les gigantesques banians. Je regardais le travail incessant des fourmis, les papillons noirs butinant les fleurs, qui parfois venaient à ma rencontre se posant délicatement sur mon bras. J'accueillais cette nature et leurs hôtes, ils me ramenaient à l'essentiel, vivre le moment présent.

J'aimais longer les rizières, joliment réparties en terrasses, où les hérons prenaient leur envol majestueux. Je regardais les paysans se courber pour planter le riz, dur labeur pour nourrir leur famille. J'échangeais un sourire, un regard bienveillant, puis j'enlevais mes sandales, poussée par une envie de sentir la terre, l'eau, pieds nus dans les digues. Je revenais à l'essentiel, aux éléments naturels. Tout ce que l'on oublie dans notre société soi-disant "développée". En retrouvant les valeurs fondamentales, je me trouvais aussi.

Chaque soir, j'entendais l'écho des mantras du temple voisin.

Tegalalang était une invitation à la sérénité et à la culture balinaise. Le climat y était plus doux et plus supportable.

La dernière semaine, j'ai quitté ce paradis terrestre pour retrouver la frénésie de Seminyak.

J'y ai retrouvé mon amie Kutet et sa famille. Elle m'avait installée avec soin dans la même chambre. Je retrouvais ma terrasse surplombant la ville.

J'avais une inspiration débordante pour créer de nouveaux bijoux.

Un midi, après une envie innommable de manger du fromage, je me suis assise à la table d'un restaurant italien. J'ai téléchargé "Kilomètre zéro"[17] (une amie me l'avait conseillé il y a quelques mois) et

---

[17] Maud Ankaoua, *Kilomètre zéro*, 2019, J'ai lu éd.

comme le livre de Virginia, je commençais à le dévorer quand je fis une rencontre extraordinaire.

Pour moi les rencontres ne sont pas un hasard mais un rendez-vous comme le disait si bien Paul Eluard.

Alors comme un rendez-vous, Bérangère et sa fille s'installèrent à la table d'à côté. Je connaissais bien sa fille Orane, qui était une bonne amie d'Éléonore, mais je ne l'avais pas vue depuis quelques années.

J'avais croisé quelques fois Bérangère à Nouméa sans prendre le temps de la connaître. Elles m'ont saluée et je les ai invitées à ma table.

Le soir, elles m'emmenaient danser au *Frankenstein*[18]. Depuis des mois, je n'avais pas dansé comme ça. Je finis par faire un solo sur Dirty dancing, face à tous les touristes australiens qui ovationnent. Nous ne nous sommes plus quittés pendant une semaine. Bérangère voyageait pour son commerce au port de Nouméa et connaissait ce pays par cœur. Elle me fit rencontrer Randhi, Gomang, Oscar, Harus… Des balinais d'une humilité et d'une gentillesse hors du commun.

Elle est devenue ma protectrice, et me donnait tous les conseils pour une personne voyageant seule. Je passais mes derniers jours à Bali avec elles, et maman qui m'avait rejointe.

---

[18] Bar cabaret populaire de Seminyak (Bali)

Les après-midis, nous rejoignions Rhandi dans son magasin d'attrape-rêves. Assis à même le sol, une Bintang[19] bien fraîche à la main, devant son étal, il m'apprenait la fabrication de pompons, d'attrape-rêves… J'étais au paradis de la création. Je lui ai acheté quelques mètres de plumes de coq et de canard et je me lançais dans la création de boucles d'oreilles.

J'avais toujours l'idée de monter un bar à fromage au Portugal mais ce jour-là, l'envie de créer était plus forte. Et je sais désormais combien une hypothèse peut rester à son stade d'hypothèse.

Les soirées se passaient à la guest house avec Kutet. J'avais retrouvé l'énergie de donner aux autres et je pris sous mon aile la grand-mère de Kutet, qui était souffrante. Je la massais une fois par jour et l'accompagnais pour son hospitalisation. Je découvrais l'hôpital balinais, et me disais que l'on n'avait pas à se plaindre des nôtres. Ne parlant pas la même langue, nos regards suffisaient à se comprendre. Elle souriait tout le temps, peu importe la douleur. À son retour d'hospitalisation, toute la famille s'était réunie pour les offrandes. La cour de la guest house était remplie de fleurs, d'odeurs, de gâteaux, d'encens, un émerveillement des sens. Ma mère et moi y étions conviées, nous faisions désormais partie de la famille.

---

[19] « La Bintang est une bière indonésienne créée en 1929 produite par le groupe brassicole Multi Bintang, qui, depuis 1957, est une filiale d'Heineken »

Pour nous remercier, Kutet, nous proposa d'aller prier au temple Pura Luhur Uluwatu, un soir de pleine lune[20]. C'est un temple hindou historique perché sur une falaise face à la mer dans le sud de Bali.

C'est entre femmes que nous nous y sommes rendues, habillées traditionnellement par les soins de Kutet.

Ce lieu est très touristique, mais nous avons eu la chance de pouvoir accéder à la partie privée, où les balinais se réunissent autour d'un chaman. L'ambiance était festive, colorée, les macaques en liberté, nous narguaient le long du chemin, les hommes habillés de blancs faisaient vibrer leur gong, ou leur tambour et le son des bols tibétains résonnait.

J'arrivai à Nouméa très sereine, sans panique à l'aéroport.

Je ne restais qu'une semaine juste pour le procès puis je prenais mon envol pour la France.

Ce soir, je décide de faire mon procès à huis clos, je n'ai pas à faire subir cette épreuve à ma mère et à mes amis, j'avais déjà beaucoup souffert et j'avais infligé à tous le spectacle de mes souffrances. Ce procès m'appartient. De plus, je refuse que les journalistes soient présents, vu les dégâts qu'ils ont déjà faits et je ne leur donnerai pas ce plaisir malsain de faire le buzz.

---

[20] *Les nouvelles et pleines lunes sont toujours honorées par des offrandes dans un lieu sacré

PARDON MADAME

Je poste sur Facebook une demande universelle :

« Mes amis du monde entier, je souhaiterai que vous fassiez une prière, chacun selon ses croyances, le jeudi 5 septembre entre 8 h et 17 h (heure calédonienne, je vous laisse le soin de le noter sur votre agenda). C'est un jour important pour moi. Je ne désire aucune présence mais juste que vous m'envoyez tout l'amour et la force dont j'ai besoin via l'univers.

Prenez soin de vous, je vous aime »

Les messages de compassion défilent, ils me font du bien.

Celui de mon père me touche en plein cœur, ce papa que j'avais tant critiqué pendant mon enfance, revenait avec force et soutien :

« Nous serons là, là-bas, ici et tout autour

Nous serons nous-mêmes par toi et tes attrape-rêves qui feront fuir les cauchemars

Nous convoquerons le bonheur et exigerons de lui qu'il tienne ses promesses et terrasse petits et grands tyrans, briseurs de vies…

Nous nous réjouirons, d'oublier, de faire disparaître de notre horizon les êtres piètres, mesquins, nombrilistes, égoïstes pervers imbus autant d'eux-mêmes que de leurs préjugés

Nous trouverons la force de vivre en joie et dans le respect autant à l'intérieur de nous-mêmes que chez toutes les belles personnes connues ou à connaître, d'aujourd'hui ou d'hier, proches ou lointaines,

PARDON MADAME

Par un des multiples chemins que tu empruntes ou traces, nous rejoindrons les étoiles pour chanter un alléluia simple comme l'ermite, dépouillé de tout habit d'église,

Que chacun·e puisse, si c'est son souhait, le chanter dans la version qu'il préfère … pour notre part la version que nous aimons pour ses paroles est celle-ci :

ALLELUIA (Hallelujah)
Version française
Interprété par Edith Martel

Pourquoi rêver d'un paradis
C'est maintenant et c'est ici
Qu'il faut unir nos espoirs et nos joies
On dit "demain" on dit "plus tard"
Mais si demain c'était trop tard
Pour partager ce bonheur…
Alléluia ! Alléluia + (3) Alléluia

Comment trouver l'accord secret
Qui nous apportera la paix
Qui répondra aux "comment"… aux "pourquoi"
Alors il faut chaque matin
Ouvrir son cœur, ouvrir ses mains
Et faire du nouveau jour un
Alléluia ! Alléluia + (3) Alléluia

PARDON MADAME

On vient sur terre pour aimer
Pour vivre ensemble et partager
Et faire de chaque jour un feu de joie
La vie est une symphonie
Chacun de nous en fait partie

J'emmène dans ma ronde, Rimbaud, Éléonore, et maman. Cette chanson à fond dans le salon, nous dansons, nous nous embrassons, nous sommes unis face à l'adversité.

SE CONFRONTER

*La confrontation n'a d'intérêt que si on dé-
cide d'en faire quelque chose de beau.*

74

Allongée sur ma natte, j'observe les pétrels[21] piaillant comme des bébés. L'îlot Bailly est leur territoire et j'ai un peu honte de squatter ici.

Rimbaud et son ami discutent tout en riant dans la tente d'à côté. J'entends le clapotis des vagues qui s'échouent sur le sable blanc. La lune a pris de l'ampleur depuis jeudi dernier soir de la *new moon* à Bali. Le ciel est bercé par sa voie lactée et son nid d'étoiles.

Les jours se suivent et ne se ressemblent pas.

Hier, j'étais assise à la cour d'assise face à sept jurés. Le procès a finalement duré douze heures, entrecoupé d'une pause.

Douze heures, où tout est détaillé et répété, douze heures épuisantes, mais quand le verdict tombe :

« À l'unanimité… sept ans[22], peine maximale pour viol avec préméditation ». Je pleure toute ma souffrance, toute ma haine, inonde le dernier mouchoir qu'il me reste.

Je pense à ce moment précis que la peine importe peu. L'essentiel c'est toute la plaidoirie et principalement les dires de l'avocate générale qui me reconnaissent, dans les faits, victime au sein de cette société patriarcale en mutation.

---

[21] Oiseaux de mer ayant un cri déchirant et inquiétant : entendre ce cri devrait inciter à rentrer chez soi !

[22] * Il avait dix-sept ans et demi au moment des faits

Cette dernière s'est levée, a pris la parole en s'adressant aux hommes de la cour et a eu le courage de prononcer ce discours[23] :

"Messieurs,

Nous sommes face au fantasme d'une société qui ne peut pas se regarder en face. Dire que la consommation de cannabis est une circonstance atténuante est un outrage à la loi. Il est capable de penser, vous l'avez bien relaté dans l'expertise psychiatrique.

Les hommes qui abusent sont la négation de ce qu'est un être humain.

Il est temps de dire "NON". La vie n'est pas au service de l'égoisme d'un être humain. Le respect de l'être humain passe par le respect de la femme. Cet égoisme doit être puni. Cet individu pense à lui et ne pense pas à autrui… »

Je le regarde, l'arène se vide, il repart, sa putain de queue entre les jambes, et moi je triomphe, en oubliant le discret « Pardon madame » qu'il avait susurré lors de l'audience.

Le combat est fini.

Aujourd'hui, mes enfants m'ont fait le plus beau cadeau du monde, celui de me donner un aperçu de ce qu'était ma remise en liberté.

Ma fille et maman m'ont amené pour une surprise sur le ponton du Vallon Dore.

---

[23] Je n'ai pu retranscrire que quelques notes, je suis désolée de ne pas pouvoir retranscrire l'intégralité de ses dires

PARDON MADAME

Je n'aurais jamais imaginé ce qui se déroulait sous mes yeux.

J'aperçois au loin un petit bateau, il s'approche doucement et je vois avec netteté mon fils, à bord, fier comme un coq, aux commandes.

Il y avait disposé des dizaines de ballons de toutes les couleurs et un feu d'artifice jaillit sur la mer.

De joie coulent mes larmes, immortalisant cet instant magique.

Rimbaud arrive à quai et le sourire enchanteur me dit : " Bienvenue Madame Liberté, il faut fêter ça non, vous montez chère Madame ?"

Tremblante d'émotions, je monte retrouver mon fils.

"Allez Mam's, je t'emmène faire un petit tour pour goûter à ta liberté".

Il fait défiler le bateau de droite à gauche le long du ponton. Je trône comme une princesse sur l'avant. Éléonore et maman immortalisent cet instant avec leur téléphone.

Tout l'épuisement mental et physique de ces derniers jours laisse la place à une énergie lumineuse.

« Je suis libre, je suis libre… » hurlais-je.

Il finit par nous emmener pique-niquer en famille sur l'îlot Bailly où nous étions seuls au monde.

Ce soir, c'est avec lui et son ami que nous passons une nuit sur ce petit banc de sable qui me rappelle à quel point la Calédonie est belle.

LE SENS
DE
LA FAMILLE

Le drame ça se partage mais ça n'apaise pas l'esprit.
Ils m'ont transmis tout ce que j'aimerais transmettre à mon tour.
C'est grâce à eux que je suis en paix et que je ne pars pas en vrille.

Grand Corps Malade

75

De nouveau, tel l'oiseau migrateur, je traverse les contrées pour rejoindre Virginia à Saint-Chély.

De nouveau, je quitte mes enfants en leur promettant un avenir meilleur.

Je ne suis plus une victime, je deviens une guerrière de lumière.

Je passe cette transformation comme un rituel, tatouant tout mon bras droit en zébrure comme un bouclier contrant toute attaque. Les tatouages recouvrent mon corps sali… ils le purifient.

Les zèbres ont une symbolique qui me tenait à cœur. Ils possèdent non seulement un esprit communautaire qui leur permet de se protéger des prédateurs, mais aussi ses rayures noires et blanches permettant de repousser les énergies qu'ils ne désirent pas, une forme de protection.

Comme les zèbres, je m'adapte aux situations avec courage et j'ai besoin d'être libre.

Ce soir dans ma chambre Love, je suis déboussolée par tous ces vas et viens.

Les retrouvailles avec Virginia ne sont pas à la hauteur de mes espérances, ou peut-être s'est-il passé un changement dans ma personnalité ?

76

Ce matin, je quitte sans véritable explication Virginia.

PARDON MADAME

Mes valises sont prêtes depuis hier soir. Dans la nuit, j'avais pris le soin de les faire et de les charger discrètement dans ma voiture. Je ne contrôlais plus mes gestes, je devais partir, c'est tout.

Ces trois dernières semaines à Saint-Chély ont suffi à pomper toute mon énergie.

La vente de l'hôtel avait été retardée, la Bentley, hors d'état de fonctionner, tous nos plans échoués.

Malgré le stress que tout ça pouvait occasionner, Virginia avait réussi à trouver des plans B. Tous ces projets étaient grandioses mais ne correspondaient pas forcément à mes envies. Elle rêvait de vivre dans un château, moi dans une Tiny House. Son bonheur semble dépendre de l'argent, le mien d'un bien être intérieur. Et même si elle me promettait un avenir pécuniaire, je ne voulais plus exister à travers quelqu'un mais à travers mon essence même.

Une force supérieure nous avait réunie, mais j'avais l'intime conviction que si je la suivais, je perdais mon identité et ma liberté. Je ne voulais peut-être pas inconsciemment revivre ce qu'elle avait vécu ? Sans le savoir, elle m'avait transmis un beau message.

Je la chérie toujours dans mon cœur et dans mes prières. C'est une femme qui a été beaucoup reconnue professionnellement mais trop peu amoureusement. Elle mérite le meilleur.

Je n'ai plus eu de nouvelles d'elle par la suite, je sais que le pardon est banni de son vocabulaire. Elle pense que je l'ai abandonnée et trahie ; cela peut être légitime. Je pense juste que j'avais encore du chemin à parcourir avant de trouver ma voie. Je continue de ramasser des bouts de verre polis en pensant à elle, je les garde comme un trésor en espérant qu'un jour je puisse lui offrir.

Ma liberté m'emmène vers la Catfarm, terrain d'exil, de ressourcement et de partage.

Ce soir, je dors dans la Peugeot 404 aménagée, le tipi est déjà occupé. Mon arrivée impromptue a ravi Aurélie et les volontaires.

"Ma sœur d'amour,

Tu as pris la décision de quitter Virginia, et tu es arrivée à la Catfarm. Elle fait partie de ta bulle de bien être, c'est là où tu as pris soin de toi il y a quelques mois.

La Catfarm devient ton échappatoire en cas de crise intérieure.

Tu t'es écoutée et j'ai l'impression que tu sais ce qui est bon pour toi et où tu vas, même si tu as l'air un peu perdue.

Suis ton cœur, je t'aime.

Jeanne"

77

Ce matin c'est journée off pour Aurélie à la Catfarm, nous décidons de passer la journée à Montpellier, peut-être nous promener dans le jardin botanique, et pourquoi pas voir un film à l'eau de rose au cinéma.

Nous tardons à décoller de la Catfarm avec Luigi.

Luigi est un jeune volontaire français d'origine italienne, en fin de cursus psychologique, adepte du polyamour, et en quête de devenir conteur. Cette rencontre a été une des plus belles rencontres à la Catfarm. Comme Luiza, il avait ce regard étincelant et limpide, cette âme d'artiste, écrivain à ses heures perdues. Nous partageons depuis quelques jours notre ressenti sur l'écriture. Il a un don exceptionnel pour cet art. Ses mots sont porteurs d'espoir et de vie et se posent sur une feuille avec volupté. Il décide, comme beaucoup de volontaires, de vivre autrement et adopte ce concept communautaire.

Il repart cet après-midi et quitte la Catfarm avec un baume au cœur.

Il reste silencieux tout le long de la route. Il est dans sa bulle, écouteurs sur les oreilles, un besoin de digérer tant d'émotions, c'est l'effet Catfarm.

Aurélie et moi chantons à tue-tête sur les rythmes de Chérie FM.

On se gare dans le centre historique, on boit un café dans un bistrot.

Luigi dispose de cinq heures avant le départ de son train.

Nous parcourons les rues de la vieille ville quand une boutique hétéroclite retient notre attention.

Il est onze heures, nous pénétrons dans cet antre de bien-être.

Nous découvrons la caverne musicale et littéraire de Filo. De multiples instruments à cordes dominent l'espace d'une pièce arc-boutée de pierres blanches anciennes, des objets sentant les voyages, des murs remplis de CD, de livres, ou d'aquarelles.

Filo nous accueille dans sa sphère, nous faisant explorer l'Inde par l'odeur du thé qu'il nous offre. Il nous invite à nous asseoir sur des banquettes recouvertes de plaids nuancées de couleurs vives. Filo nous joue des accords de blues, de jazz, de country… et sa voix envoûtante, nous amène sur le continent américain.

Luigi prend le relais et pour la première fois nous conte l'histoire de Tao Long en déambulant dans ce petit espace insolite.

Deux heures passent sans que l'on s'en aperçoive, l'appétit nous rappelle à l'ordre. Je propose d'aller chercher un petit plat, Filo nous ouvre du vin chilien.

L'heure du train arrive et Luigi nous quitte le cœur lourd. Filo lui propose de faire une soirée contes dans six mois, il accepte de relever ce défi. Je le mets en contact avec ma mère, chez qui il passera quelques jours. Et c'est à deux, qu'ils se rendront l'hiver suivant à Montpellier pour conter sur la peur. De ce jour est née une belle amitié entre Luigi et ma mère, comme quoi les balades peuvent être porteuses de projets.

78

Après quelques jours à la Catfarm, je décide de passer par Saint-Christoly-de-Blaye près de Bordeaux.

Saint-Christoly c'est un peu les camps maman mais en France.

Mon amie Maryline l'africaine demeure dans cette grande grange rénovée six mois de l'année, le reste du temps elle séjourne à Nouméa.

Cette demeure est devenue une résidence d'artiste, mais aussi une résidence pour les jeunes néo-calédoniens étudiant à Bordeaux.

Je retrouve l'ambiance communautaire et une partie des enfants, majeurs désormais, de la bande à Bretécher.

Je suis affalée dans le fauteuil du salon face à une scène enchanteresse, Kassim, Hummuf et Malo, un trio explosif, mêlant la batterie, le piano et le tam-tam… Afrique dans mon cœur, Afrique au rendez-vous.

Maryline m'en avait beaucoup parlé, et quand elle parlait de Saint-Christoly-de-Blaye, elle nous contait ses tambours d'Abidjan, l'ambiance…

Mais y être, c'est autre chose, c'est sentir vibrer la musique à travers notre corps, sentir l'envie de bouger ses fesses.

Cet endroit peut-être le lieu idéal pour fonder la communauté des mamans. Solie, une autre maman calédonienne, est là aussi pour voir ses enfants exilés.

Nous nous retrouvons, nous nous promenons, nous nous plaignons du froid de l'hiver. Chaque soir à 18 heures, c'est l'heure de l'apéro, on rêve d'un avenir ensemble, ici peut-être ou ailleurs.

79

Mary me vante le charme de Rodrigo, un artisan portugais qui travaille chez elle. Lors de notre première rencontre, il me propose d'aller au Portugal un week-end avec lui. Il me ferait découvrir Silves, Faro et ses alentours.

L'idée de découvrir le Portugal tombe à pic et remet au goût du jour mon idée de bar à fromages.

À l'aéroport de Mérignac, je me prends les pieds dans une valise et je tombe nez à nez avec le Dr B., hasard ou signe du destin ?

Celui qui m'avait initié à ce projet en Calédonie, se trouve là, face à moi.

Je ne l'avais pas recontacté depuis mon départ et je suis heureuse de lui dire que je n'avais pas oublié son idée. Je suis justement là pour découvrir le Portugal.

Je le prends bien sûr comme un signe du destin. Peut-être est-ce là-bas que je dois poser ma valise ?

Quelques heures plus tard, me voilà transportée en Algarve.

Je découvre les ruelles pavées de Silves, ses maisons colorées. Je retrouve la chaleur du soleil, le ciel bleu qui me manque tellement. Petite pause au café Pao de Forma, après deux portos Aqua marine et un digestif à base de fruit d'arbousier.

Ma tête tourne, les amis de Rodrigo nous rejoignent.

Je goûte des Pastel de nata, un dessert local, puis les verres de porto rosé Aqua tonic s'accumulent sur la table. Nous changeons de terrasse, passons à l'Art Aska, mais nous ne changeons pas nos consommations. J'apprends les bases du Portugais, *Bondir, tudo bem, desculpa, obrigada...*

Tous un peu ivres, nous rejoignons un restaurant de fruits de mer très réputé de Silves, le Rui. La table est grande, les verres se remplissent à nouveau, nos assiettes aussi, coquillages, crustacés, poissons en tout genre. Rodrigo est généreux, règle toute l'addition bien salée, on finit par un digestif, coup fatal.

Titubant, nous rejoignons son appartement. Bien sûr, j'étais un peu naïve à l'idée de me dire qu'il me gâtait sans rien attendre en retour. Illusion, certains hommes ne font pas tout ça pour rien, au moins une p'tite pipe, ce serait le minimum n'est-ce pas ?

J'essaye de me laisser aller, en me disant que j'avais bien le droit à l'amour. Il a envie de moi, il me plait un peu mais ses gestes manquent cruellement de sensualité et la phrase « J'ai envie de baiser » me calme direct.

Je me refuse à lui, il insiste, je dis non et encore non, puis il me laisse tranquille et se couche la queue entre les jambes. J'ai réussi à dire non. Je me retranche dans la chambre d'à côté.

Au réveil, il tente une nouvelle approche, la tête enfarinée de la veille, je lui rappelle que je ne veux pas baiser mais faire l'amour.

Il commence à me parler de son addiction au sexe, que c'est comme ça, il ne peut pas s'en passer.

L'ambiance devient tendue, et je décide d'aller marcher pour visiter la ville.

Sur le chemin, je me demande quel est ce bordel. Je me retrouve au Portugal avec un addict sexuel. Comment ai-je fait pour me mettre dans cette situation, suis-je si naïve que ça ?

N'ai-je plus droit à l'amour ?

Quel signe dois-je entendre par là ?

Je ne comprends plus rien mais je sais que je veux me faire respecter et pouvoir vivre une sexualité bienveillante.

Je déambule dans les ruelles, voit la maison de mes rêves, un grand patio, des couleurs vives, j'imagine mon bar, appelle l'agence, retombe sur terre, prix impensable pour moi. Alors je continue ma route…

Je déjeune dans un petit bistrot perché sur la colline, me régale du *Bacalhau com broa de milho*[24].

J'accueille ce qui se passe, j'en tire des leçons.

Demain, je rentre seule…

80

Saint-Christoly, c'est la communauté, c'est-à-dire qu'il y a des stationnaires, des arrivants, des transitants, des partants.

Je fais partie des stationnaires pour une durée indéterminée. Bien sûr, vu le nombre de personnes qui circulent dans cette maison, il y a de tout, des qui participent aux tâches ménagères, des qui restent le cul planté sur le fauteuil, des qui créent, des qui ne sourient pas, des qui sont heureux, des qui sont tristes, des qui jouent de la musique…

Solie et moi faisons la vaisselle, au rythme de la basse et de la batterie, on ne s'entend pas. Nous sommes interrompues par un appel sur Messenger "Rayon de soleil appelle".

Rayon de soleil, c'était le groupe que j'avais créé pour se donner des nouvelles de temps en temps avec les mamans de la bande à Bretécher.

C'était Holy qui ne savait pas qu'en appelant sur le groupe, elle appelait toutes les mamans, et on était neuf.

---

[24] Bacalhau com broa de milho, Morue au pain de maïs, délicieuse spécialité portugaise !

Holy est notre warrior de la bande.

Elle vit avec les séquelles d'une rupture d'anévrisme, un handicap moteur du côté gauche et depuis plus de vingt ans avec un mari rustre qui considère les mamans comme des sorcières.

Mais elle fait partie de ces mamans courages et vit chaque moment avec une humilité hors du commun. Elle est ancrée, jardine, parle aux plantes et à Allah.

— Salut les filles ! Je suis tellement contente de vous avoir !

— Coucou ma chérie, comment vas-tu ? Attends, j'appelle Maryline.

Maryline se joint à nous, une bouteille à la main. On s'installe tranquillement dans le salon, on sait que ça va durer.

— Oh je vais bien, il fait chaud à Nouméa et mes plantes manquent d'eau. Et vous ?

En même temps, Gallou, Coco, Nancy, Delphine, Aurel, Odile, se connectent aussi.

Des "Allos" s'entremêlent.

Cinq minutes plus tard, toutes disciplinées, nous pouvons enfin discuter.

Holy nous parle de sa nouvelle passion pour les chevaux, l'effet thérapeutique sur elle. Quand on lui demande le prénom de son cheval, nous pouffons en chœur en entendant "Spirit". C'est le nom idéal pour sa guérison.

Solie ajoute de temps en temps une de ses phrases légendaires "A chacun sa croix" ou "Bienvenue au club".

Aurel, notre masseuse méga connectée répond à Solie, qui se plaint de manquer d'argent, "Ma chérie, fais un chèque à l'ordre de L'Univers et l'abondance arrivera."

Nancy, notre Florence Foresti, lance une petite blague par ci par là, Coco rassure tout le monde, Delphine va toujours très bien, Odile fait sa pin-up à la terrasse d'un café et Gallou est perché sur son brancard attendant que sa chimio passe.

Toute la bande à Bretécher, réunie, pour notre plus grand bonheur.

81

Je décide d'aller voir ma tante à St Estèphe et faire un petit coucou à ma grand-mère, partie depuis longtemps mais qui m'a laissé un souvenir joyeux. Je repense à son vélo rose, ces vacances familiales dans les pinèdes du sud-ouest chaque été de mon enfance.

Le ciel pleure comme le veut ce jour du 1er novembre.

Chacun pleure ses morts, les ramenant un tant soit peu à la vie en redonnant des couleurs à un tombeau, seule trace de l'être aimé.

Je suis là, au bac de Blaye, plongée dans un dense brouillard.

J'essaye de trouver une petite émotion de plaisir qui trainerait au fond de mon corps, mais rien, pas d'éblouissement, pas d'extase juste une petite amertume, sacrée différence avec la mer du Pacifique.

Les retrouvailles familiales sont à la hauteur de mes attentes. Ma tatie et mes cousines m'accueillent avec cet éternel amour filial.

Ce soir, je pense à ma sœur, il ne manque qu'elle pour partager la trame de notre histoire.

« Ma sœur,

Je ne t'ai plus partagé depuis un moment mes écrits. Tu m'en vois désolée, je remédie à tout ça et je te raconte ce que j'ai découvert aujourd'hui.

Je comprends maintenant pourquoi je suis partie à l'autre bout de la terre, peut-être une envie de fuir un passé lourd, ou plutôt des non-dits, qui laissent derrière des plaies mal cicatrisées. Papa, tatie, tonton, tous les trois de pères différents, chacun l'a appris à des âges différents, tatie le jour de son mariage, elle avait 20 ans, papa le jour de son divorce, il en avait 50 et tonton je ne sais même pas s'il le sait, ou alors il est dans un profond déni, d'ailleurs il parle peu.

Ma mamie, cette femme que j'ai tant admirée pendant mon enfance, qui passait sous les tables à 70 ans, qui roulait en vélo rose, qui trouvait des femmes à ses compagnons car elle en avait marre d'eux. Cette femme qui a été Miss vendanges.

Cette femme qui était déjà une guerrière, à tenir un bar rue Guienne à Bordeaux, afin de nourrir ses enfants, au détriment de devoir laisser ma tatie et mon père à sa sœur à leur plus jeune âge.

Cette femme qui s'est reconstruite après la guerre, qui a rencontré le grand père que j'ai connu, lui a offert deux enfants, la mort lui à emporter la première.

Et, cette femme qui a aimé d'autres hommes, ces amours ont laissé derrière ma tante, mon oncle et mon père.

Je pense à mon grand-père qui est mort à mes sept ans, il a fait comme si… tout au long de sa vie.

Papa m'avait donné une mission, découvrir son père géniteur. Il se questionnait beaucoup, et avait peut-être le besoin de s'ancrer, de retrouver d'autres racines.

Il connaissait le prénom de ce géniteur, Paul, il savait qu'il s'était suicidé parce qu'endetté jusqu'au cou. Une pierre accrochée par une corde autour du corps, il s'est jeté du pont de Pierre dans la Garonne.

Papa craint la baignade, coïncidence ! Il savait très bien qu'il ne le verrait jamais mais il avait besoin de recueillir quelques éléments sur la vie de cet homme… tout simplement.

Racontant à tatie ma mission, je sens que je lui remue les tripes, je touche la corde sensible de la famille, l'abandon et ou la trahison.

J'en ai découvert plus que ça, je suis allée chez la cousine ainée de papa. Je dis des banalités pour laisser un peu de temps avant la question ultime. Je ne veux pas qu'elle pense que je suis venue que pour avoir des informations, même si c'est un peu vrai, je la connaissais très peu.

— Est-ce que tu connaissais le père de mon père ? »
Elle me regarde avec des gros yeux et me dis :
— Alors tu es au courant.
Une montée de sanglots accompagne mes mots
— Oui, je suis au courant.
— Oui, Mafalda, je l'ai vu au bar de ta grand-mère.

Des frissons parcourent chacune de mes cellules, je garde mon sang froid et je lui demande :
— Il était comment ? L'as-tu vu plusieurs fois au bar ?

— Oui, il venait souvent voir ta mamie, je me souviens de lui. Il était grand et très, très beau, il avait de la présence, il était directeur d'un grand magasin bordelais, brun les cheveux frisés comme ton père. Quand je l'ai vu j'ai su que ton père était son fils, il lui ressemblait comme deux gouttes et toi aussi, Mafalda, tu es son portrait craché.

Quel électrochoc, j'étais reconnue petite fille légitime, comme s'il manquait une pièce de mon puzzle dans mon Adn. Je n'en avais pas besoin de plus, je me sentais perturbée mais joyeuse.

Jeanne, sur la table de chevet, il y a la photo de Gabriel, notre cousin défunt, et au-dessus de ma tête, une croix de Jésus.

L'ange Gabriel à un sourire levé vers la croix, c'est une scène assez émouvante. J'ai besoin d'un petit joint et d'un somnifère, je crois que je dormirai bien et que les morts ne me réveilleront pas.

C'était la journée des morts…

Je t'aime… »

82

Je me réveille ce matin en sursaut, me souviens de mon rêve.

Pinceau, mon chien qui marche tranquillement, tout est blanc, tout à l'air doux, rêve prémonitoire, je comprends qu'il n'est plus de ce monde.

Ce chien qui, depuis plus de quatorze années, partageait notre quotidien, celui qui m'avait aidé à affronter mes rares sorties après le viol, celui qui me sécurisait, celui qui ne m'aurait jamais fait le moindre mal, s'en est allé.

Je m'empresse d'appeler Éléonore, elle n'a pas besoin de me le dire, je sais. La tristesse m'envahit, nous pleurons en écho à notre douleur. Je regarde toutes mes photos, je cherche inlassablement nos souvenirs comme pour le faire exister encore et toujours.

Les photos défilent, me laissant une vague nostalgie de ma vie en Calédonie.

J'ai l'impression de me perdre à nouveau. Comme un compte à rebours qui est lancé, 365 jours avant de rebondir, encore ou plus que 365 jours d'arrêt maladie.

Mais pour l'instant, tout est vent et nostalgie.

83

La cohabitation avec un des hommes de la maison devient difficile, je monte dans les tours, ne supporte pas le moindre manque de respect à mon égard. Mary m'installe dans l'autre aile de la maison.

Je passe de l'aile droite à l'aile gauche, la maison permettant de vivre sous le même toit sans forcément se croiser.

Je m'installe temporairement dans la chambre de Célia, une ado qui veut être réalisatrice, pleine d'ambitions et dans l'acception et la compréhension d'une enfance douloureuse.

J'aime sa chambre, elle a de belles énergies, lit au ras du sol, un tapis rond bleu tout doux et un petit bureau à demi encastré dans le mur, un bureau d'écrivaine. Je me sens tout de suite à l'aise.

J'y amène mes valises, mes perles, mes photos, mes portes bonheur… ma vie, comme une nomade, je pose mes valises, les remballe et les dépose ailleurs, tel est mon destin depuis cette dernière année.

J'attends les signes, je sais que ce n'est pas l'état où je suis maintenant qui me permettra d'avancer, je suis à bout d'énergie, j'accueille et je crée au fond de mon lit de jolis colliers.

Ce soir avec Solie, nous buvons notre tisane nuit tranquille au coin du feu et on sourit à nos rêves d'une nuit torride.

En désespoir de cause, je la rejoins dans sa chambre, on fume un petit stick à la fenêtre donnant sur le jardin et la lune. On contemple les étoiles plus lumineuses les unes que les autres.

On projette nos rêves et on les écrit sur les murs pour ne pas oublier, on sait que Mary nous engueulera mais on le fait quand même.

84

Je n'ai toujours pas envoyé mes écrits à ma sœur.

J'ai peur, peur de la faire souffrir, peur de ne pas être à la hauteur. Comme on dit toujours derrière les peurs il n'y a que notre égo... ce sont nous qui les mettons en scène.

En ce moment j'ai peur, peur de celle que je deviens, agressive envers les hommes, peur de ne pas y arriver, peur des peurs de ma mère, de mon père, de mes amis... J'ai peur...

Je prends conscience que ma vie sera différente, je resterai une aventurière mais différente avec cette difficulté de continuer ma vie seule.

J'ai le temps de penser à Saint-Christoly-de-Blaye, la maison y est propice et plutôt inspirante, à elle seule cette maison pourrait raconter au minimum trois tomes d'histoires artistiques et familiales.

Nous nous retrouvons les vieux autour du feu dans le salon de l'aile gauche, Mary, Guy son mari et Solie.

Guy pianote sur son IPad à la recherche de la tablette dernier cri, Mary rumine la logistique de la résidence, Solie prépare sa valise pour son départ à Tahiti. Moi, je me prélasse, les écoute, et écris.18 h pétante, l'heure de l'apéro est lancée. On sort de nos canapés et de nos chaussons d'hiver. On s'habille le temps d'une soirée, petite robe moulante, collant noir et bottes de circonstance, la classe. Un verre de vin blanc en main, on tchine « A la bande à Bretécher ».

Pauvre Guy qui ne peut pas en placer une, mais je crois qu'être entouré de femmes lui plait bien.

Mary me surnomme le feu follet, je regarde la définition. Le feu follet a des manifestations lumineuses ayant l'apparence d'une petite flamme, pas mal mais l'histoire le perçoit comme "une âme en peine qui a besoin de prier pour fuir le purgatoire".

Elle a peut-être raison…

85

Solie s'est envolée pour Tahiti, demain elle me narguera avec son bikini telle une vahiné sur une plage de sable blanc.

J'ai l'impression qu'il me manque ma moitié, on formait un petit couple, on marchait, petit déjeunait, déjeunait, dînait ensemble.

Bref, je devais passer la deuxième comme dirait ma tendre amie d'enfance.

Je rejoins Catriona ma cousine, celle qui a le même âge que moi et qui me ressemble le plus. Elle me donne rendez-vous au pont de la Garonne, quelle coïncidence encore. Nous nous racontons ces cinq dernières années autour d'un chocolat chaud. Je lui parle de ce fameux grand-père inconnu au bataillon (son père est le frère de mon père). Nous finissons par conclure que Paul était aussi son grand-père, après tout il fallait régler le schmilblick.

Je trouve au fond de mon sac un poisson en céramique, j'y inscris. *On te libère papi.* Chacune de nous le signons et nous le jetons par-dessus le pont.

Papi, tu ressuscites dans nos mémoires, tu as de la valeur pour nous, on te pardonne. Je commençais à comprendre l'importance du pardon pour se libérer de ses chaînes.

86

Après une nuit hantée par des cauchemars et la grêle qui atterrissait sur mon velux, comme une attaque nocturne, le réveil est difficile. Avec Mary, on se dit que c'est journée farniente, il est à peine midi et elle roule un joint, allez lâchons prise. Je lâche un peu beaucoup prise en ce moment, mais je commence à ressentir les bénéfices de cet abandon. Je pose mes idées farfelues, je fais des liens :

1)je suis une nomade et j'aime voyager

2) j'aime le bon vin et le fromage

3) j'aime danser

4)j'aime rencontrer des gens, parler

5) je voudrais faire passer un message pour les femmes violentées

6) j'aime créer

7) j'ai rencontré mon binôme de 20 ans de moins que moi, Emeline chef pâtissière et danseuse de cabaret, un rayon de soleil

Résultat, cela pourrait donner un bus sur deux étages, entièrement rénové, qui se transformerait en bar cabaret avec dégustation fromages, vins et pâtisseries… et un petit magasin de création.

Par beau temps, on fait une terrasse balinaise.

Nous irons de ville en ville dans toute l'Europe. Ce serait un beau lieu de groupes de paroles pour les femmes.

Enfin c'est une idée…un peu farfelue…parmi tant d'autres…

Écrire tout ça me permet de visualiser un avenir radieux car pour l'instant l'horizon est terne.

Plus concrètement, demain je m'envole pour Lisbonne. Je mettrais ma chemise blanche balinaise de cérémonie, comme à chaque envol. Je pars, seule mais en confiance, parcourir les ruelles pavées et contempler cette majestueuse ville dans l'espoir de m'y sentir bien.

87

Me voilà, au centre de Lisbonne, sirotant un porto Aqua tonic dans un petit bar huppé de la place du commerce. Elle est envahie de touristes, surtout des amoureux qui se selfisent devant la statue équestre de Joseph 1ᵉʳ, un air de Venise. Les pigeons, les mouettes, le soleil, la fraîcheur de l'automne, les rames jaunes des tramways sillonnent les collines, tout est propice pour que je me sente bien.

L'arrivée a été un peu chaotique, je me repère mieux avec un plan qu'un GPS, les *hostels* portent presque les mêmes noms.

Je me trompe d'*hostel*, je suis accueillie par le large sourire du propriétaire qui m'offre un Ginja, digestif local. L'ambiance est conviviale, dommage, ce n'est pas là que je dormirai ce soir.

Je poursuis ma route, traversant les rues pavées de cette ville historique, l'une des plus anciennes d'Europe.

Je trouve enfin mon *hostel*, beaucoup plus design et plus froid. Je découvre ma chambre où nous ne sommes que deux occupantes parmi les huit lits superposés. Je discute avec Elise, une Parisienne, qui traverse le Portugal depuis quinze jours à pied. On se retrouvera ce soir pour un dîner portugais.

88

Réveil difficile… pleine lune…qu'est-ce que j'attends, de rencontrer le prince charmant, quelqu'un qui me sauvera de cette envie de tout abandonner, cette impression que je n'y arriverai jamais, que reprendre une vie normale serait la chute finale de mon ascension.

J'ai du mal à démarrer ma journée, je décide d'aller visiter le musée de mosaïques l'Azulejo et pour me motiver, je connais la bonne personne. J'appelle Ludo à l'autre bout de la terre, j'entame une longue discussion tout en parcourant les cinq kilomètres. Il me fait rire, me change les idées ou m'en donne.

Une petite heure plus tard, je découvre ce splendide musée, tout en restant époustouflée par les mosaïques et le travail minutieux de ces artistes.

Je finis ma journée en longeant le pont du Tage, il ressemble à celui de San Francisco. Je croise des vélos-snack, je trouve le concept pas mal. Pourquoi ne pas faire un bar à fromage ambulant ?

Je rencontre Hugues, italien, la cinquantaine, professeur d'anthropologie, qui me propose de le rejoindre ce soir pour un apéro sur une des places les plus réputées de Lisbonne.

— Why not ?[25]

---

[25] « Pourquoi pas ? »

Bon pas de bol encore, c'est un gros obsédé sexuel, qui est prêt à m'offrir plein de cadeaux si je couche avec lui, je hurle à la terrasse du café :

— I'm not a whore ![26]

Il se casse et je me retrouve seule, attablée dans un petit restaurant traditionnel. J'écoute du fado. C'est triste le fado, mais c'est exactement ce qui m'aide à accueillir cette tristesse en toute sérénité.

Et à ce moment précis, je suis fière de me respecter.

Ce soir, j'appelle Éléonore. Elle est en pleine préparation du bac, elle angoisse et a besoin de parler.

J'aurais tellement aimé lui préparer un jus d'orange frais, un bon petit déjeuner. Je lui envoie des techniques de respiration, du fado pour lui changer les idées, c'est tout ce que je peux faire pour elle, ici et maintenant. Je me rappelle alors un petit message que m'avait envoyé Flore, une amie en me disant : « Le meilleur que tu puisses donner à tes enfants, c'est l'exemple d'une femme épanouie, qui sait ce qui est bon pour elle et prend la responsabilité de ses besoins sans avoir à les faire porter aux autres…Juste une belle leçon de vie…Rappelle toi l'élan qui te portait quand tu m'as raconté ton voyage, toutes ces belles rencontres et opportunités, la Catfarm, Virginia… Souviens-toi… »

Oui, je me souviens.

---

[26] « Je ne suis pas une putain !»

89

De retour de Saint-Christoly-de-Blaye je retrouve mes amis, mon rituel… prières, offrandes, préparation de la bouillotte (j'en offre une aux néo-calédoniens qui sont frigorifiés, nous improvisons avec humour la secte des bouillottes).

Ma fille m'appelle, elle stresse, les épreuves s'enchaînent, sa panique aussi. Je la rassure, lui dis que j'ai confiance en elle et surtout que je suis fière d'elle.

En raccrochant, je vais me brosser les dents, je regarde mon visage abîmé, mon corps fatigué, épuisé, je n'arrive pas à sourire. Je prends, comme tous les soirs depuis des mois, le cocktail explosif, Imovane et Seroplex. J'ai l'impression d'être une balle de ping-pong qui est renvoyée d'un endroit à un autre. L'atterrissage est toujours violent, l'envol parfois agréable, cercle sans fin, ping pong, ping pong…

90

Il y a des journées comme celle-ci où ton bonheur fait le bonheur des autres, où tu suis ton intuition, où tu es tellement épuisée et down, que tu te dis « soit je plonge dans l'abîme funeste soit je souris à la vie ». Je choisis de sourire.

Ce matin, je me suis réveillée aux côtés de Manon, elle a décidé de venir nous faire un petit coucou de Toulouse. Ma Manon que j'ai vu grandir, elle a qui je faisais des ateliers poteries. Ma petite Manon est devenue ma confidente et plus qu'une fille de cœur, elle est comme les mamans, mon amie.

Je dois de nouveau faire les valises, de nouveau remplir ma voiture, ma maison. Je pars un peu contrariée, les relations sont un peu tendues avec un résident, il est préférable que je quitte Saint-Christoly, la vie en communauté n'est pas si simple.

J'emmène Manon sur La Rochelle, je suis free, j'ai du temps.

Je trace la route direction la Normandie, en chemin, je vois le panneau Angers, je repense à des amis de longue date que je n'avais pas revus depuis plus de dix ans.

Je m'arrête sur une aire de repos, je cherche leur adresse sur internet, pas de téléphone, 12 rue ondine, je dévie d'une heure mon chemin mais ça en vaut bien la chandelle. Je me fais tous les scénarios dans la tête, ils ne sont pas là, c'est le weekend, ou peut-être qu'ils sont divorcés ou que l'un des deux est mort ou les deux ? ? ? En douze ans, il peut s'en passer.

J'arrive devant chez eux, je ne reconnais pas la maison, c'est sûr ils ont déménagé, je suis dans la rue piétonne, une jolie ruelle, dévoilant la cathédrale d'Angers.

Il fait un froid de canard, j'attends, il fait noir. J'aperçois le voisin, je lui demande le numéro de Gilbert et Elsa. J'appelle… répondeur… elle me rappelle… surprise… heureuse ! Cinq minutes plus tard, on est dans les bras l'une de l'autre.

La vie est pleine de surprises quand on se laisse guider par notre intuition, qui vient tout droit du cœur.

91

J'envoie enfin à ma sœur mes écrits, accompagnée de cette lettre :

« Ma sœur écho,

Longtemps la mélodie de tes doigts n'a pas résonné en moi. Elle me manque, tu me manques…

Retour at home chez maman, dans mon cocon familial comme si au moment où je me sentais vulnérable, sans force, épuisée psychologiquement, physiquement et moralement, une force d'attraction ou de survie peut-être, me propulse vers vous. Je sais qu'ici je peux lâcher, j'ai le droit de ne pas aller bien, tout est permis.

Alors je lâche la tension de cet élastique imaginaire, tendu vers le passé, tendu vers l'avenir, mais aussi tendu dans le présent, en relâchant la tension, je suis dans le moment présent.

Sentant venir cette colère qui me ronge de l'intérieur, je décide d'être suivie à distance par une sophrologue. Ma première séance a lieu cet après-midi, elle pose les choses :

1) Je suis épuisée, en dépression.

2) Il est important que je me pose dans un endroit où je me sente bien.

3) Développer mon pouvoir de lâcher prise, en commençant par une méditation en pleine conscience.

J'allume une bougie, je regarde la flamme et j'essaye de ne penser à rien. Le temps paraît tellement long. Elle a raison, j'attendais que quelqu'un me dise "Stop !". Le plus doux endroit pour se reconstruire, ce sont ses racines.

Je t'aime ma sœur écho.

Mafalda »

92

« Jeanne,

Il est là mon petit prince, il ronronne près de moi. Je peux sentir la douceur de son odeur, ne cesser de regarder son grain de beauté dans le creux de son oreille gauche, sa petite fossette en bas du dos, sa cicatrice sur le tibia droit, je le connais par cœur avec le cœur. L'amour d'une mère, sans condition, il est là à quarante centimètres de moi, je ne rêve pas.

Mon petit prince est devenu grand, mais ces bouclettes blondes sont toujours là et son sourire enchanteur aussi. Il est heureux d'avoir fini l'école, ses grandes vacances commencent par la Normandie.

Nous voilà tous réunis, il ne manque que Éléonore à l'appel, pour qui je voue un véritable respect.

Chez maman, la famille se réorganise, papa nous rejoint, malgré leur séparation ils ont gardé de très bonnes relations. Chacun reprend sa place comme quand nous étions petites. J'observe nos parents avec un regard d'adulte.

Je comprends le rôle de maman. Elle embellit la maison, bouquet de fleurs, vaisselle, table décorée avec un goût succulent, nettoyer, balayer, avec quelques petits rappels à l'ordre « Pour la douche, pas trop longtemps, la vaisselle, il ne faut pas trop faire couler l'eau, ça coûte cher, et je vous rappelle que les toilettes ne marchent pas, il faut ouvrir et fermer le robinet à chaque fois ». On répond en souriant "On sait ! ".

Papa, de son côté, lance la cuisine, attention tout le monde doit être au garde à vous quand il crie "À TABLE !". Et puis il stresse, ça va refroidir, il critique son plat en se disant qu'il aurait pu mieux faire, Oui, c'est lui notre père qui se sous-estime, qui a besoin d'être reconnu. Mais c'est aussi un papa qui s'assied au coin du feu, trempant ses lèvres délicatement dans un bon vin, et demande "une tranche de pain beurré ». Il a l'air heureux et surtout n'oublie pas de palabrer.

Et il y a tes deux enfants, une petite famille d'Harry Potter, des magiciens du bonheur, qui profitant du petit grain de folie de leur tata, se dévergondent autour d'un dessin animé. Dessins animés que tu leur as interdits du fait qu'ils soient dans l'apprentissage de la lecture. Mais tu sais d'avance qu'avec moi, ils braveront cet interdit.

Belle scène de famille autour du feu, dans ce petit salon, et là tu arrives, tu as l'air épuisée mais toujours passionnée, alors je ne m'inquiète pas. »

93

« Mafalda,

Oui je suis épuisée, cette semaine n'a pas été de tout repos. J'ai pris le temps de te lire, de peser ce lourd poids que tu portes seule depuis un moment. Je suis là pour te rappeler combien tu es courageuse. Tu relèves la tête à chaque coup dur, tu transformes ta souffrance en lumière.

Oui, tu es lumineuse, tu rayonnes autour de toi, le sais-tu ?

C'est comme ça que je t'ai vue ce soir, entourée de ton fils et de mes enfants.

J'ai l'impression qu'à ce moment T tu étais heureuse.

Je t'aime ma sœur en vie, de tout mon cœur. »

94

Retour du cinéma, Rimbaud s'est endormi, décalage horaire oblige, la journée était belle. Réveillée par mon fils « Allez Mam's on bouge, séance abdo et cuisses ». Pas le choix je fonce dans mon jogging. Le pire c'est l'exercice de la chaise !

Il avait ce don pour me booster quand il me voyait défaillir.

Et comme ça ne suffisait pas, on a enchaîné sur un défi, partir en vélo à l'Aigle, soit 15 km, le GPS indique 45min. On fonce, le temps de vérifier les vélos, et surtout d'en choisir un parmi les vingt de l'école de ma sœur. Nous voilà dévalant le long du lac, et après un grand cri de joie quelle ne fut pas notre déception en voyant la montée qui nous attendait. Moi qui croyais que la Normandie était plate, et non, elle a de jolies formes. On mixe tout ça avec le petit crachat de pluie, le blaireau mort sur le bas-côté de la route, le vent glacial qui transperce mon jogging, laissant ma peau humide, voilà un bon cocktail. Six kilomètres plus loin, on décide d'un commun accord, de faire demi-tour. Nous n'avons pas réalisé notre défi mais nous avons passé un pur moment de bonheur et de partage.

Avec mon fils c'est ça… avec lui je me sens vivante.

95

Hier, nous sommes partis avec Rimbaud, direction Le Mans pour récupérer une petite chienne que j'avais réservée depuis deux mois. Je l'avais croisée à Saint-Chély… un vrai coup de foudre !

Rimbaud, en accord avec Éléonore avait opté pour Pincette comme prénom, en hommage à notre regretté Pinceau.

Nous avions un long chemin pour nous rendre à Figeac dans le Lot. C'est à trois que nous prenons la route pour retrouver Jean Philippe, le parrain de Rimbaud.

La route vers Figeac était paisible, bercée par la musique souk. Rimbaud était aussi admiratif des cadeaux de l'automne que moi, Pincette se promenait dans la voiture, cherchant notre contact.

Nous arrivons à Le Bouyssou dans cette maison lotoise, plantée sur une immense propriété, entourée de forêts, l'endroit idéal pour se ressourcer.

96

J'ai du mal à me concentrer, Pincette traîne dans mes pattes, mâchouillant tout ce qui se trouve devant sa gueule.

Elle est belle ma Pincette, elle ressemble à Pinceau, sauf que son pelage est noir avec une tache blanche qui court le long de son abdomen. C'est un mélange de Border Collie et de Griffon. Elle est craintive tout en étant téméraire et elle a ce regard coupable qui me fait craquer. Je sais qu'elle sera là pour me protéger. Elle ne remplacera jamais Pinceau, mais ne peut-on pas aimer et recevoir à nouveau ?

Ici, je me sens bien, à chaque matin ses habitudes.

Je me lève, vais dire bonjour à Pincette, la ramène dans le lit. Elle saute sur Rimbaud, il se réveille en souriant, elle le léchouille, il peste gentiment.

J'aime ce moment, celui où on a le temps, le temps de sourire, de rire, de se serrer dans les bras, de s'embrasser.

Ici, j'ai la douce impression d'être en famille, des discussions au coin du feu le soir, des repas autour d'une table que je dresse avec amour, des repas avec les produits du terroir que Jean Philippe ou sa femme, nous préparent.

Ici, on prend le temps de sentir, d'écouter les légumes qui cuisent…

Ici, on prend le temps de vivre, bercés par le calme et la sérénité de la nature et de ses hôtes.

Je viens de voir pendant ma pause clope, un coq féconder une poule, je n'avais jamais vu. Je bave devant les plumes du coq, je pourrais faire de belles boucles d'oreilles.

Puis je repense à hier, à l'appel de Ludo. Il avait une insomnie, et a ressenti ce besoin de m'appeler. J'aime nos discussions interminables. Il m'encourage, m'appelle Mafalda Belle, me soumet des idées pour réinventer ma vie, faire un Food truck qui fait voyager les gens, tout en me faisant voyager.

Il me conseille de m'augmenter, sémantiquement cela signifie d'empiler, de superposer qui on est pour devenir quelqu'un d'autre, mais aussi de s'alléger du passé, il devient mon agriculteur du bonheur. Il sème en moi l'envie d'y croire, l'envie d'être celle que je suis au plus profond de mon être.

Il sensibilise mon égo en me disant que je suis une mère formidable, qu'il aurait tellement aimé que ses filles me rencontrent.

Je lui demande pourquoi il pense cela, il me répond :

« Parce qu'un jour tu m'as dit que tu serais prête à tout pour subvenir aux besoins de tes enfants, même revivre le pire au quotidien, vendre ton corps. Mafalda, sache une chose, jamais je ne te laisserai faire, tu mérites le meilleur ».

Il avait raison, mais je sais que jamais je ne ferai ça, même si l'idée m'a parfois traversé l'esprit quand mon corps n'était que souffrance, mais je n'en ferai rien pour l'estime merveilleuse que mes enfants ont de moi.

Il me décrit comme une étoile « Il y a deux ans lors de notre rencontre, je suis tombé amoureux de toi, de cette lumière que tu avais dans les yeux, tu brillais encore malgré le drame qui venait de t'arriver. Tu étais aussi brillante qu'une étoile et quand je t'ai revue cette année, deux ans après, tu es devenue une nova, tu éclatais de beauté, tu brillais tellement fort que tu m'as ébloui, puis tu t'es évaporée, laissant derrière toi un grand vide au fond de mon cœur. Je persiste et je te redis que j'ai fait la pire connerie de ma vie le jour où je t'ai laissé partir et je me suis excusé, maintenant j'accepte que tu t'évapores à nouveau pour mieux renaître et je serai toujours là à tes côtés pour te soutenir. N'oublie pas, Mafalda, n'oublie jamais : le soleil finit toujours par nous lever… ».

Il m'a touché en plein cœur, sa patience, son écoute me perturbent encore.

Je lui fais part de mon envie de repartir en Calédonie. J'appréhendais déjà le départ de Rimbaud avec tristesse. Il me propose de me prêter son voilier pour me loger et lance « On pourrait y faire un resto ! ».

Pourquoi pas ? Plein d'idées fusent dans ma tête, je relis les morceaux, les analyse, pense à ce qui est réalisable et à ce qui ne l'est pas.

Mais je suis certaine d'une chose c'est que mon cœur n'était pas insensible à tous ses mots.

97

Aujourd'hui, j'ai eu droit à un cours sur l'élevage des agneaux, la séparation mère-enfant, leurs techniques pour rameuter la troupe, hallucinant. Je regardais Jean Philippe ramasser le foin, l'étaler sur les mangeoires, s'agenouiller pour vérifier une bête malade, je l'admirais, et je me dis qu'un jour j'aurai moi aussi retrouver une vie qui me passionne.

Ce soir, c'est la dernière pleine lune de la décennie, c'est aussi le jour des résultats du bac d'Éléonore.

Verdict Mention assez bien. On fête ça dignement au champagne à distance via Messenger (Ludo s'était proposé de lui livrer une bouteille de champagne sur Nouméa).

Ce soir, Rimbaud et moi avons décidé de faire lit séparé, c'est qu'il est grand mon bébé et qu'il prend beaucoup de place.

98

Jean Philippe frappe à la porte, en disant "Il est midi, toujours au lit !".

Oups, on a fait les ours, la pluie et le vent déchaînent le paysage, aucune envie de sortir de la couette.

Mais Jean Philippe nous drive, *mission frite* pour moi, *mission on tue le coq* pour Rimbaud.

J'ai toujours du mal à voir une bête morte, je suis assez sensible à ce sujet. Mais quand Rimbaud arrive en tenant le coq avec fierté et m'offre son collier de plumes pour mes créations, je ne peux que le remercier et ravale mes larmes.

Je reste dans le garage tout l'après-midi, où je trouve des trésors, des outils en veux-tu, en voilà et je me mets à créer. Pincette m'accompagne dans tous mes mouvements.

Jean Philippe m'apprend des méthodes de dressage, ça me fait beaucoup travailler sur mon comportement aussi. J'apprends à ne pas tout laisser passer, à être sévère, à lui donner à manger à heure fixe, à la laisser dehors sans culpabiliser parce que le temps est exécrable. Oui, cette chienne m'apprend beaucoup.

99

De nouveau, je refais les valises, de nouveau on dit au revoir, on s'embrasse, on s'enlace, une larme au coin de l'œil.

Huit heures de route et nous voilà chez maman.

Pincette saute de joie de pouvoir enfin gambader.

Comme d'habitude, je sonne à la porte, je connais ce carillon par cœur.

Maman arrive, le sourire large, des boucles d'oreilles ornées de petites danseuses bleues assorties à son pull, elle me serre, je la serre.

Elle nous surprend en disant « Fermez vos yeux, surprise ». Et là ce dont je rêvais, le plus beau cadeau de noël que je puisse espérer, est sous mes yeux : le salon illuminé d'étoiles de toutes les couleurs, le feu de bois crépitant dans la cheminée, en face duquel trône un majestueux sapin (un vrai, rarissime pour des calédoniens), agrémenté de guirlandes argentées et de boules rouges… *L'APOTHÉOSE !*

La suite, je la connais, j'allais sortir les valises, les monter au deuxième étage, avec difficultés car la valise est grosse et l'escalier étroit, j'allais sentir l'odeur du chez moi, retrouver mon lit sur lequel repose mon plaid multicolore, sans oublier de dire un petit bonjour à John, j'allais regarder mon courrier soigneusement déposé par ma mère, j'hésiterai à le lire mais je le lirai quand même, puis je déposerai un petit cœur sur le lit de Rimbaud et de maman et je rejoindrai mon lit douillet réchauffé par mon amour de bouillote. C'est la période de noël et donc la période des séries à l'eau de rose, on y revient toujours. Je crois que cette fin d'année, je vais m'offrir le plus beau cadeau du monde, l'Amour.

100

« *Ma sœur écho,*

Je me reconnecte avec toi, tu n'es plus très loin maintenant.

En cette fin d'après-midi, je retrouve la chaleur familiale au coin de la cheminée avec mon fils, Lison se joint à nous, nous discutons, rions, pensons à John en mettant en marche son trombinoscope multicolore.

Ce que j'aime c'est que, malgré son décès, John reste toujours vivant dans cette maison.

Ta fille est arrivée, apprêtée d'une jolie robe en laine écrue, elle était belle, je la découvrais sous un autre angle, plus féminine.

Elle a de l'humour, un peu sarcastique quelquefois, mais j'ai adoré sa phrase quand elle a fait semblant de s'étrangler avec sa sucette :

—J'ai avalé une bêtise !

Elle nous raconte ses crises d'asthme, à quels moments elles apparaissent, ses angoisses, son stress, ses fous rires. Elle prend les choses avec dérision et j'aime ça.

Elle est repartie avec un collier que je venais de créer, elle sera la plus belle pour la boum du collège.

J'ai beaucoup créé de bijoux que je pense vendre mais que je finirais par donner comme d'habitude.

Je t'aime »
« *Mafalda,*

Je te sens heureuse, l'arrivée de ton fils te transforme.

Tu accueilles ce qui se passe, tu choisis de prendre comme allié la peur, à deux ce sera plus facile.

Tu éveilles ma fille à l'art du beau.

Tu es ma sœur en vie, ma sœur que j'aime de tout mon cœur »

101

Éléonore est arrivée il y a à peine deux jours, elle reprend sa place de grande sœur, se laisse aller enfin dans mes bras, un élan d'amour nous envahit.

Un moment de bonheur…

Prochain objectif : fêter le premier de l'an à Amsterdam, là où tout est illuminé, bouillant de foule touristique, avec un fond sonore et visuel de feux d'artifices, les canaux, les bateaux multicolores, les rues bordées de restaurants en tout genre et par ci par là un petit coffee shop, Amsterdam la ville des possibles.

Ma sœur m'avait prêté son van Volkswagen des années 80, je trouvais l'idée plutôt agréable de cheminer le Nord dans une telle voiture. Bien sûr, je n'avais pas pensé au froid qui règne en ce moment, mais mes enfants connaissent mon goût de l'aventure extrême et n'émettent jamais d'objection.

J'observe mes enfants sourire, se chamailler, je suis au paradis des mamans, dans un camping paumé à une quarantaine de kilomètres du centre-ville d'Amsterdam.

Après un nouvel an festif et sonore, nous rejoignons notre camping. Le coucher est très long à organiser, la température est de 3°, Rimbaud s'installe dans la tente sous deux couettes et un duvet. Il nous quémande deux oreillers, on a pitié de lui. Éléonore et moi dormons dans le van, pas de bol, on n'a pas de chauffage. Les bouillottes apaisent nos frissons, ainsi que les trois couches sur notre corps.

102

Mes amours sont repartis, je me sens vide à nouveau, malgré Pincette qui s'impose dans mon lit.

Trois jours sous la couette à accepter la situation avec une sortie obligatoire pour ma chienne.

Ludo m'envoie un petit message :

« Je n'ai pas de tes nouvelles. Je pense que le départ de tes enfants doit être douloureux. Je suis là, au cas où… »

Je finis par l'appeler, enfouie sous ma couette.

— Coucou Ludo, comment vas-tu ?

— Bonsoir Mafalda Belle, comment te sens-tu ?

— Ça pourrait aller mieux mais ce n'est pas grave, je m'inquiéterais si je ne ressentais plus rien.

— Tes enfants sont bien arrivés ?

— Oui je les ai eus tout à l'heure, ils étaient heureux de retrouver leurs amis et la chaleur du Caillou.

— J'imagine que ce nouveau départ est difficile. Mafalda, je voulais te faire une proposition. En avril, les cerisiers du Japon sont en fleurs, j'irai bien les voir avec toi ?

— Hein ! Tu veux que je te retrouve au Japon en avril, t'es fou ! ! !

— Non, je voulais juste te proposer une nouvelle mission, Commandant Gnouss.

— Laquelle ?

— On trace la route en vélo de Tokyo au mont Fuji en traversant les cinq lacs. Environ 80 kilomètres par jour. Sans oublier de faire l'ascension du mont Fuji de nuit pour voir le soleil se lever.

— Oui t'es fou, complètement fou ! Mais je n'ai pas de vélo, et je…

Il ne me laissa pas terminer et me dit :

— Regarde, voilà ton vélo, je l'ai acheté pour toi. Je peux l'emmener dans la soute.

Je restais bouche bée et j'essuyais les larmes au coin de mes yeux.

— T'es encore là, Mafalda ?

— Oui, Ludo, je suis émue de ta proposition. Tu peux me laisser le temps de réfléchir, je suis un peu perdue.

— Bien sûr, tu as tout le temps que tu veux, mais je n'ai pas fini.

— Ah bon ? ? ?

— Je voulais aussi te dire que j'aimerais t'accompagner dans la vie, pas te porter, te changer, te sauver mais juste être près de toi, un peu protecteur quand même, comme un bouclier. Si jamais tu penses revenir en Calédonie, je suis là et je prends le package, toi et tes enfants. On pourrait vivre sur mon voilier et je t'aiderais à concrétiser tes rêves. *Mafalda, tu es la femme de ma vie !*

Abasourdie, je n'ai plus de mots, je reste sans voix.

— J'avoue, c'est une déclaration, mais je te laisse le temps de réfléchir et il n'y a aucune obligation… t'inquiète

— Merci, mais j'ai peur de te faire souffrir

— La peur n'existe pas Mafalda c'est toi qui la crées.

— Tu as certainement raison, laisse-moi du temps.

Je me couche pleine de questionnements. L'amour m'est offert sur un plateau d'argent et je doute. Je discute avec mon amie la peur, je la rassure. Et si pour une fois j'ouvrais mon cœur ?

SEMER DES GRAINES
ET
PATIENTER

La patience c'est accepter calmement que les choses arrivent, dans un ordre parfois différent de celui qu'on espérait.

David Allen

103

Je n'ai pas réussi à me poser chez maman, j'avais besoin d'un endroit où je puisse écrire et comme d'habitude un endroit neutre. Je lisais *Une partie de Badminton*[27] d'un écrivain inspiré par la Bretagne. Je repensais à ce *pays*. Je le connais peu mais j'en garde un bon souvenir. Une amie de mon père possède une maison de famille à la pointe du Finistère, à Esquibien et me propose d'y séjourner le temps que je veux. Je saute sur l'occasion, ce sera l'endroit rêvé pour finaliser mon livre.

Je suis donc installée dans cette grande maison face à la mer. Pincette me suit depuis ces derniers mois. Elle a grandi et nous sommes très fusionnelles.

Après une longue réflexion sur mes peurs de m'engager, j'ai pris la décision hier de partir à Tokyo avec Ludo.

En prenant cette décision, je savais que l'amour à distance était difficile et j'avais décidé de rentrer définitivement en Nouvelle-Calédonie. Je prenais conscience de l'importance de poursuivre mon chemin là-bas auprès de ceux que j'aimais et me sentant bien mieux, je voulais reprendre mon rôle de maman poule. J'avais beau parcourir la France de long en large, je n'avais pas trouvé un endroit qui me donne

---

[27] O. Adam, *Une partie de badminton*, 2019, Flammarion éd.

l'envie de rester. Je réalisais que ce qui importait était les personnes avec qui on est et pas l'endroit.

104

Voilà plus de vingt jours que je suis à Esquibien. Cet endroit est plein d'énergie, de vibrations, de tempêtes, mêlant rafales et pluie, cinglant mon visage lors de mes promenades biquotidiennes.

Pincette s'est transformée en coach sportif, beaucoup moins cher qu'un vrai coach et très stimulant !

Quand j'empoigne son harnais et sa laisse, elle remue la queue et s'assoit l'air de dire « Vite, vite mets le moi ». Je la regarde, elle me regarde, elle va courir et se faire du bien, je vais courir et me faire du bien. Elle me tracte sans relâche pour me redonner l'espoir de retrouver mon souffle de vie, mes poumons sont encombrés des premières cigarettes du réveil matinal.

Depuis ma décision de rentrer, je me sens plus légère, je visualise un avenir serein.

Ludo est là, virtuellement, matin et soir.

Nous prenons le temps de nous connaître. Ce temps est nécessaire pour que mon arrivée se fasse dans les meilleures conditions. Il anticipe tout, ce qui me perturbe un tant soit peu…. Une voiture qui permettra de transporter mes cailloux, mes branches de bois pour mes créations… un week-end festif avec mes amis, à Poindimié chez lui, pour transformer cette maison en terrain de bonheur… Cette maison qui avait été mon lieu d'accueil après le viol le temps de l'enquête. J'avais beaucoup de mal à imaginer y séjourner à nouveau.

Il est dans cette euphorie d'amour, métamorphosant ses mots en poèmes. Il fête ça dignement avec ses potes, me présente comme Mafalda Belle, en rajoutant « Elle est écrivaine et c'est la femme de ma vie ! ». Deux ans qu'il attend patiemment, tout explose en artifice de joie.

Nous préparons notre voyage au temps des cerisiers en fleurs. Nous imaginons des retrouvailles à l'aéroport, romantiques, fugueuses, timides, sensuelles…Aucun scénario ne pouvait être plus beau que le nôtre à cet instant T du 19 avril 2020, dans l'aéroport de Tokyo Narita, j'enfilerai mon tee-shirt créé pour l'occasion, sur lequel serait écrit notre slogan AMOUR PAIX ET BICYCLETTE, les portes de la douane s'ouvriront, je pousserai mon chariot scrutant l'horizon dans ce désir fougueux de croiser son regard océan. Il sera là, portant une casquette à la gavroche, les larmes à l'œil et la bouche en cœur. À ses pieds, seront posés sa valise et nos deux vélos. Trois mois d'attente pour moi, deux ans pour lui…nous serons enfin réunis.

Mais nous sommes encore dans une hypothèse, un projet.

La vie m'avait bien fait comprendre qu'elle était éphémère et en mouvement perpétuel.

Et lorsqu'on pense que tout est sous contrôle, l'univers s'en mêle et nous rappelle à l'ordre des grands sages. Cyclones, tornades, guerres, virus, tout pouvait à n'importe quel moment détruire ce que l'on avait construit.

En ce mois de février, le Covid -19 commence à faire parler de lui en Chine, puis en Italie pour se rapprocher de nous.

Cela ne nous empêchait pas d'y croire à ce rendez-vous. Bien au contraire, on se réjouissait d'être les seuls à monter le mont Fuji sous les cerisiers en fleurs.

105

Il est tard, Pincette joue avec son nouveau jouet, elle est aussi excitée que moi. Aurélie de la Catfarm est venue passer quelques jours. Nous avons pris un train-train quotidien.

Deux fois par semaine, nous allons à l'aquabike (je devais me préparer physiquement au trek) et au yoga.

Ludo n'hésite pas à nous envoyer un défi. Nous devons faire un court métrage breton. Nous choisissons un speed dating. Aurélie est Domingo et moi Polenta. Tenues bretonnes obligent, nous avons créé une scène pittoresque. Nos fous rires s'entremêlent, Aurélie crie des Miaouuuu à chaque fois que nous devons recommencer une scène suite à mes rires étouffés.

Ludo, malgré la distance, réussit à me rendre joyeuse.

Elle est partie ce matin, je suis de nouveau seule, j'aime ça aussi. Je n'ai à prendre soin que de moi, ce qui est déjà un sacré boulot. Tous les jours, Ludo me rassure, me soutient, m'aime profondément. Je suis heureuse qu'il m'accompagne sur ce chemin de vie, main dans la main avec notre tribu.

Cela aurait pu paraître comme une évidence mais il y a toujours au fond de moi un soupçon, malgré l'envie d'y croire, je reste sur la défensive, il reste un homme et même si je me libère petit à petit de la violence de mon passé, une once de peur tiraille mes entrailles. À distance, tout peut paraître simple.

Ces dernières nuits ont été difficiles, le sevrage d'antidépresseurs et de somnifères ne se fait pas sans douleur.

Spécialiste en santé publique, Ludo m'aide face à ma décision d'arrêter tout mon traitement.

Je choisis de changer mon conditionnement. Chaque soir depuis un an, je prenais un comprimé de Seroplex et un demi-Imovane, parfois un autre comprimé un peu plus tard dans la nuit si mon sommeil trop léger mettait en route la machine infernale de la cogitation.

Je réapprivoise mon sommeil en quelque sorte.

Face à ma glace, j'ai l'impression qu'il manque quelque chose. Les comprimés sont là dans ma trousse de toilette, je les regarde et leur fais un sourire moqueur « Non, je ne vous prendrais plus, je n'ai plus besoin de vous désormais ».

Je suis en paix avec moi-même, mais quand le sommeil ne vient toujours pas après des heures d'attente et après avoir actionné :

Le plan A : faire du sport pour ressentir une fatigue physique,

Le plan B : boire une verveine, toujours pas de Morphée en vue,

Le plan C : lire,

Le plan D : ne surtout pas craquer en allant chercher le petit comprimé, même si l'envie est au summum,

Le plan E : accueillir… il arrive alors insidieusement.

106

Le sevrage thérapeutique est fait, une semaine a suffi à ce que je ressente une profonde fierté.

Le soleil me lève tout doucement, j'ai bien fait d'être patiente et d'accepter tous ces états émotionnels à ma reconstruction.

Ce soir les infos me balancent plein de peurs, ce petit virus qui commence à envahir la planète et le débat sur les Césars. Le talent doit-il être reconnu quand la personne l'utilise pour faire du mal ? Dilemme de l'absurde.

La société, via les médias, hurle son mal être, ses « On ne veut plus de viols ! », des « Il faut que ça cesse ! », les femmes dansent dans la rue, des slogans fleurissent.

Comment changer les choses, comment obtenir le respect ?

Faire la technique du chat qui se mord la queue en balançant de la haine en réponse à la haine, de la violence en réponse à la violence, des insultes en réponse aux insultes…

Notre société met en lumière la naissance d'une nouvelle femme. « Une femme consciente et solaire qui hérite de toutes les blessures et richesses du passé, une femme décidée à se libérer de ses vieilles chaînes de servitude. »[28]

En somme, une femme qui a la force de la révolte et le pouvoir de l'amour. Je fais partie de celles-ci, même si le mot révolte me perturbe un tant soit peu. Une révolte peut se définir violente, haineuse, la mienne commence doucement son chemin mais je la veux pleine d'amour et de compassion.

C'est ce soir, en regardant Human[29], que la réflexion sur le pardon commence à cheminer. Le premier témoignage de cet homme qui est condamné à perpétuité pour meurtre me touche en plein cœur et me fait comprendre l'ampleur de la violence, et l'illusion d'avoir été aimé. Cet homme avait grandi

---

[28] Paule Salomon

[29] Yann Arthus Bertrand, *HUMAN*, 2015, prod. Jean-Yves ROBIN

dans l'idée que l'amour n'avait de valeur que s'il était violent. Et c'est lors de la rencontre avec la mère de celle qu'il avait assassinée, qu'il découvre la véritable signification de l'Amour, grâce au pardon. J'ai ce besoin de comprendre pourquoi on m'avait infligé ça.

107

Beau Finistère, bientôt je te quitte, mais je garde dans mon cœur ce que tu m'as appris.

Tu m'as appris que ton rayon de soleil avait une grande valeur, que ta pluie ouvrait mon esprit créatif, que ton vent pouvait transformer le paysage de tes plages, que les mouettes pouvaient faire du sur place.

Et tu m'as appris à me connaître. Je te voue une profonde gratitude. À bientôt sûrement…

De nouveau je fais mes valises, les sacs sont lourds de créations en tout genre, je charge le Van.

Je passe dire au revoir aux voisins.

Les n°8, des facteurs à la retraite, sollicitant mes papilles avec leurs crêpes maison et toujours prêts à m'aider surtout quand le chauffage fait des siennes.

Le n°10, un vieux papi de 87 ans avec qui je partageais la passion des pierres. Sa maison était un véritable musée ambulant de vestiges gaulois et de pierres en tout genre. Après ma promenade quotidienne, j'aimais passer un moment avec lui dans son atelier, où il m'apprenait à tailler la pierre.

Le voisin N° 12, ancien marin nostalgique des mers agitées.

Les voisins N°3, un couple atypique mais semblant heureux. Vingt-cinq ans de différence d'âge, elle avait 85 ans et en était à son quatrième mariage. Elle me disait « je ne comprends pas, mes maris sont tous morts et pourtant ils étaient beaucoup plus jeunes que moi ».

On se dit au revoir de loin, évitant tout contact, le Covid-19 est là depuis peu.

Pincette restera ici, chez les voisins n°8, je ne peux pas financièrement la rapatrier en Calédonie. Je sais qu'elle sera heureuse et gâtée par cette famille aimante.

Je pleure, pleure et pleure encore de la quitter.

108

Je suis arrivée chez mon père, changement de décor. Tournai, ses rues pavées bordées de brasseries, sa cathédrale, son beffroi, ses pistes cyclables le long de l'Escaut…

Je suis installée au dernier étage d'une maison tournaisienne, dans un petit studio que ma belle-mère a apprêté avec goût.

Assise telle une écrivaine, je fais défiler mon livre « Le soleil finit toujours par nous lever » sur mon iPad. Je revis par procuration ma remise en liberté. Les mots après avoir été posés doivent s'organiser, s'articuler, se mettre en forme pour donner aux lecteurs, le plaisir de les lire.

C'est comme une recette de cuisine, j'enfourne les mots au four, pour qu'ils prennent toute la consistance qui convient aux bouches gourmandes, j'y ajoute des épices pour qu'ils trouvent toute leur saveur.

J'ai cette douce impression que ma vie pourra reprendre un cours normal après avoir scellé l'enveloppe et l'avoir expédiée aux maisons d'édition. Cette reconnaissance tant attendue, n'est plus à ce jour qu'un détachement.

Ce livre devient un roman comme les autres, une histoire de vie, posée sur du papier.

Je découvre un papa attentionné, au petit soin. La maturité et cette épreuve lui ont fait prendre conscience de notre lien sacré, père/fille. Il m'aide chaque jour à finaliser mon livre.

Mon père est un alchimiste de l'écriture.

Pour mon livre, il transforme le plomb en or, les paragraphes deviennent harmonieux.

Cette escapade à Tournai me permet de découvrir ma belle-mère, et d'enlever tous les préjugés qu'une fille peut avoir envers ce second rôle dans une famille recomposée. Je suis une princesse, comblée de repas chaleureux autour d'un bon verre de vin médocain.

Le coronavirus fait le buzz, le monde tourne autour de lui, la psychose est telle que l'on se demande de quoi on parlait avant. La société s'effondre, elle ne contrôle plus rien.

Deux fois par jour, Ludo et moi échangeons via Messenger. On se connaît de mieux en mieux, on s'apprivoise.

Je me prépare physiquement à notre road trip en vélo. Hier, j'ai parcouru 35 km, longeant l'Escaut, l'absence de soleil laisse néanmoins l'envie indéniable de retourner dans mon pays. Le printemps arrive, émoustillant mes sens.

109

Je reste confinée, des mesures strictes ont été prises. Notre président parle de guerre civile ! Je pense qu'on oublie qu'en temps de guerre, les hommes partent au combat, on s'enferme dans des caves, les bombes explosent.

Le Covid 19 nous demande seulement de rester chez soi, et les sorties sont limitées dans le temps et l'espace.

Le confinement, je connais, je n'ai pas eu le choix de me confiner dans ma prison dorée après mon viol. C'était aussi pour me protéger et protéger les hommes d'un meurtre que j'aurai pu commettre. C'est grâce à lui que j'ai appris à me connaître et à développer mon sens de la création.

Mais le Covid-19, ce virus, si petit et puissant à la fois, ambivalent, destructeur et semeur d'Amour, il nous appelle à vivre le moment présent.

Il efface de notre agenda, un planning que l'on croyait bien établi. Il nous rappelle que nous ne sommes pas grand-chose sur cette terre.

Il remue nos petites habitudes, laissant libre circulation à Mère nature.

Le rôle des parents reprend toute sa symbolique, à la plus grande joie des enfants.

Et on a peur, peur de mourir, on a peur, peur de Vivre.

On chie dans notre froc sans même pouvoir l'essuyer* (pénurie de papier cul mondiale).

On regarde les infos, on stresse, on diminue notre immunité. La peur pourrait faire plus de morts que le virus lui-même.

Serons-nous le prochain ?

Nous n'avons plus le contrôle, tout est entre les mains du Covid -19.

Je ressens une profonde empathie pour toutes les personnes qui doivent continuer d'assurer la logistique sanitaire, préférant utiliser le mot Éros que héros.

Je commence à écrire des petites chroniques, que je partage avec mes amis :
« Il y a,
Ceux qui vivent dans un confinement d'amour
Se disent des mots doux,
Aiment, caressent, dorlotent, choient,
Préférant le confinement à la routine quotidienne
Il y a,

PARDON MADAME

Ceux qui vivent dans un confinement violent
Verbal, physique, émotionnel,
Préférant être au travail ou à l'école à l'inaccep-
table chez eux.
Il y a,
Ceux qui remercient l'univers
Chaleur d'une chambre d'hôtel
Préférant ce lit moelleux
À la dureté d'un carton
Et au froid de la rue
Il y a,
Ceux qui complotent dans notre dos
Calculent, comptabilisent, préparent la future
feuille d'impôt,
Préférant en tirer profit en dépit de leur bon sens
Il y a,
Ceux qui sont aux fronts
Réaniment, rassurent, soutiennent
Préférant abandonner leur foyer
À la dure réalité de ne pas pouvoir « sauver »
Il y a,
Ceux pour qui ça ne changent rien,
Parqués aux frontières
Dans des camps minables
Attendant une main tendue
Au péril de leur vie
Il y a,
Ceux qui profitent de la situation
Pour rappeler leur haine et leur rancœur

PARDON MADAME

D'une colonisation
Vandalisant, cassant, violant
Préférant l'aveugle destruction
À une lucide solidarité humaine
Il y a,
Ceux qui n'ont pas le choix
Dans les pays pauvres
Préférant travailler
Que de mourir de faim.
Et il y a,
Ceux qui sont en train de partir,
Immunodéprimés, vieux, vieilles…
Préférant lâcher prise
Se détachant de cette humanité déchue

Accueillons ce qu'il se passe, ne luttons pas, nous
ne sommes plus dans le contrôle,
Respectons-nous et respectons cette terre.
Et n'oublions jamais ce qu'il se passe
Pour que notre avenir soit plus beau et plus soli-
daire.
Une nouvelle définition de vivre s'offre à nous,
Accueillons là… »

110

Toujours confinée en Belgique, je pense qu'il est
temps de rentrer en France chez maman, avant que
la frontière ferme. Demain je prendrai la route avec

la joie de finaliser mon livre qui jour après jour prend forme.

Les échanges avec Ludo tournent autour de ce virus. Nous avons pris conscience que nos retrouvailles ne se passeront pas comme prévu.

Tout est en suspens, tout est suspens…

111

Ludo tourne en dérision la difficulté d'approvisionnement en masque, en créant des masques avec des noix de coco.

De mon côté, la culpabilité de ne pas être au front m'envahit. J'étais infirmière pendant vingt ans, mais je passe désormais le relais.

Chaque soir, je continue mon rituel, j'allume une bougie, et je prie mes anges. Je lance quelques défis sur Facebook comme beaucoup d'internautes afin de garder un lien de solidarité.

C'est mon ami Luigi de la Catfarm qui remporte le plus de like pour son texte inspiré. Quel plaisir pour moi de l'offrir à celles et ceux qui liront ce livre[30].

112

On aurait dû être à J-24 de nos retrouvailles. On a décidé de ne plus compter. Mes enfants me

---

[30] Lire le chapitre « En guise d'au revoir »

manquent, la Nouvelle-Calédonie confine depuis peu. Éléonore confine avec sa meilleure amie et Rimbaud chez son père.

Je suis patiente, je sais que tôt ou tard on se retrouvera.

Ma mère m'a fait découvrir une petite prairie non loin de chez elle. J'ai pris l'habitude d'y aller chaque jour, profitant du soleil et des merveilles de la nature. J'installe ma natte sur l'herbe verte et poursuis mon livre. Je danse aussi, j'embrasse les arbres, parle aux insectes et aux fleurs, je retrouve mon âme d'enfant. Je savoure quelques pignons de pins. Un silence magistral règne ici loin du tourment. Je reconnais la chance que j'ai.

En rentrant, j'observe les pigeons qui prennent leur élan du clocher de l'église pour m'offrir ce beau spectacle, virevoltant et dansant. Je me souviens que ma mère m'a demandé d'arroser les plantes, j'empoigne le sceau rose et couvre les fleurs d'eau. Je pense à Ludo, je me dis que, peut-être, son colis est arrivé. Il tomberait à point dans ce moment apaisant, un peu comme la cerise sur le gâteau. J'ouvre la boîte aux lettres, je le découvre et jubile. Je me pose sur la natte, souris en regardant l'adresse et sous mon nom la mention *Pour la femme de ma vie* ; J'imagine le sourire des facteurs, ce que ce colis a pu transmettre durant son acheminement. Je l'ouvre délicatement. Je découvre son tee-shirt imprégné de son odeur, elle pénètre dans le sillon de mes narines, elle ne m'est pas familière, la chimie des phéromones n'influe pas sur mon corps, pas de volupté, pas de cœur qui s'accélère, j'accueille ce ressenti, m'interroge sur l'amour que je lui porte.

Je découvre toutes ses attentions, le caillou, les coquillages, les produits de bien-être. Je trouve une graine, je décide de la faire germer dans un coton humide. Elle me rappellera la patience. Je décide tout de même d'y croire, croire que mon cœur finira par s'ouvrir, j'y mettrai de l'énergie et tout ira bien.

Bonne nouvelle, ils prévoient des rapatriements la semaine prochaine, en ferais-je partie ?

Tout est en mouvement, préparer une valise au cas où.

La Calédonie me rappelle à quel point elle peut se laisser désirer.

Il est 23h, je fume ma cigarette à la fenêtre de ma chambre. J'observe les étoiles scintiller dans le ciel, plus de traces d'avion, plus de bruit à l'horizon. Mes pensées divaguent, s'égarent…

Homme kanak, je suis pâle mais je ne suis pas celle qui a pillé tes terres, détruit ta culture. Je suis celle qui bénit chaque jour le caillou qui m'a accueillie. Alors accueille-moi avec le cœur. Je ne suis pas là pour te rabaisser mais juste pour te montrer qu'un inconnu quelle que soit sa couleur et son origine ne doit pas être synonyme de peur mais de partage.

PARDON MADAME

Nos univers, nos cultures, nos appartenances sont différentes, mais ce qui ne veut pas dire que l'on ne peut pas s'accorder.

J'allume une bougie et crée cette prière :

La prière de Mafalda au peuple autochtone de Nouvelle-Calédonie :

Toi peuple kanak

Tant de mal, tant de douleurs

Imposés par les colons

N'oublie jamais tes racines

Moi Mafalda, moi la zoreille,

Je ne suis que la représentation de ta souffrance

Je ne suis pas ta souffrance

Peuple Kanak

N'oublie pas que sur cette terre magique

Se cache des graines d'amour

Leur seul espoir… voir la lumière !

Toi et moi

C'est l'accueil de la différence

L'accord de deux notes de musique

Pour faire résonner dans nos cœurs

Une douce mélodie

Toi peuple kanak,

Le passé est derrière

Ne répétons pas le scénario tragique

Vivons en paix

Dans le respect de soi et d'autrui

Peuple calédonien,

Je vous aime.

Je m'endors avec le tee-shirt de Ludo. Il est là, je le sens et m'habitue à son odeur.

113

Allongée sur ma natte, réchauffée par le soleil normand, je fais le bilan de ces deux années.

Je veux terminer ce chapitre, me demande ce que sera le suivant, le pardon trotte dans ma tête depuis quelque temps, vais-je pouvoir poser ces mots ?

Je prends conscience que le chaos est source de lumière. En renaissant, j'ai appris que la paix était à l'intérieure de moi et que même sous une fragilité profonde, se cachait une force inébranlable.

J'ai fait rayonner ma bulle de bien être, j'ai accepté l'aide d'autrui.

En parlant, j'ai soulagé mon lourd fardeau.

J'ai dansé avec la mort et désormais je danse avec la vie.

J'ai compris que je vivais en pilotage automatique, oubliant l'essentiel le temps.

Je me suis laissé happer par ce vide, il m'a fait peur, mais aujourd'hui, je le remercie. Il m'a permis d'accueillir celle que je suis au plus profond de mon âme et de me départir de toutes ces croyances en me laissant guider par mon intuition et par le moment présent.

J'aspire à un meilleur, et je garde espoir que ces personnes violentes prendront un jour conscience du mal qu'elles peuvent faire subir.

J'écoute Paule Salomon[31], ses mots sont tellement justes :

« La civilisation manque cruellement d'une dimension féminine. Elle se dessèche, elle se durcit, et elle s'enkyste dans la guerre. Les hommes et les femmes souffrent à part égale de ce déséquilibre. Les femmes ne sont que des caricatures d'elles même et les hommes sont privés de leur accès à leur féminité intérieure positive. Mais cet héritage n'est pas indépassable. Aujourd'hui, il y a une voix de passage qui s'ouvre mieux que jamais. Nous sommes en plein changements dans les identités masculines et féminines. »

La révolution actuelle prend tout son sens.

Le comportement masculin basé sur la violence, le pouvoir et le contrôle n'est pas la vraie masculinité. La vraie masculinité doit être sacrée.

Être victime de viol nous amène d'une manière ou d'une autre à lutter contre la domination masculine, mais je ne veux en aucun cas reproduire cette fausse masculinité en usant de la violence et de la force.

J'espère qu'un jour les hommes comprendront qu'ils ne sont pas gouvernés par leur égo dominateur et qu'ils ont le droit de montrer leurs émotions, qu'avoir du cœur n'est pas réservé exclusivement aux femmes, que pleurer ne fait pas d'eux des

---

[31] Salomon (Paule), *La femme solaire : la fin de la guerre des sexes*, 2001, Éditeur LGF/Livre de Poche

mauviettes. Leur force physique et mentale doit être utilisée à bon escient pour faire le bien avec justesse.

Je pense que l'homme a le droit d'être tendre et doux et se doit de respecter la femme sans chercher à profiter de ses faiblesses.

Et s'il prend conscience que le sexe peut être destructeur et privilégie l'honnêteté et la sincérité, ne reniant pas la sexualité mais en étant à l'écoute des désirs de sa partenaire et de ses propres désirs, je pense profondément, alors, qu'un changement s'opérera…

Mon bilan met en reflet une évidence, celle de pardonner, tout d'abord très égoïstement, pour me dépouiller de cette violence qui croupit au fond de moi, de cette petite voix qui me hante proclamant la vengeance.

Je suis mon intuition, je suis mon cœur, ils sont les clés de ma guérison et tout jugement extérieur m'importe peu.

Après tout, j'avais déjà pardonné il y a quelques années à mon premier agresseur. Ne sachant pas qui c'était, je lui avais écrit et avait brûlé la lettre dans un grand feu de joie. Je me souviens avoir été légère ce jour-là.

Comme un acte d'amour universel, je lui ouvrirai le cœur et lui donnerai une nouvelle chance d'aborder sa vie plus sereinement. Il a été jugé et paye sa peine, même si je penserai longtemps que le système pénitencier n'est pas forcément adapté à une sociabilisation et ne fera qu'accroître sa haine et sa violence.

C'est sur cette natte que je décide de lui écrire une lettre et l'idée de le rencontrer me titille. Dans quelques jours, je serai en Calédonie, dans quelques jours j'appellerai la prison.

« Bonjour Abel,

Peut-être personne n'a eu confiance en toi et les blessures de ton enfance ne sont en aucun cas le mobile pour devenir violent envers les autres. J'espère un jour pouvoir te dire que je suis fière de toi. Transforme ta force en réalisant de belles choses. Je n'ai pas eu le choix que de connaître ton histoire, elle est parfois dure, mais toi seul peut changer ton chemin de vie. Ne perpétue pas un chemin violent. Un environnement violent donne une fausse idée de ce qu'est l'amour. L'amour ne fait pas de mal.

Aie confiance en toi !

Et une question trotte dans ma tête : Qui a volé ta vie, pour que tu me voles la mienne ?

Tu vaux plus qu'être stéréotypé comme violeur ou voleur. Montre à tes sœurs et frères que tu peux être ce que tu désires, tu trouveras sur ton chemin les personnes qui t'aideront, il suffit de leur ouvrir la porte.

Prends soin de toi et promets-moi de ne jamais faire subir à autrui ce que tu m'as fait subir.

Mafalda »

L'année pour moi se terminait doucement, laissant place à cette année à venir, l'année d'une réflexion sur un avenir encore incertain.

PARDON MADAME

La première année m'avait prostrée dans ma cage dorée, celle qui se finissait avait été pour moi, il me reste encore une année pour me réinventer, et je suis loin d'imaginer qu'elle allait m'emmener vers le chemin du pardon.

LIVRE 2

L'ANNÉE DU PARDON

Il faut encore porter du chaos en soi, pour accoucher d'une étoile qui danse.

Nietzsche

Je veux libérer sa souffrance et libérer la mienne, pour que nous puissions chacun continuer notre route.

Abel

CONFINER

Le moment présent est comme la proue d'un navire qui fonce dans l'océan du temps et transforme le futur incertain en un présent devenant sitôt après un passé immuable. Ce passé contient tout ce que je connais de l'histoire. Tout ce que je sais du temps, c'est que je suis dans le temps.

Merci Hubert Reeves

114

Toujours en confinement, finalement je m'habitue à vivre chaque jour comme étant le dernier.

Aujourd'hui, j'ai retrouvé ma prairie, ses hêtres que j'embrasse et enlace, ses papillons jaunes, ses marguerites, ses herbes folles, ses oiseaux qui chantent la joie d'une pause humaine.

J'écoute la chanson de mon fils, Kumandjelo, je le sens plus près de moi.

Maman et moi avons partagé de bons moments, j'ai balancé Fantine et Robin au gré du vent sur la balançoire de l'école déserte.

J'ai observé leur joie instantanée, jalousé aussi, redevenir enfant ce serait bien.

Le soleil redore mon corps si longtemps couvert d'un hiver trop long.

J'attends avec patience mon rapatriement.

Je parle avec mon équipe, ce corps qui me véhicule, ce mental qui me déroute et ces émotions qui me montrent ma route.

Ce matin, mon corps m'a bien fait comprendre qu'il en avait marre que je le maltraite. Une douleur lancinante près du cœur, une respiration haletante et thoracique.

Ce mental qui me rappelle que j'ai besoin de cette clope pour me poser, blabla de merde.

Et cette émotion de plaisir qui me traverse lorsque je suis sur ma bicyclette, me rappelant la nostalgie d'une enfance lointaine.

Ce soir, je discute avec cette équipe de choc.

Je félicite mon corps des messages qu'il m'envoie, je rassure ce mental qui n'en fait qu'à sa tête et accueille cette joie qui m'a été octroyée.

Ce soir, j'écoute mon corps, je jette mon paquet de tabac par la fenêtre. Il m'en reste encore quatre en réserve, alors le mental est heureux, il sait qu'il aura encore une dose demain, mais qu'il prenne garde, bientôt ce sera fini, enfin c'est encore une hypothèse.

115

Énième journée de confinement, la valse des émotions continue…

Réveil embué d'une soirée solitaire un peu trop arrosée, mon amie *la culpabilité* m'accompagne quand j'allume ma première cigarette à peine cinq minutes après avoir ouvert les yeux, donnant vite le pas à l'extase quand, de ma terrasse, je regarde le soleil apparaître sans l'ombre d'un nuage sur l'église. Le tintement des cloches annonce les huit heures matinales.

La déception entre dans la danse donnant la main à la tristesse quand je consulte ma boîte mail, vide du message tant désiré pour mon rapatriement, et d'un seul tour, la joie rejoint la valse, échanges virtuels avec Ludo, joie de recevoir enfin un « je vais très bien et toi ? » de mon fils, déception de ne pas réussir à joindre ma fille mais heureuse de la savoir en belle compagnie. L'accueil de cette danse d'émotions m'emmène dans le jardin de l'école, m'arme d'un pinceau et de mon pouvoir créatif, repeindre un banc trop longtemps envahi par la mousse de lichen et frapper sur des carreaux de mosaïques avec l'envie impérieuse de donner une nouvelle fonction à cette vieille palette délaissée au coin de la coursive pour la transformer en table basse multicolore.

En quelques coups de pédales, j'arrive à la prairie, l'impression de braver l'interdit, sans attestation de sortie obligatoire, et c'est le sourire aux lèvres et en danseuse que je trace la route observant les cadeaux floraux du printemps, jonquilles, tulipes, compagnons roses… les effluves de leurs fragrances emportent dans la danse la jubilation et l'extase tout le long du chemin forestier.

Au milieu de la prairie, les trois hêtres sont au rendez-vous, je les enlace comme à mon habitude, sentiment de plénitude et de communion.

La natte calédonienne m'attend soigneusement cachée sous des branchages, et seule au monde, j'offre mon corps dénudé, sans angoisse, au charme printanier.

Ce soir, le soleil tarde à se coucher, le petit vent frais rappelle qu'en avril on ne se découvre pas d'un fil, le rire des enfants résonne dans la maison d'à côté, les émotions tourbillonnent laissant le dernier pas à l'allégresse, avec un élan de gratitude simplement pour moi.

116

Dans 48 heures je serais dans l'avion, je survolerai cette planète désertée par l'être humain, je ferai partie de ces rares personnes qui goûtent un tant soit peu à la liberté en ces moments de confinement.

« Mais qu'est-ce que la liberté ?

N'est-ce pas qu'un concept désignant le fait de pouvoir se mouvoir et agir.

Sommes-nous réellement libres ?

Libre de se mouvoir où l'on veut quand on veut ?

Libre d'agir selon notre résonance intérieure ?

Quel bien joli mot qui a perdu sa valeur profonde.

Nos conditionnements, les diktats de la société, la peur de ne pas être aimé, la peur de manquer…

En somme tout ce qui fait de nous des esclaves de notre mental. »

Voici ma petite pensée du jour, un tant soit peu philosophique.

117

L'avion a revêtu son masque de film de guerre, les hôtesses ont délaissé leur parure de poupées Barbies pour une tenue aérospatiale, plus appropriée au contexte sanitaire. Elles m'abordent comme une brebis galeuse, avec tout de même ce petit sourire de rigueur.

Je n'en peux plus d'inhaler tout mon CO2, soumise au port du masque depuis plus de 24h. J'en viens même à imaginer une vie avec ce morceau de tissu collé sur la bouche, plus de sourire, plus de contact humain gardant des distances d'un mètre et demi. Quelle serait cette vie, cet après, incertain et angoissant ?

Je relativise en pensant à tout ce chemin parcouru, ce retour tant attendu en Calédonie, j'y suis presque.

Contrôle de température, bienveillance du personnel douanier avec un « Bienvenue chez vous », me rappelant comment la Calédonie peut être chaleureuse. Oui, mon pays, celui que mon cœur a choisi.

Quatre bus nous emmènent, escortés par des voitures et motos de police, un vague sentiment de voyages organisés ou de déplacements présidentiels…

Je me sens pestiférée mais protégée.

Je regarde Nouméa par la vitre, première ville mondiale déconfinée depuis peu.

Personne dans les rues, il fait nuit, il est déjà 2 h du matin quand notre bus arrive face au Méridien.

Une quatorzaine dans un des plus beaux hôtels de luxe de Nouméa offert par le gouvernement, j'en viens à me dire que je ne suis pas si pestiférée que ça, mais plutôt gâtée par la vie.

Dernier examen médical avant de monter dans la chambre, numéro 549. Je découvre cette suite que je n'aurais jamais pu m'offrir, baignoire, douche, lit king size, canapé, frigo, coffre-fort, télévision panoramique…un confinement de luxe.

J'entends le clapotis des vagues, la mer est toute proche, je fume une cigarette sur la terrasse cosy en lisant les instructions du gouvernement.

Tout est fait pour que l'on se sente bien et rassurés.

Après deux heures de sommeil dans ce lit douillet, le soleil pointe son nez, une petite brise fait virevolter le rideau, le kek-kek des mouettes rieuses résonne, je me lève découvrant cette mer doucement agitée, sans une seule once d'angoisse, je suis au paradis…

Je ne pouvais rêver mieux en attendant patiemment la chaleur des bras de mes enfants et de mes amis.

118

5 h : Le soleil tarde à apparaître sur la côte de l'Anse Vata, quelques balcons sont déjà illuminés, certainement ceux des derniers rapatriés, décalage horaire oblige. J'en fais partie.

La nuit fut courte et je me dis qu'il faut tenir le coup jusqu'à ce soir. Quel intérêt d'ailleurs, en confinement il n'y a plus de notion du temps, je n'ai à m'occuper que de moi, alors si je mets une semaine à me remettre au fuseau horaire du Pacifique, peu importe.

Je vis ce confinement comme une thérapie, il est mon sas entre le passé et le futur, moment de réflexion sur mes choix, moment de préparation à la rencontre avec Abel…

7 h : J'ai déjà pris trois thés, scruté une éventuelle bande de dauphins à l'horizon, répondu à tous mes mails, fais mes exercices de renforcement musculaire quotidien, rangé ma chambre, commencé la lecture de Hippie de Paolo Coelho.

7 h : Le toc-toc à la porte m'annonce l'arrivée de mon petit déjeuner. Un jeune homme, revêtu d'une combinaison bleue chirurgicale de la tête jusqu'au pied me tend à distance mon pochon rempli d'un petit déjeuner copieux au frais de la princesse. J'imagine qu'il me sourit sous son masque. Un Bonjour, vous allez bien et un au revoir. Distanciation sociale oblige.

J'ai la sensation étrange d'avoir fait quelque chose de mal.

Je trouve des occupations, j'ai cette chance de voyager avec ma vie, trois valises en guise de maison.

Ce matin ce sera un peu de couture, d'écriture et de farniente au soleil sur le canapé de la terrasse.

12 h : Un nouveau toc-toc, c'est la livraison du deuxième repas de la journée.

Je savoure cette copieuse salade en tête à tête avec moi-même, c'est plutôt sympa.

15 h30 : Toc-toc, une policière vient me chercher pour la sortie quotidienne ressemblant étrangement à une sortie carcérale.

Éléonore m'envoie un message « Mam's je suis sur la plage du Méridien vient me faire un coucou ».

La valse des émotions reprend sa danse, euphorie, course effrénée, puis la déception et la frustration se donnent la main pour entrer dans la valse tournoyante. Un vigile me bloque l'accès à la partie droite du jardin, seule possibilité d'apercevoir ma fille, pas de bol je fais partie de l'aile gauche.

Les larmes montent je m'assois au pied d'un cocotier, observe les confinés.

Il y a ceux qui échangent des sourires et palabrent.

Il y a ceux qui ont revêtu leur tenue de sport se défoulant énergétiquement en faisant des allers et retours sur 50 m, ils auront peut-être réussi à parcourir leur kilomètre durant l'heure autorisée.

Il y a ceux qui râlent et dépriment, les repas sont froids, personne ne vient faire le ménage dans nos chambres, j'en peux plus, on n'est pas des prisonniers, rien n'est de notre faute.

Il y a ces parents heureux de pouvoir regarder leurs enfants gambader.

Il y a ces bénévoles qui compatissent à notre confinement.

Moi, j'essuie mes larmes et discute aussi avec deux jeunes amoureux métropolitains qui ont décidé de venir s'installer en Calédonie, arrivée originale, profitant d'un simili de lune de miel dans cette prison dorée.

Je leur demande de me prendre en photo, aujourd'hui est un jour particulier. Si notre ami le Covid n'avait pas fait des siennes, je serais sur mon vélo avec Ludo en train de pédaler autour des lacs du Japon et grimper le mont Fuji. Alors à défaut de la réalisation de ce projet, j'ai enfilé mon tee-shirt prévu spécialement pour l'occasion et l'ai honoré dans le jardin du Méridien.

L'heure sonne, on est tous rapatriés dans nos chambres.

16 h : L'heure de l'apéro, je sors ma bouteille de rhum (heureusement que j'en avais acheté une au Duty free car on n'a pas le droit de nous déposer d'alcool), coupe mon citron difficilement avec un couteau en bois, ti punch bien apprécié. Je trinque avec l'univers.

18 h : J'ouvre ma valise, sort une tenue de soirée, je me pouponne, je mets de la musique, m'imagine être à la Bodega, me mets devant l'immense glace et danse follement avec mon reflet dans le miroir, montant sur le rebord de la baignoire, piste de danse improvisée.

19 h : Dernier toctoc, repas du soir. Je l'enfourne dans mon mini bar, je n'ai pas faim.

20 h : Je m'écroule dans mon lit, remercie la vie d'être là ici et maintenant en bonne santé. C'est chaos technique, je m'endors.

Petite morale du jour : On peut planifier notre vie, remplir notre agenda, mais ce ne sont que des hypothèses.

La vie nous rappelle à quel point nous ne contrôlons rien, alors profitons de l'instant présent, inventons-nous un meilleur ici et maintenant.

Et je pense souvent à lui, la vie en prison, je me demande comment il peut se reconstruire ?

119

4 h : J'ouvre les yeux, il est un peu trop tôt mais aujourd'hui c'est l'anniversaire de Ludo, alors je lui crée un montage photo. Je me rends compte que nous n'avons jamais eu de photos ensemble, en fait on n'a jamais vraiment partagé notre quotidien, on vit une relation virtuelle, je doute mais je me persuade qu'il y a des choses comme cela qui paraissent comme une évidence et que l'amour quand il frappe à la porte peu importe la manière dont il se déroule, il se vit même à distance.

7 h : La routine journalière des tocs-tocs à la porte s'installent. J'avoue que je n'aime pas la routine.

8 h : Ma sœur d'âme Aurel m'appelle, on retrouve nos discussions d'avant, se préparant à nos retrouvailles tant attendues.

9 h : Je me lance dans la création d'un bijou en macramé, j'en ai pour quelques heures.

10 h 30 : j'ai donné rendez-vous aux confinés de l'aile gauche sur leur balcon pour une photo, quelques personnes étaient au rendez-vous.

11 h 30 : J'attends impatiemment le cours de sport organisé par le gouvernement pour les confinés. Je me suis apprêtée pour l'occasion, leggins, baskets…

12 h : Déception, le cours a lieu au balcon… moi qui m'attendais à sortir et bouger mon corps sur la pelouse bien tondue du Méridien. La prof est en bas sur l'allée et crie dans son micro des « Et la jambe gauche en avant, et un, et deux… ». Une copie de Véronique et Davina[32] version 2020. Je préfère le tapis de ma chambre et mon application.

17 h : Toc-toc, habillée comme un dimanche matin pour aller à la messe, je dévale les escaliers, heureuse de retrouver mes amis de confinement.

Je fais encore partie de celles qui palabrent. Marie, mon ancienne voisine du Mont-Dore et collègue infirmière, me rejoint. Nous assistons au coucher de soleil majestueux, orné de couleurs roses. Le vent souffle faisant virevolter les feuilles du majestueux banian trônant au milieu du jardin.

Je retrouve Clem et Julie, le joli couple expatrié. C'est aussi l'anniversaire du conjoint.

---

[32] Véronique et Davina animatrice de l'émission de télévision culte de Gym Tonic dans les années 80.

On croise les autres confinés, on se souhaite une belle soirée. Une relation se crée tout doucement.

18 h : Un *Allez ! Tout le monde remonte dans sa chambre, la promenade est finie* suffit à nous faire ranger comme des petits moutons, nous rejoignons, disciplinés, nos chambres.

19 h : Ti punch prêt avec un couteau digne de ce nom que j'ai réclamé à l'accueil (par téléphone bien sûr). Heureusement que le confinement ne dure que 14 jours sinon je vais finir alcoolique.

20 h : J'échange virtuellement avec les autres confinés, j'ai envie d'apporter du réconfort, je me sens bien.

Je me lance le défi de déposer quelques centilitres de rhum dans une bouteille de jus de pommes, un citron et du sucre de canne au petit couple pour qu'ils fêtent dignement l'anniversaire de Clem. Par Messenger, je leur dis « On fait chacun la moitié du couloir ». Il y a une vingtaine de chambres entre nous. Ils sont inquiets car c'est l'heure de la livraison des repas et on risque d'être vus. Je ne m'en étais même pas souciée. J'ai couru tout le long du couloir, pour déposer leur pochon rempli de bonnes victuailles pour fêter l'évènement.

Mission réussie, je m'imaginais être Nouméa comme Tokyo dans la Casa Del Papel.

20 h : Je fume au balcon, mon voisin peu communiquant est aussi sur le sien. J'ai envie de lui offrir un

petit verre, mais dès qu'il m'aperçoit, il quitte le balcon. J'ai peut-être l'air d'une extra-terrestre.

21 h : Après avoir écrit ces quelques mots, je m'installe dans ce lit douillé et programme un film à la télévision. Plus que 12 jours…

Morale du jour : Quand vous sentez que vous avez pris tout le temps de vous donner ce dont vous avez besoin, donner aux autres est un réel plaisir.

Alors n'oubliez pas de vous faire du bien, vos voisins seront enchantés.

120

Mon amie Marie me raconte une scène digne d'une incarcération. Comme moi, sa chambre se situe au cinquième étage. Sa fille est venue lui déposer un peu de victuailles à l'accueil. A l'entrée de l'hôtel, elle prévient sa mère qu'elle est là. Marie, comme toute maman s'empresse de sortir de sa chambre, ne fait qu'un mètre pour atteindre la rambarde extérieure donnant sur l'entrée de l'hôtel, un projecteur de la police l'éblouit et on lui ordonne de rentrer dans sa chambre immédiatement. Quand on donne du pouvoir aux gens, certains en abusent.

Sous les allures d'un confinement de luxe se cache une répression déstabilisante.

18 h : Je lance sur la note de l'humour au bénévole qui fait l'appel des confinés un : Apéro chambre 549 ce soir ! Tout le monde sourit.

19 h 30 : Je me penche au balcon, j'observe tous les confinés attendant avec impatience l'arrivée d'un DJ payé par le gouvernement pour nous mettre un peu d'ambiance. Mon voisin de gauche me sourit enfin, je lui propose un petit rhum, ça le tente bien, il me passe sa tasse sous la pergola servant de séparation entre nos deux balcons. Je lui prépare avec plaisir un Ti Punch et nous tchinons à distance.

20 h : Seul en bas, Guy Raguin, le DJ super connu de Nouméa, fait tourner en solo sa platine, le son résonne dans l'allée. Nous sommes tous au balcon, lampe torche dans la main, se trémoussant sur la musique des îles et des années 80, piste de danse très confinée.

Je me dis que Mr Covid nous fait vivre une aventure très particulière.

Mes amis calédoniens m'appellent, ils vivent leur premier week-end de déconfinement. Ils sont partis en brousse pour l'occasion et fêtent dignement leur remise en liberté. Ils sont là avec moi, me soutenant virtuellement.

21 h : Je ferme la fenêtre, la musique bat son plein dehors, j'ai bien dansé mais il manque le principal, l'espace et la chaleur humaine.

Petit dicton du jour : « Le bonheur n'est réel que s'il est partagé ».

121

En faisant un calcul simple, je suis à la moitié de mon confinement au Méridien. Je résiste à compter le nombre de carreaux au-dessus de la baignoire, le nombre de lattes du parquet, non j'ai bien mieux à faire. Je crée encore et encore, mais j'avoue que ces derniers jours ont été un peu nostalgiques, cette espèce de manque de pouvoir, d'envie d'aller faire un tour à la mer, d'autant plus que la mer me nargue du balcon, les kites surfeurs aussi.

Alors je remplis la baignoire, m'y plonge, imagine la douce sensation du sable blanc sous mes pieds et la douceur de l'eau légèrement rafraîchie par l'arrivée de l'hiver.

Le confinement permet de vivre un rythme au ralenti, tout se fait en douceur et en conscience, se laver les dents en conscience, faire pipi en conscience, manger en conscience, se coiffer en conscience, remettre le même legging que la veille, et l'avant-veille, en conscience…

Te dire aussi « merde » y a plus de papier toilette, ça te rappelle la pénurie de papier-cul de mars dernier.

Je profite de la terrasse et du bruit des clapotis des vagues, le soleil se couche doucement, quand un air de jazz résonne sur mon balcon.

Mais bien sûr, nous sommes samedi soir, le gouvernement nous offre un petit concert live : aux platines Jalis notre DJ locale.

Cinq minutes plus tard, le toc-toc de la livraison du repas, la serveuse me tend mon pochon végan. Je me rappelle qu'il y avait une petite surprise pour le repas aussi, alors je demande si j'y ai droit.

Non, désolée Madame, il y a des burgers et un gâteau au chocolat mais pas pour les végans.

De suite, je retourne ma veste et lui dis : ``En fait ça me dit bien un burger, je peux échanger ?''

Je découvre le burger au saumon chaud, un des meilleurs que je mangerais et ce chocolate cake juste une vraie douceur pour mon palais.

Je me laisse bercée par la musique, le ventre bien rempli, accompagné d'un verre de blanc. J'apprécie ce moment sachant que c'est le dernier week-end ici.

Finalement on s'habitue vite à cette prison dorée. Il manque juste les parloirs…

On rencontre des gens chaleureux qui pagaient dans le même bateau que nous. Les promenades sont des lieux de partage, de parties de foot, de bains de soleil et j'en profite pour vendre quelques créations.

Les journées se suivent et se ressemblent, je ne rêve pas à un meilleur, je profite juste de l'ici et du maintenant, enfilant les perles, posant les mots, lavant mon linge dans la baignoire et l'étendant au gré du vent…

122

Ce matin, réveil matinal pour attendre le toctoc des soignants.

Un petit test nasal, un verdict et une probable libération.

Une chance sur deux d'être positive,

Une chance sur deux de retrouver mes enfants,

Une chance sur deux de retrouver ma maison mon jardin, mes plantes,

Une chance sur deux d'être en semi-liberté.

Oui, il faudra encore s'armer de patience pour les sept prochains jours, confinement obligatoire à la maison.

Retenir l'envie de serrer mes enfants dans les bras, de les embrasser, de les sentir… pas sûr d'y arriver.

Distanciation protocolaire oblige.

La valse des émotions bat son rythme infernal :

La joie coule de mes larmes,

L'euphorie me submerge…

Derrière ce balcon, une nouvelle vie m'attend, cette nouvelle vie que j'ai construite jour après jour.

Je suis prête à prendre mon envol vers ce qu'il y a de plus beau, l'Amour.

L'Amour de mes enfants, de mes amis, de ma famille de cœur, de ce pays, et j'espère pour Ludo.

Ce soir, je serai de l'autre côté du balcon, certainement au coin d'un feu dans mon petit jardin, pour festoyer ce retour tant attendu.

PARDON MADAME

Je ne serai pas la seule à chanter cette joie, tous mes amis confinés du 5ème danseront avec moi, ici et là.

Je n'oublierai jamais ces moments de partage et de bienveillance.

Je n'oublierai jamais chaque toctoc, les sourires du personnel, des serveurs, des livreurs, des pompiers, des soignants, des bénévoles…

Je n'oublierai jamais la voix rassurante des standardistes, la voix des DJ et des coachs sportifs au balcon, les petits mots rassurants de Myriam sur le site.

Je n'oublierai jamais ce qu'a fait le personnel du gouvernement, d'Air Calin, de Sista food, de la Maison de Calédonie…

Je n'oublierai jamais ces invisibles, qui ont fait de mon confinement, un moment de plénitude.

SE DISSOCIER POUR SURVIVRE

L'un des traits de l'existence humaine c'est la dissociation entre les apparences de ce qui se laisse voir, se laisse entendre, et puis les réalités.

Jean-Pierre Vernant

123

Je m'invente des personnages, la dissociation me permet de survivre, de m'inventer un monde plus beau. Il me l'avait dit Ludo de me réinventer une vie. Je tente aujourd'hui, mais j'ai besoin de transformer la réalité en mission, je redeviens commandant Gnouss et Ludo, James Bond. On devait se rendre heureux et on devait le faire à deux. Alors j'y mets tous les fragments que mon cœur déchiré peut offrir, je joue Mafalda Belle avec grandeur, un instant de vie, j'y crois.

Demain, il sera là, au pied de ma porte, la bouche en cœur, les yeux pétillants d'amour, la larme à l'œil sûrement…

Tant de temps, tant d'attente, tant de graines semées qui demain écloront au grand jour.

Lui…Moi…Nous…Cette union…Peut être une évidence ?

Tel un premier rendez-vous, je me prépare, et me demande si je sais encore aimer. Je n'ai pas le cœur qui palpite, pas de papillon dans le ventre, tout est virtuel pour l'instant.

Et ma sexualité, elle a été mise à mal, n'aurais-je pas des flashs back ?

Je rassure mon inquiétude et décide de prendre enfin soin de ma partie intime laissée aux oubliettes depuis des lustres, lui offrant la dernière coupe à la mode. Je redécouvre mon corps et ma féminité. Ça fait tellement longtemps, y a du boulot. Alors telle une jardinière, je m'attèle à la tâche. Confinement obligé, j'oublie l'esthéticienne, et me dis que je pourrais bien y arriver toute seule. Tout l'attirail en main, bandes de cire et tout et tout, j'attaque le débroussaillage. La sensation n'est pas des plus agréables, mais ça en vaudra la chandelle, enfin je l'espère.

124

Je me replonge dans une symphonie de petits bonheurs, mes enfants, Ludo, mes amis, mon jardin, ma maison…

Mon papayer est majestueux, révélant sa force et son courage. Sa base est solide, et ses fruits gourmands. Nous sommes là, tous les deux, bien ancrés sur cette terre.

La vie reprend son rythme doux, bercée par des réveils matinaux aux chants des oiseaux, des soirées au coin du feu sous un ciel parsemé d'étoiles, des câlins d'amour…

Je m'attèle à redonner une âme à mon logis, semant des petites graines d'amour sur mon chemin.

Je me réinvente cette nouvelle vie tant attendue depuis deux ans, m'y voilà quelquefois un peu perdue, parfois confiante. Je sais ce que je ne veux plus et tâche de ne pas laisser le quotidien reprendre le dessus.

Après cette année pour moi, me voilà reprenant ma fonction vitale, celle d'être mère. Elle me sublime, m'enivre, me contrarie parfois.

Bientôt, je partagerai ma vie sur terre et sur l'eau, au Mont-Dore et dans la baie de l'Orphelinat avec un voilier en guise de Tiny house.

Bientôt, je réaliserai mon rêve d'être créatrice de bonheur.

Oui très bientôt.

Mais pour l'instant, je profite de chaque journée sans jamais oublier qu'elle peut être la dernière.

Sortir d'un confinement c'est retrouver la réalité en pleine face, les voitures collées tout le long de la voie express, les rendez-vous administratifs, les nouvelles épreuves…

Sortir du confinement c'est aussi reprendre mon rôle de maman à temps plein, en retrouvant les bons moments et les plus compliqués. La vie reprend sa mouvance, des hauts et des bas, perpétuelle danse du moment présent.

Une baffe d'un côté, un fou rire de l'autre.

Alors voici un résumé succinct de ce fameux retour sur le caillou.

Avec Éléonore et Rimbaud, nous formons de nouveau une famille. Je retrouve la courbe de croissance sur la porte du couloir. Je retrouve ma vie d'avant en étant moi la Mafalda qui renaît de ses cendres.

J'affronte les assurances avec une sérénité époustouflante, gardant le sourire mais en plaçant clairement ce que j'ai à dire.

Je conduis le 4x4 que m'a prêté Ludo comme une pro, je découvre la Calédonie autrement, je n'éprouve plus de rancœur, mais la peur revient dans la danse émotionnelle parfois.

Ludo me perturbe, il entre dans ma zone de confort et me bouscule. Nous nous apprivoisons chacun et j'aime cette complémentarité, même si je n'ai pas forcément de papillons dans le ventre.

Et il y a mon corps qui exprime tout ce que je n'arrive pas à sortir, un eczéma sous la voûte plantaire, peut-être une allergie à l'homme ou à la Calédonie ?

125

Des jours sont passés depuis ma libération du Méridien. Des jours qui se suivent et ne se ressemblent pas. Cet infernal cycle thymique qui poursuit son chemin : up, down, up, down…

Et ce tic-tac qui résonne dans mon cœur…

Tic-Tac, ma fille va bientôt prendre un nouvel envol pour ses études en France, mais mon petit oiseau est encore fragile, parfois je m'inquiète, parfois je me réjouis.

Tic-tac, l'heure tourne, les mois passent et octobre arrive à grand pas. Octobre, la fin d'une saison, la fin de mon arrêt maladie, mais une nouvelle vie. Je dois m'y préparer. Non sans angoisse… serais-je à la hauteur de mes désirs ?

N'ai-je pas tendance à oublier mon instinct ?

Tout me sourit et pourtant j'ai du mal à renvoyer ce sourire.

Le retour sur Poindimié aux bras de Ludo, se passe plutôt bien, mais, j'ai comme l'impression de jouer un personnage, qui rêve du prince charmant. Ce village, lieu du viol, ressemble désormais à un camp de vacances où la joie, le partage, les courses autour du stade, les sorties sur l'îlot, les apéros au Tiéti, les emplettes au C discount, rendent à la carte postale toute sa lumière.

Je ne suis pas encore passée au pont de la Tiwaka. Je n'en ai pas envie, le passé reste le passé, pourquoi refaire un chemin noir ? Mais j'ai l'impression qu'il manque peut-être l'essentiel…

Et pourtant Ludo est là, près de moi. Un Ludo qui me voit comme une fleur qui a du mal à éclore, mais il reste là, vaillant, protecteur et rassurant.

126

Perpétuel dilemme de l'Amour, je l'aime ou pas ? Qu'est-ce qu'aimer, aimer pour être rassurée, aimer pour ne pas être seule ou aimer pour vibrer, pour goûter à cette douce alchimie au risque d'y perdre sa peau…

Ce matin, je prends la route direction Nouméa, elle est longue, le temps suffisant pour ressasser la question existentielle. Suis-je sur le bon chemin ? Mon corps me parle, extériorisant ma peur d'une vie de couple plan-plan, mais sécurisante.

C'est au tour de mes mains de se recouvrir d'un eczéma, desquamant ma peau, laissant le derme encore fragile se reconstruire.

Je m'arrête au supermarché, j'enfourne mes provisions dans la voiture, je vois passer une Ford transit. Comme à chaque transit que je croise, je me demande si ce n'est pas le sien, celui de ce grand amour, nommé Bertrand, perdu depuis ce viol.

Je l'avais rejeté, essayé de l'oublier, ne supportant plus la présence d'un homme à mes côtés. Et pourtant on vivait un bel amour, un amour conscient, en signant un contrat à durée déterminé. On se retrouvait régulièrement, on inventait des scénarios, il dessinait des cœurs sur mes œufs dans le frigo et moi sur ses bras, on laissait plus de place au désir et aux jeux qu'à une sexualité basique, on faisait des scrabbles love, on rêvait de monter un cabaret nommé RESPECT à Saint-kilda à Melbourne, où la femme ne serait plus un vulgaire objet sexuel, mais une divinité sensuelle reflétant un monde nouveau. Nous nous aimions profondément, mais la souffrance, que je ressentais au plus profond de mes tripes, rayonnait vers ceux qui me protégeaient et il en a bien pâti.

Cette fois ci est la bonne, je reconnais l'écusson du surfer sur la porte arrière. Il allait sortir de sa voiture, nous allions nous voir, quelle serait notre réaction plus de deux ans après ?

Il sort, elle sort, il n'est plus seul. Je ne m'attarde pas sur elle, je m'en fous. Je le regarde, il me regarde, je souris et ma main gauche se lève en guise d'un petit coucou, il me sourit et reproduit comme par réflexe mon geste. Je suis envahie de frissons, mon cœur bat la chamade, perturbante situation, celle qui aurait dû avoir lieu le 7 juillet 2027 (c'était une date que l'on s'était fixée lors de notre séparation, comme si j'avais prémédité qu'il me fallait au moins dix années pour imaginer une vie à deux). Nous nous étions tatoués le même dessin, lui sur le bras, moi sur la cuisse, la danseuse de Mucha revisitée, pour ne jamais oublier notre rendez-vous futur à St Kilda face au Johnny's bar devant l'arbre sur lequel il avait gravé un cœur avec nos initiales.

Mais le cœur s'en balance, il vit le moment présent, il bat à plein pot.

Je suis dans la merde…

127

Me voilà à reposer des mots, les aligner un après un, les pesant, ne voulant pas blesser, ne voulant pas blesser Ludo.

Chaque nuit, j'ai des crises d'urticaire, des démangeaisons que mes ongles soulagent en laissant des plaies sur mon corps. J'essaye de comprendre ce qui m'arrive, je suis perdue.

Depuis quelques mois j'ai trouvé un équilibre précaire tel un funambule sur une corde.

Le moindre faux pas peut me faire tomber et la chute peut être violente.

Ludo est là depuis des mois avec son amour inconditionnel à me soutenir, trouvant des solutions pour que je me sente bien et que j'avance paisiblement sur ce long chemin sinueux.

Il est là prêt à tout pour me rendre heureuse.

Mais à ce jour, je me sens prise dans un filet. Je lui parle de mes doutes, la vie de couple me fait peur, ma sexualité bat encore de l'aile. Mon cœur bat pour celui du transit, bon ça je ne lui dis pas. J'aimerai tellement prendre sa place, vibrer comme il vibre pour moi, aimer à croire en un avenir merveilleux à deux.

Mais je sais une chose c'est que je me sens bien quand je suis seule, comme si je ne voulais faire aucune concession me plongeant dans un égoïsme surdimensionné. C'est ma protection, ma bulle nécessaire. J'ai besoin de temps pour moi et mes enfants et j'ai du mal à lui laisser une place.

J'ai voulu y croire à cette histoire d'amour, mais je me sens oppressée. Cette impression que sa vie dépend de moi, que ses choix ne suivent que mon bonheur. Un avenir tracé, une retraite paisible. Mais je suis incapable de dire ce que sera fait demain, incapable de dire si je pourrais l'aimer avec autant de force que lui. Je suis imprévisible et je ne veux pas le faire souffrir. Mon rapport avec les hommes est difficile, comment refaire confiance quand on a été blessée et meurtrie ?

J'ai perdu le sens de l'Amour, j'en suis là.

J'ai besoin de réussir professionnellement, c'est ma priorité. Et cette réussite ne dépendra que de moi, c'est important. Je sais que j'ai cette force en moi pour rebondir professionnellement mais je n'ai pas encore la force pour rebondir dans une vie à deux.

Je pense qu'il est plus pour moi un merveilleux ami qui a su me redonner l'espoir et le pouvoir d'être celle que je suis aujourd'hui. J'ai cru que ça suffirait à ouvrir de nouveau mon cœur, mais tout ne se passe pas toujours comme on l'imagine.

Il me manque cette étincelle et pourtant je persévère…

128

On y est à cette soirée de retrouvailles avec mes amis. Je retrouve la lumière, les embrassades…On se retrouve, on se raconte ces derniers mois, chacun évolue, chacun essaye d'avancer sur son chemin de vie. On fête des cinquante ans, des tranches de vie, on se dit que c'est la moitié de notre vie pour se rassurer, on se dit qu'on est bien, là, ici et maintenant…

Je suis là, sur le hamac, regardant la cime des arbres, je pense et repense à ma vie. Que manque-t-il, quels choix faire ?

129

Je suis là, seule sur ma natte à Ouano, tout le monde est parti, les camps mamans se suivent et ne ressemblent plus à un moment magique. C'est différent, on grandit, on essaye de garder le bon et d'essuyer les miettes qui salissent une vie.

Je regarde l'îlot au loin, le soleil se couche, les poissons dansent suivant le mouvement de la marée montante. L'eau arrive à mes pieds, elle m'appelle. Je me sens bien, j'ai appris à ne plus souffrir de certaines situations, cadeau de mes traumas, je m'inonde dans ma bulle de bien-être.

Ne plus aimer paraît simple, on évite la souffrance.

Je longe la plage, puis je m'assois en tailleur et prends toute l'énergie. Je ressens la paix intérieure, j'inspire, j'expire, j'inspire, j'expire…

J'entends une maman appeler son fils, comme par hasard il a le même nom que Rimbaud. Les souvenirs ressurgissent, souvenirs du passé quand Éléonore et Rimbaud faisaient des allers et retours sur le sable à la recherche de coquillages pour agrémenter leur château de sable et mes pots de fleurs.

130

Ludo m'a rejoint à Ouano.

J'ai écouté mon amie, elle me disait que les fiançailles devraient être remises au goût du jour dans cette société où tout va trop vite, où on consomme et on jette. Alors je lui ai demandé de me rejoindre à Ouano en me rassurant que je prenais la bonne décision. J'aurais dû comprendre que me rassurer voulait dire que je craignais cet engagement, mais non, je pensais que l'Amour pouvait venir sans chimie, avec le temps, alors il m'a rejoint.

Tous les deux face à l'arbre fétiche de la bande à Bretécher, nous nous sommes regardés, parlés, chéris de mots tendres et doux, d'amour. Nous ne nous sommes rien promis, pas de blabla qui coince l'amour dans un carcan sociétal, juste un oui pour nous accompagner sur nos chemins de vie, en se donnant la main.

Nous nous sommes échangés nos bagues made in China achetées une heure avant à Bourail, nous avons bu du champagne, allongés sur la natte sous un ciel plombé d'étoiles, nous avons palabré, écouté la rose et son Armure[33], nous avons croqué à pleines dents les cuisses de poulet généreusement offertes par nos voisins de camping, j'étais dans la peau du commandant Gnouss, lui n'était plus James Bond mais lui-même, Ludo, la Mafalda s'en était allée son cœur ne vibrait pas malgré tous ces beaux échanges.

---

[33] Antoine Élie, *La rose et son armure,* Album le roi du Silence, 2019

Le commandant Gnouss a mis en place elle-même ce que Mafalda rejetait. Je rentrais inconsciemment dans une forme de dissociation.

Le commandant Gnouss lança la demande en fiançailles, à la grande joie de Ludo qui programmait tout de suite la date éventuelle des fiançailles officielles.

Moi, Mafalda, je m'étais propulsée dans une aventure, elle ne pouvait qu'être belle, mais je ne contrôlais plus rien.

Puisse l'amour de l'autre suffire à mon bonheur…

131

Je mue, ma peau desquame laissant apparaître un derme rosé. J'accueille cette nouvelle peau avec tendresse, je la recouvre d'un peu d'huile de Tamanu, la masse, lui parle, lui dit qu'elle est belle.

Je me vois enfin comme je suis maintenant, une femme mûre, les cheveux dorés avec des reflets gris, des boucles encore dynamiques. Mon visage est apaisé et mes yeux lumineux.

Encore sept jours avant de le revoir, le rituel des fiançailles a commencé : se manquer, se désirer, s'attendre, se surprendre, s'apprivoiser…

Je crée des attrape-rêves à mon rythme, rien ne me presse, je profite.

J'ai vu des amis, nous avons palabré sur l'après Covid, nous avons mangé goulument et bu à convenance.

Puis je suis rentrée, j'ai regardé mes enfants avec une grande fierté, les ai serrés dans mes bras et je me suis souvenue pourquoi j'étais ici là et maintenant.

132

On tisse des rêves, on s'y accroche, on essaye d'y croire et puis on chute et l'atterrissage est parfois douloureux.

J'ai quitté Ludo, malgré tout l'amour qu'il me porte, tout résonne faux dans mon cœur, je ne peux continuer de lui faire croire en un possible tous les deux. C'est dur, très dur pour lui.

Un jour, j'ai écrit sur le mur du couloir ce proverbe de Paolo Coelho :

« Aimer c'est risquer le rejet,
Vivre c'est risquer de mourir,
Espérer c'est risquer le désespoir,
Essayer c'est risquer l'échec,
Risquer est une nécessité,
Seul celui qui ose risquer est vraiment LIBRE... »

Aujourd'hui il donne tout son sens.

J'ai espéré être capable de m'engager dans une vie à deux, mais j'ai échoué.

Je ne regrette pas mon choix, mais je regrette profondément de faire souffrir l'autre.

Je continue de tisser mes rêves tout en me protégeant.

133

Les deux dernières fleurs en survie du bouquet que Ludo m'avait offert, trônent sur le bar, je les regarde, elles représentent la fanaison d'une relation, la fin d'un cycle, peut-être.

Je retrouve ma vie de célibataire, profitant des soirées filles avec un grand bonheur, où je retrouve les discussions sur le coquillage qui pue pendant la ménopause, les bouffées de chaleur, les migraines…

134

Chaque soir possède son nouveau rituel à la Calédonienne, la douche ou le bain chaud sous les étoiles, une petite série à l'eau de rose ou un livre et un doux câlin d'amour avec les enfants.

Je l'aime ce rituel même si les bras d'un homme me manquent quelques soirs.

Je finalise mon premier livre et me lance déjà dans le second. Je l'ai envoyé à des maisons d'édition, je n'ai plus qu'à attendre.

Mon amie artiste peintre Delph m'a rejoint pour la soirée. Elle avait participé à la couverture de mon premier livre, son art pop calédonien, d'inspiration aborigène était un mélimélo de couleurs chatoyantes. Je lui raconte mon second livre, et pendant ce temps-là, elle imagine ce que pourrait être la couverture en me dessinant, un bandeau en macramé dans les cheveux, un tipi en guise de boucles d'oreilles et des coquelicots en fond de toile.

J'adore… Ce soir, je me suis sentie artiste.

135

Me voilà plongée dans une nouvelle semaine, bien différente des autres, une amie me propose de la dépanner, je reprends du service en tant que serveuse dans une sandwicherie, histoire de me relancer dans le monde du travail petit à petit.

Les choses arrivent toutes seules sur mon chemin, merci à l'Univers. Enfin je lance quelques CV avec une envie très modérée de reprendre mon métier en tant qu'infirmière. Les entretiens me paraissent tellement prévisibles. Je ne sais pas où je vais, mais j'y vais plutôt sereine.

Ce soir, je suis dans mon hamac, j'observe la métamorphose de ma maison en à peine deux mois, je contemple mes créations, ces attrape-rêves majestueux créés grâce à cette belle nature, je suis fière et je le serai aussi si je devais repartir un petit moment dans ce domaine médical pour gérer l'intendance financière.

J'ai l'impression de te perdre belle écriture, mais j'ai aussi l'impression de vivre et non plus par procuration.

La mélodie de Vanessa paradis résonne dans mon cœur, "Parfois on regarde les choses telles qu'elles sont en se demandant pourquoi, parfois on les regarde telles qu'elles pourraient être en se disant pourquoi pas..."

136

Aujourd'hui c'est l'anniversaire de ma choupinette.

Est-ce raisonnable de l'appeler encore ainsi, elle a 19 ans...

Malgré des petites tentatives de Ma grande, ma préférence reste au premier, ou alors je pourrais dire Ma grande choupinette, c'est plus adapté.

Ma choupinette prend bientôt son envol, sa ligne de croissance sur le mur du couloir s'arrête en 2019, elle n'a plus grandi depuis mais a mûri.

Sa flèche est déjà lancée depuis longtemps, bien avant l'heure, j'ai pu la rattraper un court moment ces derniers mois passés ensemble, instants magiques à ses côtés...

Je la laisse désormais repartir vers de lointains horizons, sans oublier de graver sur cette flèche un "Mam's", pour qu'elle n'oublie jamais que quoi qu'il lui arrive dans la vie, je serai son gilet de sauvetage comme l'a été ma mère.

Je lui donne quelques petits conseils avant son départ :

PARDON MADAME

Reste toujours sceptique sur les dires des autres
(rappelle-toi un conte de mamie)
Offre ton amour sans illusions
Écoute ton cœur et suis ton intuition.
N'oublie pas de boire beaucoup d'eau et de respirer.
Et pour finir, respecte-toi, ose ta vie, rends la lu-
mineuse.

PARDONNER

*La non-violence est infiniment supérieure
à la violence, le pardon est plus viril que le
châtiment. Le pardon est la parure du sol-
dat.*

Ghandi

137

J'ai rendez-vous avec le juriste de l'ADAVI[34] J'avais contacté mon avocate pour aller voir mon violeur en prison. Elle m'avait fait comprendre que les choses ne se passaient pas si simplement. Je devais prendre un rendez-vous avec la fédération de Justice restauratrice pour mettre en place ce qui est communément appelé la justice ou médiation réparatrice.

Première rencontre, il m'interroge sur le pourquoi de cette demande, mes motivations. J'ai l'impression d'être à un entretien, et le fait que ce soit un homme me perturbe. Mais bon, je joue le jeu, il m'explique clairement ce qu'est une médiation, le but, les possibles, les solutions. Bien qu'en France cette justice soit apparue en 2014, elle a été instaurée plus tardivement en Nouvelle-Calédonie en 2019. Il me parle de l'importance d'une reconnaissance des faits de la part de l'auteur, ce qui est mon cas, Abel n'a jamais nié m'avoir violée. Cette justice permet de comprendre et d'obtenir une réparation. L'agresseur peut par cette médiation assumer de manière plus précise la portée de son acte.

Il me décrit les étapes nécessaires avant la rencontre, plusieurs entretiens avec une juriste et une psychologue pour une préparation à la médiation. On ne réouvre pas la blessure, on veut juste

---

[34] ADAVI : Association pour l'accès au Droit et l'Aide aux Victimes 33 Avenue Henri Lafleur Nouméa Nouvelle-Calédonie

comprendre pour avancer et peut être pardonner même si ce n'est pas le but premier de la justice restauratrice.

Je lui explique que ma démarche est avant tout un besoin profond de comprendre cette violence que l'on m'a infligée et par-delà libérer ma souffrance et ma haine pour poursuivre mon chemin sereinement.

Il me propose de réfléchir à cette démarche et de les contacter de nouveau pour pouvoir mettre en place une médiation.

Je rentre avec toutes ces informations, suis-je prête pour ce long processus qui prendra plusieurs mois ? Ce temps d'introspection est nécessaire et le fait d'être accompagnée par des professionnels bienveillants me rassure.

138

Depuis ce matin j'ai de nouveau des crises d'angoisses, peut-être que le rendez-vous avec le juriste a ravivé des peurs.

J'ai un entretien pour du travail dans un centre de chirurgie esthétique, j'y vais avec une petite mine. Le médecin m'interroge sur mes compétences, et certainement par déformation professionnelle, me fait comprendre qu'un petit ravalement de façade me ferait du bien :

— Vous avez les pommettes qui tombent Madame, vos rides d'expression pourraient être comblées aussi…

Dans mon for intérieur, je me dis de quoi il se mêle celui-là, je suis venue pour un job et pas en tant que clientèle, mais je ne dis rien, souris bêtement ; j'ai juste besoin d'un travail.

En sortant de mon entretien, je me regarde dans le rétroviseur, tire sur mon front, et rigole. Je me trouve très bien comme ça et puis vieillir n'est pas une tare, je l'assume complètement.

Aurel m'appelle peu de temps après et comme pour elle, les dates et l'alignement des planètes ont une importance primordiale, selon elle, ce jour est dédié au partage et aux rencontres, enfin c'est ce qu'elle me vante.

Alors je la suis dans son *moove*, nous passons la soirée à danser, chanter, boire à la Bodega, bar branché de Nouméa. Les soirées avec Aurel ne ressemblent à aucune autre, elle dégage cet amour inconditionnel, attire de belles personnes, des instants de vie partagés le temps d'une soirée.

Elle m'a fait du bien, avec elle je n'ai peur de rien, je me sens invincible. Je rentre chez moi, mon lit est envahi par une horde de gosses, Éléonore a invité sa tribu d'amis, j'installe un lit de fortune dans le salon, je souris, j'aime voir ma maison vivre, mes angoisses s'en sont allées.

139

Remettre son tablier rouge Coca Cola, attacher ses cheveux, ouvrir la lourde grille de la devanture et là on se dit que l'on n'est pas égal à l'homme. Puis dresser les tables, sortir la pancarte *Sandwicherie and patriotes*, un peu trop bleu blanc rouge pour moi, préparer la salade du jour, innover, *beautifier*… Le snack est très kitch, la couleur des nappes se fond dans la poussière, je n'ose même pas passer un coup de chiffon sur un meuble sinon j'en ai pour une éternité. Il vaut mieux laisser l'uniformité de la crasse que de vouloir en enlever un peu, ça passe inaperçu. Et puis les clients n'ont pas l'air de se plaindre, ils reviennent chaque jour pour commander le même sandwich américain.

Il y a les habitués, qui s'installent toujours à la même place et prennent toujours la salade du jour avec une petite frite et un café, s'il vous plaît Madame.

Il y a la bande des fleurs, je les appelle comme cela car ils travaillent tous à l'*Auto-Pneu* d'en face, sont tous tahitiens, je ne me lasse pas de les entendre rouler leurs R, de leur belle humeur et de leur fleur sur le coin de l'oreille.

Il y a ceux qui appellent cinq minutes avant de fermer pour commander le sandwich qui nécessite l'utilisation d'une grande partie du matériel déjà bien rangé.

Il y a ces parents agacés de leur marmot en vacances.

Et il y a tous les autres, les speeds, les gourmands, les *je ne sais pas* ce que je vais manger, les végans, les suppléments *cheese* ou oignons, les timides, les « *j'ai pas* de pièce », « *tu peux me donner un café quand même !* »…

En fait, en deux heures, je vois défiler quatre-vingt-dix pour cent des humeurs de la société, c'est pas mal.

Et moi dans tout ça, je suis de celles qui ne savent pas.

Je ne sais pas où je vais, je suis de nouveau perdue dans ce labyrinthe sociétal. Écouter mon cœur ou ma raison, continuer d'être sceptique sur les dires des autres, bien aimés soient-ils.

Plan A :

Mon cœur me voit sur une terrasse, créant et écrivant au gré du vent. Mais je sais que ce n'est pas ce qui va me faire vivre pour l'instant.

Plan B :

Mon cœur aime prendre soin des jeunes, alors infirmière scolaire ça me ferait vibrer, mais le salaire n'est pas assez élevé pour mes charges.

Plan C :

Mon cœur me dit que le boulot dans le *Centre Esthetoof* n'est pas propice à mon bien être. Soit mais ma raison me dit que pour la sécurité financière je ferais bien d'accepter.

Dois-je en arriver là, réduite à épiler des foufounes au laser, supervisée par un médecin qui te dévisage comme s'il épluchait une pomme.

Voilà mon humeur, elle s'est adoucie à mon retour at home. Ma Delph m'appelle, on se visionne sur Messenger, elle ressemble à Bouddha avec sa boule à zéro et son poncho. Elle rassure mes peurs comme à son habitude.

140

Me voilà dans mon lit au milieu du salon et de mes créations suspendues sur un long bois entre deux fenêtres.

J'ai réservé ma suite privée, toute l'autre partie est dédiée aux jeunes, enfin l'auberge des JMVA[35].

Je sais que Éléonore part bientôt en France et je profite de ces moments-là.

Ce matin elle s'est fait tatouer un cœur avec son amie d'enfance Solène sur le flanc gauche, discret, futile et beau. Pour elles, c'est un acte à graver pour la vie en signe de reconnaissance d'une amitié aussi vieille que leurs dix-neuf ans.

Je continue mon train-train quotidien à la sandwicherie, tout en postulant pour être infirmière libérale, c'est le meilleur compromis pour l'instant. Je rencontre un infirmier de Bourail avec sa femme. Sa proposition me convient, une semaine sur deux, sur une des plus belles côtes de la Calédonie, je ne peux pas refuser, logement et essence offerts. J'ai l'impression de repartir trente ans en arrière, je rêvais d'être

---

[35] JMVA = Jeunes De Moins de Vingt Ans.

infirmière et comme toute chose que l'on acquiert, au bout d'un moment il fait partie du paysage et on n'y prête plus attention.

Il m'a fallu passer par cette épreuve pour ressentir les émotions de ma jeunesse. Tout redevient nouveau, sans blessures, ni tyrannie, ou presque…

Je reprends mon souffle doucement, à petit pas, j'ai de nouveau l'inspiration, dans l'écriture ou les créations. Je retrouve mes personnages, j'ai l'impression de renaître.

141

Un post souvenir de Facebook me rappelle qu'il y a un an déjà j'étais à la Catfarm, ce lieu magique qui a fait celle que je suis aujourd'hui.

Je poste la photo du tipi avec ce petit poème :

> *Mon tipi,*
> *Niché en haut du village de Poussan,*
> *Entouré de vignes,*
> *Je t'ai croisé à la Catfarm,*
> *Non loin de la grande table où chaque jour nous prenions nos repas,*
> *Non loin du gong qui sonnait le « Food it's ready ! »*
> *Non loin de Bianca et Loca (les poules)*
> *Beyonce et Mimi (les chats)*
> *Non loin des tentes des volontaires (les humains)*
> *Tu dominais par ta splendeur et ta carrure,*

Tu m'as fait virevolter avec les éléments,
Danser au rythme des cigales,
Tu m'as vu joyeuse,
Tu m'as vu au fond du lit,
Tu m'as vu contempler la faune et la flore,
Que tu laissais paraître entre tes toiles.
Tu m'as appris à me connaître,
Donné parfois le rôle de sorcière,
Tu m'as donné de la lumière,
C'était il y a un an,
Je te voue une profonde gratitude,
Merci

142

Ce matin à ma grande surprise, je reçois un SMS de Bertrand - quelques temps se sont écoulés depuis que l'on s'est croisés, j'avais des choses à régler - :

— Je ne peux t'oublier, notre amour est gravé sur un arbre à Saint Kilda. Passe boire un café un de ces quatre.

Je jubile et panique en même temps. Est-ce raisonnable de revenir en arrière ? Je suis différente aujourd'hui et je me sens plutôt bien seule.

Mais l'amour n'a pas de raison, et dans un élan d'impulsivité je lui réponds

— Ce soir vers 17 h ça te va ?

— Yep, je t'attends.

17 h, je me gare devant chez lui, son jardin ressemble à un dépotoir, que s'est-il passé dans sa vie ? Mais mon cœur s'en balance, il bat à plein pot.

Il est là sous son manguier une bière à la main, son ventre s'est arrondi considérablement, certainement une consommation excessive d'alcool.

On se fait la bise cordialement, je tremble de partout. On se raconte nos chemins, et je me rends compte à quel point notre séparation l'a anéantie.

Je me sens un peu coupable mais je sais que son mal être ne m'appartient pas. Quelques verres suffisent à nous unir à nouveau. Tous mes sens sont en éveil et pour la première fois depuis longtemps, je prends un réel plaisir à me laisser aller au gré de ses doigts habiles et bienveillants, plus de flashbacks, plus de peur, je suis bien dans ses bras.

143

Éléonore, Laurette et Boubou, ses deux meilleurs amis, prennent leur envol, la tristesse est au rendez-vous, la nostalgie aussi.

Premier grand vrai départ, mêlé de stress et d'angoisse.

Pour eux, c'est la fin des sunsets, la number one à la main au Mont vénus, la fin des retours très tardifs du MV lodge en Dacia Logan break, où Laurette assure dignement son rôle de capitaine de soirée, regardant dans son rétroviseur Éléonore et Boubou chantant sur du Ori Deck.

Fini, l'auberge de jeunesse allée des hibiscus où il n'existe pas d'heure d'entrée et de sortie.

Les racines sont coupées, pour un certain temps, mais nécessaire à ce que jaillissent d'autres racines. Celles-là, ce seront leurs bases, celles qu'ils auront choisies, avec j'espère cette merveilleuse récolte, une famille de cœur de l'autre côté de la terre.

Demain leur appartient désormais…

Après l'aéroport, je ne veux pas rentrer, le nid vide me rend triste.

Je décide de m'arrêter chez Bertrand, je rentre en catimini par la baie vitrée, je retrouve la fureur de mes 20 ans. Je me déshabille à chaque pas, pour sentir doucement son odeur, m'allonger délicatement à ses côtés, le border, lui passer la main dans les cheveux, sentir sa peau, puis sa main se faufiler entre mes jambes, entendre le souffle de sa respiration, le va et vient de son abdomen, le bruit de la pluie qui ruisselle sur les feuilles sèches du manguier, tout va bien.

144

La maison est nickel, je prends ma valise, la traîne dans le gravier jusqu'à atteindre le coffre, j'éteins tout, n'oublie pas de remplir la gamelle du chat… je suis prête pour ma nouvelle life.

Avec une légère nostalgie, je soupire en regardant mon papayer, démarre la voiture, et ne me retourne plus. À dans sept jours mon beau Mont-Dore !

Je trace la route direction Boulouparis, où je retrouve l'infirmier que je vais remplacer.

J'arrive sur cette propriété de 250 hectares, je longe les plaines encore jaunies par la sécheresse, pour arriver à cette grande demeure, au milieu de nulle part.

Il m'accueille avec sa femme comme une amie. Ils me serrent dans les bras en me disant « on est heureux de te revoir, tu ne peux pas savoir ».

Et là tu te dis, qu'est-ce que j'ai fait ? Ai-je autant de lumière autour de moi pour attirer, tel un aimant, les gens ?

Et la soirée continue de plus belle, on est tous les trois haut perchés et je me dis que l'univers m'envoie un truc de *ouf*.

Les cerfs brament sous notre nez, je jubile, les heures défilent et il est déjà 1 h du mat. Je finis en allant m'allonger sur une natte à grelots. J'aperçois au loin dans le ciel un avion, pense à ma fille, je contemple la voie lactée et me dis chanceuse.

Je file au dodo, plus que trois heures avant le réveil et la reprise du travail…

145

Je l'avais programmé le 9 octobre prochain, ce retour sur la scène du travail, la vie en a voulu ainsi, rien ne se passe comme on aurait pu l'anticiper.

Il y a quelques mois j'avais imaginé mon retour en Calédonie, je l'avais écrit, posé comme s'il était acté mais on sait que la vie est en mouvement et que tout ne se passe pas comme on l'aurait imaginé.

« Dimanche 18 avril 2021,

Nouméa,

Il est 17 h 30 quand je ferme mon magasin de raccommodage de petits bonheurs. J'appelle Alice, mon associée pour lui faire les transmissions du jour.

Nous étions cinq femmes blessées et meurtries à avoir créé cette boutique. Nous raccommodions les petits bonheurs avec du fil créatif, culinaire, artistique, empathique…

Je chevauche ma bicyclette pour rejoindre Port Moselle. J'aperçois Ludo et notre tribu attablés au Bout du monde, bar du port.

— Ta journée s'est bien passée mon amour ? me demande Ludo en m'embrassant délicatement.

— Oui encore une journée pleine d'émotions.

Pincette et Kyro se font des léchouilles à nos pieds.

— Mam's, tu trouves pas que Pincette a grossi ? dit Rimbaud en sirotant son jus de pomme.

— T'as raison, je crois que la tribu va s'agrandir.

Les filles explosent de joie, nous trinquons à cette bonne nouvelle.

Ludo réplique :

— Et si on appelait les chiots agent 001, agent 002, agent 003…

J'esclaffais de rire en disant :

— Bonne idée mon James ! ! !

PARDON MADAME

Il est 20 h quand nous rejoignons notre voilier.

Ludo prépare le repas pendant que je m'active à faire les valises. Une année que je n'avais pas ressorti cette valise. Je ressortais les deux tee-shirts, l'imprimé « Mafalda et Ludo, Peace, love and bicycle-Mont Fuji 2020 » me fait sourire. Demain, nous pédalerons vers les cerisiers en fleurs et le Mont Fuji… »

Voilà c'est ce qu'il devait se passer, et pourtant aujourd'hui je me retrouve en pleine immersion en tant qu'infirmière libérale diplômée d'État à Bourail.

Je suis, là, dans cette petite ville à deux heures de Nouméa, bordée par les plus belles plages de Nouvelle-Calédonie.

Je suis partie sereine, sans peur, ni angoisse et regret.

Partager de nouveau la maladie, compatir, donner un sens à la souffrance, accueillir ces regards tristes, dépouillés de toutes croyances.

Une fin qui se rapproche ou le début d'une libération ?

Face à tout ça, ces trois dernières années m'ont fait changer de regard sur ce métier. Je ne suis plus une sauveuse, mais je reste une passeuse d'âmes.

Alors, oui j'aime prendre mon gant et les laver délicatement, les coiffer pour leur redonner un minimum de dignité.

Je me sens vivante, et le cercle de la vie virevolte autour de moi dans cet échange soignant/patient.

Le soleil est caché depuis longtemps, je suis dans ce petit nid douillet que m'a offert l'infirmier que je remplace. Je n'oublierai jamais cette journée, car je sais ce que j'ai gagné de ce long combat.

J'ai gagné un pouvoir extraordinaire, celui de pouvoir vivre en harmonie avec ce que mon cœur me dicte. Je me suis enfin rencontrée…

Je ne sais pas ce que l'avenir me réserve, en tout cas je sais qu'à ce jour, je concrétise une partie de mes rêves :

Infirmière, un rêve d'enfance,
Créatrice, un rêve post trauma,
Écrivaine, un rêve de jeune adulte
Et le plus beau de tous,
Mère, un rêve d'amour.

Alors à vous tous qui êtes en train de me lire en ce moment, je vous souhaite de ne pas attendre une épreuve pour apprendre à vous connaître, vous avez en vous cette force inestimable qui osera vous révéler, alors partez à sa rencontre.

146

J'ai décidé de ne plus me taire et je transmets ce que je ressens. Et je sens que je pourrais m'attacher, quand il commence à y avoir un manque, c'est un signe.

Je crains l'attachement, peur de revivre des choses similaires au passé, je me protège et c'est légitime.

Pour éviter que je tombe en amour, je préfère que l'on se connecte avec Bertrand de temps en temps sans rentrer dans la routine des appels quotidiens. Il n'y voit pas d'opposition.

147

Il est 22h56 et je me jette dans mon lit, que je retrouve après six jours d'absence.

Bart, mon chat me fait ressentir aussi qu'il a besoin de câlins.

Je retrouve ma maison squattée de nouveau par la génération d'en dessous. Boubou, Laurette et Éléonore ont quitté le nid, il n'est pas resté vide longtemps, juste le temps de mes six jours d'absence.

Alors quand j'arrive tardivement de Bourail… après plus de 80 heures de libéral, une voiture qui fait des siennes, une glacière remplie de produits du terroir (boudins, pâté, cerf fumé, achards), des boutures de patchouli et des pieds de thym martiniquais…je suis heureuse de découvrir Mano à la place de Boubou par terre sur un matelas de fortune dans le salon et dans la chambre Rimbaud et Mady, tranquilles, en train de pianoter sur leur téléphone.

Je ressors la bouche en cœur.

La vie est une perpétuelle abondance, il suffit juste d'être à son écoute.

En prime, je découvre un chiot, blanc et noir, qui ressemble étrangement à Pinceau. Rimbaud l'avait trouvé devant le lycée et je n'ai pas d'autre choix que le garder, vu l'insistance de mon fils.

Après tout, un chien m'a toujours fait du bien. On l'appellera Kitkit.

148

Ce matin, je rencontre Julienne et Lola dans le bureau de la Justice restauratrice. Toutes les deux bénévoles m'accueillent avec un large sourire, un thé et des petits gâteaux. Elles me mettent à l'aise, en proposant un tutoiement. Le but de la médiation est de rendre possible une rencontre avec l'auteur des faits et d'une manière sécurisée. Je leur explique comment je suis venue vers ce chemin. Ce besoin profond de comprendre pourquoi cet acte infâme, comprendre ce qu'il vit depuis son jugement, s'il y a une prise de conscience de son acte. Je leur parle de mes peurs, de mes angoisses, de cette envie profonde aussi de lui tendre la main, certainement pour qu'il ne recommence plus jamais. Ce besoin incessant de transformer l'horreur en quelque chose de beau.

Elles sont là avec leur regard bienveillant et compatissant. Elles me laissent conter mon histoire, me préparent aussi à un éventuel refus d'Abel de me rencontrer, et n'oublient pas de m'informer des différentes étapes de la médiation et de la longueur du processus.

149

À la tombée du soir, j'emprunte l'allée de mon amour retrouvé, longeant la maison, en faisant attention à ce que personne ne me voit, on avait décidé de garder notre relation secrète. Les chiens se sont habitués à mon passage, ils ne se lèvent même pas de leur canapé.

J'entrouvre la baie vitrée et je le vois allongé sur le lit, endormi, les épaules dénudées, son petit chignon de fin de journée qui s'écrase sur l'oreiller.

Je m'approche doucement, lui pose de doux baisers sur la joue, il se réveille, me sourit, je souris en retour.

En rentrant ce matin, j'éprouve des sensations particulières. Une d'entre elles ressemble à un plein d'énergie positive. La tendresse et la douceur de Bertrand m'ont bercée toute la nuit.

Il y a cette sensation de manque, j'ai encore envie de rester collée à lui, de le sentir, d'entendre sa respiration, de sentir son sexe se durcir au frôlement de ma main…L'alchimie de nos corps…

J'avais aussi cette impression assez spéciale qu'il y a un truc, comme une barrière entre nous, peut être cette peur de l'attachement où on est dans le contrôle de nos émotions. Un peu comme si on était coupable d'être heureux.

Parfois j'ai envie de lui dire des mots doux mais je me retiens.

Et il y a la sexualité, un peu mise à mal de mon côté par les aléas de la vie. Se reconstruire, se découvrir, renaître, c'est le chemin que je suis depuis maintenant trois ans. J'apprends de la vie, j'exprime ce que je ressens, la parole et l'écriture deviennent libératrices et guérisseuses.

150

De retour à Bourail, une semaine de travail, un rythme qui reprend, mais assez agréable finalement.

Aujourd'hui je me suis sentie vivante, un état de plénitude où tout va bien, aucun nuage à l'horizon, le cœur qui bat la chamade, les papillons dans le ventre, une chanson qui ne cesse de nous le rappeler. Il est entré par une petite porte, timidement et finalement il commence à éveiller mon cœur cicatrisant.

Je me sens lumineuse et j'emporte avec moi sur ce chemin des âmes plus belles les unes que les autres.

Ma choupinette, elle, rayonne de tout son être dans les ruelles du vieux Montpellier. Mon petit prince fait glisser délicatement ses doigts sur sa gratte, tapotant son pied droit donnant une rythmique à quatre temps. La musique, seule activité qui lui reste après sa fracture du sternum à la boxe, le pauvre, même rire, il ne peut plus.

J'ai cette délicate envie chaque soir d'écrire cette merveilleuse histoire qu'est ma vie.

Ce soir, je dois désormais écrire à Abel. Je le nomme enfin, il devient une personne à part entière et non plus une bête sauvage, là est le chemin de la guérison, le temps, son allié.

Je dois lui demander s'il veut bien me rencontrer afin de mettre en place cette fameuse réparation judiciaire.

Alors je me lance :

« Bonjour Abel,

J'espère que tu te portes bien,

Je souhaiterai te rencontrer afin de pouvoir partager quelques mots sur ce qui s'est passé et peut être pouvoir trouver une solution ensemble pour que cet événement dramatique ne nous empêche plus de vivre mais au contraire nous amène vers la voie de tous les possibles.

Tu as encore beaucoup d'années devant toi, je ne veux pas que tu sois stéréotypé comme violeur, et j'ai l'intime conviction que tu peux être quelqu'un de bien, respectueux et bannir cette violence qui est en toi.

Transformons ensemble cette horreur, pour que notre avenir soit plus radieux.

Je ne porterai aucun jugement sur ta décision, elle t'appartient.

Dans l'espoir de pouvoir te rencontrer, je te souhaite une belle journée.

Mafalda. ».

Voilà les mots sont posés, il n'y a plus qu'à attendre. La balle est dans son camp.

151

Il est dix-neuf heures trente quand je me pose enfin, et je n'ai qu'une hâte, celle d'ouvrir mon livre Pardon Madame parce que cette journée mérite d'être racontée, une ribambelle d'histoires de vies touchantes.

Je me vautre dans le canapé d'angle jaune qui trône au milieu du salon, réconforte mes épaules et mon dos, trop mis à mal en portant les patients, avec un oreiller douillé. J'allume une bougie et c'est parti, mes doigts pianotent sur l'écran de mon IPad, désireux de transmettre certaines scènes.

Ce matin, la tournée débute au même rythme que les autres jours, un petit six heures du matin, j'ouvre la porte et j'ai juste l'impression de me retrouver à Lille, dans le Nord de la France. Le brouillard dense m'empêche de voir à cent mètres, et plus j'avance vers la rivière la Nera, plus j'ai l'impression de me fondre dans l'abîme. Je prends la direction de la roche percée très prudente, quant au loin j'aperçois le ciel bleu, la brume s'évapore doucement au fur et à mesure que j'avance, et plus la rivière avance vers l'embouchure, plus le soleil brille.

Je commence à connaître le chemin, les flamboyants n'attendent qu'une chose… que l'été arrive pour s'épanouir en couleur, faisant virevolter leurs gousses de graines au son du vent ; les vaches accoutrées d'une robe caramel sont parsemées dans la montagne, broutant l'herbe sans même sentir le ou les petits oiseaux posés sur leurs dos ; les branches des bougainvilliers dansent avec celles du Patchouli, mélimélo de mauve, rouge, orange…Frida s'émerveillerait face à tant de splendeur.

Le panneau Tribu de Gouaro est le signe que sur ma gauche, la vue est juste à couper le souffle. La vallée laisse place au lagon, mélange de turquoise et de bleu clair voir même transparent, me plongeant dans un infini sentiment de bien-être.

Je poursuis mon chemin le sourire aux lèvres et "La Fièvre" de Julien Doré à fond dans la mamamobile.

J'arrive chez ma première patiente qui vit dans une ferme.

Je sors en évitant les oies, qui me toisent de bas, et leur fidèle ami, un petit chiwawa qui tente de me mordiller les mollets.

Je suis toujours accueillie avec une infinie abondance. Aujourd'hui c'est une salade de crabes pêchés du jour.

Je commence les soins, et à ce moment-là il n'y a plus de temps, je suis là juste pour que la dignité demeure dans ce monde parfois dur.

Les soins s'enchaînent, se ressemblent dans les actes, mais chaque jour j'apprends à mieux connaître les patients, je rentre dans leur intimité, je gagne leur confiance petit à petit.

J'arrive chez M., une dame d'une quatre vingtaines d'années, sa fille, âgée de 68 ans avec qui je me suis liée d'amitié, me parle de ses aventures amoureuses, parfois cachées. J'aime l'écouter, voir ses joues rougir, observer son petit sourire gêné et son regard lumineux, j'aime la voir heureuse, ne serait-ce que quelques minutes, qui laisseront place à des longues minutes de tristesse. Dur destin des fois, de devoir s'occuper d'une maman démente qui n'a pas toujours était douce avec elle.

Puis, j'ai traversé le centre-ville de Bourail ou plutôt, dit-on ici, le village, c'est certainement plus approprié. Une rue d'environ trois cents mètres, avec quelques petits magasins, trois stations essences quand même, la gare des bus et un petit marché.

Je prends une des nombreuses ruelles qui la jalonnent perpendiculairement, pour arriver tout en haut de la colline chez S, une patiente vanuataise de 69 ans. Elle m'accueille dans ses bras chaleureux, m'invite à la prière du prochain mercredi, histoire de manger un bon repas local, et me demande un service avec son accent très prononcé :

— Mafalda, tu pourrais me trouver un homme ?

— Où veux-tu que je te trouve un homme ?

— Je sais pas moi, tu dois connaître des hommes métropolitains ?

— Euh, oui, mais pourquoi un métro, tu ne veux pas un local ?

— Non, surtout pas, j'en veux plus, j'étais la boniche.

— Ok mais décris moi ce que tu recherches ?

— Je veux qu'il ait une voiture et qu'il puisse m'emmener faire les courses et qu'il m'aide à la maison

— Une boniche, quoi ! ! !

— Bah non, enfin je me sens seule et j'ai vraiment besoin de compagnie

— Ok, je vais t'inscrire sur internet

— Ok, mais pas de photo et pas de nom

— Ça va être compliqué mais on va essayer, demain quand je viens faire ta piqûre, on rédige ensemble ton annonce

— Tiens prends ça, merci Mafalda.

Elle me tend une plante dans un pot vert fluo, que je pose délicatement dans mon coffre.

Je sors, morte de rire, en me disant qu'*infirmière* prend tout son sens. Nous sommes dans une autre dimension des soins. Ce ne sont pas des actes répertoriés dans un listing de la Cafat[36], mais des soins allant au-delà de tous les possibles. Parce que nous ne soignons pas non plus qu'un patient mais tous les membres de sa famille qui l'accompagnent dans la maladie.

Il est environ seize heures, la journée commence à se faire ressentir, mes yeux papillonnent, un peu de

---

[36] CAFAT Sécurité sociale de la Nouvelle-Calédonie

stimulation avec Angus et Julia et j'arrive chez T. Elle habite dans un haras, je longe les barrières, j'aperçois derrière l'une d'entre elles, une jument et son poulain encore frétillant sur ses jambes, des pintades traversent tranquillement devant ma voiture, je bave sur leurs plumes et ferais bien une course poursuite.

Les chiens de T. me hurlent dessus et mangent les pneus sans oublier d'y déposer une goutte ou deux, histoire de marquer leur territoire. T. se rapprochant de la voiture, je peux sortir en sécurité. Je repars avec du boudin noir, un gros sac de ses lamentations sur le dos, mais aussi avec un grand sourire.

Je traverse la chaîne, direction le Col des Roussettes et la tribu de Chorom. Je fais en sorte de ne pas aller en tribu quand la nuit tombe, pour pallier des angoisses qui refont sursaut de temps en temps.

La nuit tombe sur Bourail, dernière patiente et c'est fini. J'arrive dans cette maison en demi-lune, vestiges de la guerre, Y. aussi est un vestige de la guerre. 96 ans au compteur, toute sa tête, toute son empathie d'infirmière, métier qu'elle a exercé plus de 50 ans, des histoires extraordinaires sur Bourail dans les années 1950. Elle dit encore indigènes en parlant des kanaks. Je sens qu'elle a été marquée, blessée. Ce soir, je la trouve dans son lit médicalisé au milieu d'une grande pièce défraîchie, au mur, quelques photos jaunies par le temps, une horloge qui s'est arrêtée il y a certainement très longtemps sur 10h10.

PARDON MADAME

Elle a la larme à l'œil, la radio résonne en fond assourdissant des nouvelles sordides du journal calédonien. J'éteins la radio, j'enlève la barrière, je m'assois sur son matelas à air qui remue mon fessier agréablement et la questionne. Je retire le masque que je mets systématiquement pendant les soins. À ce moment-là, il n'a plus aucune utilité, seulement celle de désarmer la parole et les expressions du visage.

— Ça va Y. ?

— Non ça ne va pas

— Qu'est ce qui se passe, je te sens triste ?

— Oui, tu sais ma fille, c'est difficile, je n'arrive pas oublier la souffrance qu'ont subi des enfants. J'étais infirmière, tu sais ma p'tite ?

— Oui, je sais Y. et ça se sent quand je vous soigne, vous m'aidez beaucoup

— Oui je sais ce que c'est ce métier, ma fille, j'ai fait la même chose et maintenant c'est moi qui suis dans le lit, c'est pas facile, tu sais ma chérie

— Je me doute que ce n'est pas simple. Et vous voulez en parler, ça vous fera du bien de sortir tout ça, ça a vraiment l'air de beaucoup vous toucher ?

— Si tu savais, j'ai vu des gosses bouffer la merde de leur parent et boire leur pisse parce que les parents n'avaient pas de sous. J'en ai vu d'autres se faire tabasser, c'était violent tu sais ma fille. T'es gentille de m'écouter

— Je comprends Y., je comprends très bien ta tristesse, elle est légitime.

Elle me serre la main si fort, que des frissons m'envahissent, je ne peux que l'écouter déverser son lourd fardeau, la regarder, lui sourire parfois.

Après quelques minutes, elle se tait un court instant et me dis en baissant son timbre de voix :

— Ma fille, j'ai faim, je mange pas grand-chose ici.

— J'arrive, je vais te chercher un Fortimel[37], je n'ai pas grand-chose en stock mais c'est mieux que rien.

Elle l'a avalé tel Obélix dans la Potion magique et m'a souri l'air rassasié.

Il est 19h, la journée se termine, une journée comme les autres pour l'infirmière que je suis. Je suis fatiguée mais heureuse d'avoir pu prendre du temps pour eux.

152

Il y a des matins pas comme les autres, où en te réveillant et checkant tes mails, tu tombes sur une maison d'édition qui t'écrit ceci :

« Chère Madame,
*Nous avons bien reçu votre manuscrit **Le soleil finit toujours par nous lever** et l'avons lu avec attention.*

---

[37] Fortimel : « Denrée alimentaire destinée à des fins médicales spéciales pour les besoins nutritionnels en cas de dénutrition associée à une maladie »

Cette autobiographie, dans laquelle vous racontez avec un courage extraordinaire le viol que vous avez subi alors que vous faisiez une marche en Nouvelle-Calédonie, et l'année qui a suivi, au cours de laquelle vous réapprenez à vivre, nous a beaucoup émus. Ce témoignage est poignant, comme vous l'avez écrit, et bouscule le lecteur. Votre écriture naturelle, sans fioritures, met habilement en avant la grande tendresse et la grande justesse qui émanent de vos mots. Nous sommes profondément admiratifs de votre parcours, et de la force dont vous faites preuve pour vous relever, mais aussi pour vous livrer de la sorte. Votre récit, et ceux qui suivent, pourra sans aucun doute aider celles et ceux qui ont été ou seront confrontés un jour à cette violence. C'est donc avec plaisir que nous nous proposons de publier votre manuscrit »

Tu écarquilles les yeux, tu te demandes si tu es en train de rêver ou si tout ça est bien réel. Tu te regardes dans la glace, ton portable à la main, tu relis une fois, deux fois, trois fois le mail…

Tu réalises alors à ce moment précis, que tu es enfin reconnue comme écrivaine, que tout ce par quoi tu es passée est salutaire, l'univers me renvoie en boomerang ce en quoi j'ai cru durant ces trois dernières années.

153

J'apprends par la Justice Restauratrice qu'Abel, pour l'instant, à la suite de problèmes personnels, n'est pas en mesure de rencontrer la médiatrice qui devait lui communiquer mon message. Pas de déception, juste des petites graines de patience, je commence à avoir l'habitude…

Puis l'appel de mon éditeur, véritables louanges sur mon tapuscrit. Cette impression d'être reconnue en tant qu'écrivaine, mon style poétique, qui emporte le lecteur dans ma marche mortelle.

Depuis l'annonce de mon édition, je vis sur un petit nuage même si tout remonte : Comment j'ai commencé à l'écrire sur le bureau de mon arrière-grand-père, dans un piteux état, puis Bali, des heures à pleurer sur mon manuscrit, tout revient mais tout repart aussi vite. Je me regarde dans la glace, je souris, je suis si fière de moi.

Je découvre le monde de l'édition, le sens commercial qui me manque cruellement.

L'éditeur me parle avec le cœur, j'aime ça. On sent que lui et son équipe sont émus par mon témoignage, jusqu'à en être emportés. Je suis profondément touchée. Une nouvelle vie s'ouvre à moi, six mois de travail pour finaliser le livre, puis prévoir un voyage en France pour le promouvoir, radio, télé, journaux, librairie.

L'année 2021 va être merveilleuse.

Je m'imagine en van serpentant la France de ville en ville, s'asseyant derrière le bureau d'une librairie, sur lequel sont empilés une dizaine de livres, de ma main droite je signerai une dédicace pleine d'amour, de mes yeux je croiserai des regards qui en diront long sur leur histoire.

Enfin comme dirait mon cher beau-frère ce n'est qu'une hypothèse.

Je suis tout simplement heureuse.

Aujourd'hui j'ai enfin eu le temps de créer un attrape-rêves, bleu comme l'océan, asymétrique comme le mouvement, quelques gousses de flamboyant ornées d'une améthyste et d'un caillou local, trouvailles de la nature, plumes d'oie de Bourail.

Il est 19 h j'attends impatiemment les retrouvailles avec mon amour caché. Le code panthère noire est de rigueur. Souvent il me l'envoie vers 21h, pour me dire que la voie est libre et que je peux rentrer décemment incognito chez lui.

Il me perturbe, me bouleverse, renverse mes convictions, il m'emmène sur le chemin de l'Amour, celui où tu vibres, tu jubiles, et même si tu sais que ce temps est éphémère, tu le savoures.

154

Le 24 septembre est une date d'anniversaire en Calédonie.

Je suis un peu perdue quant à la signification de ce jour.

J'ai comme l'impression qu'il revêt plusieurs symboliques.

J'interroge mes patients, certains me parlent de ce jour comme d'une journée de deuil, celui de l'enterrement du leader indépendantiste Pierre Declercq, d'autres de l'année 1853 où un colon français, Auguste Febvrier Despointes, prend possession de l'île au nom de la France, marquant le début de la colonisation.

Et pour les derniers, c'est une fête de la citoyenneté, instaurée en 2004, mettant en avant les us et coutumes de chaque culture vivant sur le territoire, donnant une connotation fragile d'un vivre ensemble.

La semaine dernière, je traversais le pont de la Néra, de multiples drapeaux bleu blanc rouge avaient été arrimés sur la barrière. Cette semaine, les drapeaux kanaks ont pris leur place.

Le drapeau arbore son signe d'appartenance et comme un pouvoir légiféré, il annonce un désaccord constant entre la population calédonienne.

Quand on me demande d'où je viens, bien sûr par réflexe sociétal et convenu, je dis « je suis une Zoreille » mais à vrai dire je viens du cœur.

Me sentant plus citoyenne du monde que d'un État, je regarde virevolter ces morceaux de tissus au gré du vent et j'aspire à ce que tout se passe dans la paix, le respect et la dignité, laissant faire ce que l'on dénomme communément la démocratie.

Étant apolitique, je ne suis pas dans le jugement, juste observatrice.

J'ai ce sentiment profond que la politique, tout comme la religion d'ailleurs, divisent, amenant les personnes vers une lutte incessante d'imposer sa vision du monde, déclenchant des sentiments de haine et de colère.

Respecter le choix de chacun, c'est déjà semer de l'Amour.

Alors je l'assume pleinement, je ne vote pas depuis de nombreuses années, je voterai le jour où on aura instauré au gouvernement un député de l'Amour.

Pendant ma tournée, je reçois des notifications de Rencontres.nc, des réponses en pagaille à mon annonce pour trouver le concubin idéal à ma patiente. Mais quelle ne fut pas ma déception quand je lis les commentaires.

« Bonjour, J.H. métro 30 ans habitant à Pouembout cherche une expérience avec une femme beaucoup plus âgée et mate de peau, c'est un fantasme. Je suis brun 1 m 80, 75 kg. Si tu es intéressée fais-moi signe on pourra discuter. Je ne cherche pas une histoire d'amour juste passer un ou des bons moments avec toi. Bises »

Et en prime la photo d'un sexe énorme, j'éclate de rire et me dis que ma pauvre patiente pieuse tomberait à la renverse. Je réponds tout simplement, « T'as que ça en stock, c'est baloo ? ». Quand les hommes comprendront-ils que nous n'en avons rien à cirer de leur bite, de la taille, tout est dans le savoir être, avec ou sans bite.

155

Je suis tracassée par le taff et toujours cette même angoisse de ne pas gagner assez pour subvenir aux besoins de mes enfants. J'aspire profondément à un apaisement à ce niveau là, j'en viens même à me dire qu'une fois les études de mes enfants finies, je vivrai en auto-suffisance et me retirerai de ce système de consommation où on n'est rien d'autres que des moutons…

Il y a eu la fatigue et la route du retour qui m'a semblé tellement longue…

Il y a eu Bertrand entre tout ça, Bertrand qui m'envoie des messages d'amour divins, des musiques reflétant son esprit du jour, passionné, enivrant, me sublimant…

Et moi, qui trépigne d'être dans ses bras, de sentir ses lèvres effleurer les miennes, délicatement s'entrouvrir pour laisser place à la fougue, moi qui lui envoie un rancard au magasin d'alimentation afin de le kidnapper dans mon coffre.

Et il y a eu quelques prises de tête avec mon collègue de Bourail, il me retire des jours de travail, me retire certaines clauses de notre contrat, toutes ses promesses tombent en ruine. Je ne me laisse plus faire, j'ai cessé d'être gentille et même si ça me met dans la merde, je sais que je trouverai toujours une solution et j'ai juste envie d'être en paix.

156

Aujourd'hui, je hisse mon drapeau aux couleurs de l'arc-en-ciel et de l'amour. La Calédonie caresse doucement son destin, le référendum divise la population en deux parties, ceux qui sont pour l'indépendance et ceux qui sont contre.

La pluie et le soleil se sont relayés toute la journée, comme s'ils compatissaient à cette politique déséquilibrée.

157

Ce soir, je pense à ma fille, qui subit le confinement instauré par l'État français en métropole et qui découvre la misère humaine à chaque coin de rue de Montpellier. Sa vie d'étudiante ne ressemble en rien à la mienne, la protection a pris le dessus sur la liberté.

Elle est une jeune adulte en devenir, se questionnant, s'angoissant, affrontant émotivement la dure réalité des inégalités sociales et cette impression de devoir sauver le monde.

J'ai eu cette sensation aussi, je me suis battue à ma manière contre la misère du monde dans mes voyages humanitaires et dans mon travail. Et puis, petit à petit je me suis oubliée, j'ai perdu le contrôle, je n'existais plus pour moi mais pour les autres. Du haut de mes 47 ans et de mes *merveilleux malheurs*, si je peux lui prodiguer un conseil, ce serait celui-ci :

AIME TOI, avant de vouloir sauver le monde[38]. Je dois lui dire :

« J'aime cette phrase de Boris Cyrunlik. Tu le découvriras pendant ton parcours de psychologie : *Sauve-toi la vie t'appelle*[39].

Alors oui ma chérie, occupe-toi de toi, soit narcissique et tu illumineras ton chemin et ceux que tu croiseras.

Parle, et plains toi, ton fardeau sera moins lourd.

Crée ta bulle de bien-être et sache que je suis là, près de toi dans ton cœur que je réchauffe de toute ma lumière. »

158

J'ai l'impression d'être une loque, je fume, je mange mal, je passe mon temps au lit à visionner des films pour ado. Mais j'ai enfin compris, on est octobre et pour moi ce n'est pas octobre rose, mais octobre rouge, un mois qui représente la violence que j'ai pu recevoir. Mes deux agressions ont eu lieu en octobre le 9 et le 26, avec 16 ans d'écart. Alors je suis très émotive, un rien me fait pleurer, je trouve la vie morose. J'ai juste envie de vivre dans un arbre loin de tout ça, de ce monde toujours en lutte.

J'aspire juste à la paix…

---

38 D'après Heimana Greig

[39] Boris Cyrulnik, *Sauve-toi la vie t'appelle,* 2012, Odile Jacob éd.

Ce soir, la moindre allusion concernant cette date fatidique me transperce d'une tristesse et d'une colère intense.

J'ai fait une nouvelle tournée sur le Mont-Dore avec Célia, la tournée qui était la mienne il y a de ça des années, avant le viol, avant le divorce, j'avais une vie rangée, presque parfaite. Et là, je revois certains patients, je revois leur maison, ces années où j'ai vu mourir leur mari ou leur femme, bing bang je retourne dans le passé. Je me dis que je ne suis vraiment pas à ma place… que, comme beaucoup, je n'ai pas le choix.

En rentrant, un simple coup de fil où on me demande « Ça va ? », suffit à me faire fondre en larmes, puis je me laisse aller, j'accueille cette tristesse d'être de retour à la case zéro, et cette colère d'avoir tant rêvé de devenir autre chose qu'infirmière, j'y ai cru. C'est le moment où je deviens dure avec moi.

Mais peu de temps après je réalise l'ampleur du combat que je mène, je sais tout le chemin traversé pour caresser cet accomplissement un peu précaire, mais la base est ancrée et même si l'envie de m'anesthésier m'envahit, je choisis de ne pas l'arracher à coup de wan et de vin. Alors, je branche les écouteurs, choisis la musique de Rocky, et d'un pas décidé je tape du poing droit, du poing gauche sur mon sac de boxe, allers et retours incessants, indolores, les cris accompagnent chaque coup, je finis par enlacer le sac de boxe et pleurer toute ma tristesse. Je me sens mieux, je décide de rejoindre ma bulle de bien être, je me fais belle pour l'occasion, un tant soit peu sexy, petit short noir moulant, débardeur laissant imaginer les formes de ma poitrine, et des bottes de cowboys. Je monte le son dans mes oreilles et choisis *L'effrontée*, la chanson italienne. Elle me rappelle mon enfance et il y a quelques mois en Normandie à bicyclette dans la prairie. Je transforme ma colère, je la malaxe, l'écrase, la tasse et jaillit de cette mixture une danse au rythme de l'espoir, à pianoter avec les pieds sur les carreaux du sol du salon, je tchine avec moi, avec l'univers, je découpe, je crée, j'essaye, je n'aime pas, je défais, je refais, l'inspiration arrive toujours dans ces moments de chaos. Je sais qu'un changement s'opère et il y a toujours cette période de latence nécessaire, alors je suis patiente.

159

Je démarre de bonne heure pour faire une nouvelle tournée en doublure avec Célia. J'ai décidé de quitter Bourail, les nouvelles conditions instaurées par le gérant du cabinet ne me convenant plus. J'y vais le cœur serré mais heureuse d'être en ce jour d'octobre rouge, date anniversaire morbide, avec une *sista* qui peut comprendre l'innommable.

J'enregistre les données nécessaires pour prendre en charge le patient à la Virginia Anderson[40], je suis comme un petit robot, le paysage est moins attrayant qu'à Bourail, la route est moins longue et la tournée me paraît plus fade, même si avec les patients il y a toujours cette même relation qui se noue.

160

J'ouvre mon portable, un mail de Lola, la juriste de la Fédération de la Justice restauratrice, Abel est d'accord pour la médiation, il rencontrera Lola et Julienne dans à peine huit jours, les larmes montent, sentiment particulier, difficilement descriptible, la gorge un peu nouée.

Suis-je vraiment prête ? Je ne peux et ne veux pas faire marche arrière, le processus est lancé, je pense à lui en tant que personne qui paye sa peine mais plus forcément en tant que bourreau.

Ce soir, Armand et Isa, ma belle-sœur, unissent leurs mains pour s'accompagner, s'aimer sur leur chemin de vie.

Une soirée de retrouvailles, des amis me rappelant le doux souvenir d'une arrivée sur le caillou il y a plus de vingt ans.

---

[40] VIRGINIA Henderson chercheuse : dans sa théorie, Virginia Anderson a mis l'accent sur les 14 types de besoins de l'homme tels que respirer, boire, manger, éliminer…

L'ivresse des souvenirs m'enivre et la nostalgie me rassure.

L'îlot canard est bercé par le lagon, faisant coin-coin au son du vent, accueillant mes pieds de son sable doux et chaud, un paradis entre terre et mer.

Je suis très sensible à la chance de me savoir ici, loin de l'agitation, des couvre feux, et de la petite bête qui fait peur.

C'était un beau et merveilleux mariage, Isa et Armand me rassurent sur les possibles de l'amour.

161

Il était 17h30 quand un bip retentit sur mon téléphone, je l'attendais ce bip avec impatience et avec un peu d'angoisse aussi.

Je suis sur la route pour rentrer chez moi après une journée de libéral à Boulouparis, encore une nouvelle tournée, la tête pleine de noms de patients, de pathologies, d'habitudes à enregistrer. Le journaliste de France inter parle en fond sonore du début du confinement en Métropole, j'en perd le fil, je n'ai qu'une idée en tête, m'arrêter et lire ce mail tant attendu.

J'arrive à la hauteur de Boulari, me dis qu'il n'y a pas meilleur endroit pour lire ce genre de message, me gare sur le marché face à la mer, le soleil disparaît doucement, et, pour moi, au moment même où j'ouvre le mail, le soleil se lève au fond de mon cœur.

Tout ce chemin parcouru, tant de haine, de colère, de combativité, de souffrances aliénantes mais salvatrices aussi, tout ça pour arriver au pardon.

Un mail qui vous dit que vous êtes sur votre route et que vous avez bien fait de persévérer et de ne pas entendre l'écho des peurs des autres.

Lola m'envoie, en partenariat avec Julienne, ces mots pour m'informer de leur rencontre avec Abel au Camp Est[41].

« Bonjour Mafalda,

J'espère que tu vas bien.

Nous voulions t'annoncer avec Julienne que nous avons rencontré Abel ce matin.

Et la rencontre s'est bien passée.

Nous lui avons lu ta lettre, qu'il a accueillie avec beaucoup d'émotions.

Il nous a dit ce matin qu'il acceptait de te rencontrer.

Nous te proposons donc un prochain rendez-vous, avec Julienne et moi, pour débriefer ensemble de ce qui a été dit avec lui.

Tu peux bien sûr nous appeler si tu as trop de questions et que c'est trop difficile d'attendre notre prochain entretien.

---

[41] Camp Est Centre pénitentiaire de Nouvelle-Calédonie situé à Nouméa

Restant à ta disposition, nous te souhaitons une belle journée. »

Je regarde le soleil s'effacer, observe les nuages roses parsemés dans le ciel, j'accueille mon ressenti, ma gorge se dénoue pour laisser sortir en fracas des torrents de larmes, je suis émue, profondément émue.

Elle avait raison Lola, je n'ai pas pu attendre, je voulais en savoir plus.

Comment était-il ?

Comment se sentait-il derrière les barreaux ?

Qu'est-ce qu'il a pu ressentir quand elles lui ont lu ma lettre ?

Je voulais tout savoir, son regard, son attitude, ses mots…

Je compose le numéro de Julienne, elle est en visioconférence, je ne peux pas attendre, elle me propose d'appeler Lola. Je compose le numéro, la sonnerie retentit …

— Allo, dis-je d'une voix timide

— Bonsoir,

— C'est Mafalda, j'espère que je ne te dérange pas (on avait décidé de se tutoyer).

— Oh non pas du tout, as-tu reçu mon mail ?

— Oui et je voulais que tu me racontes de vive voix votre rencontre.

— Nous lui avons expliqué la justice réparatrice et ta démarche de le rencontrer.

— Et il était comment ?

— C'est un jeune homme, en effet, mais il était posé droit sur sa chaise et nous regardait dans les yeux. Il ne ressemblait pas à celui que tu décrivais lors du procès. Il nous écoutait avec beaucoup d'attention.

En entendant ces mots, j'étais heureuse d'avoir suivi mon intuition, je savais qu'il n'était qu'une représentation de lui-même. J'avais senti qu'il avait été meurtri, blessé, violenté… J'ai toujours cette intime conviction que l'on ne naît pas violent mais qu'on le devient en reproduisant un schéma familial ou sociétal.

Croire en l'autre, penser qu'il peut changer en ayant la certitude que lui-même peut être maître de cette métamorphose et personne d'autre. Il suffit parfois juste d'une étincelle d'amour pour allumer la flamme.

Lola continue son récit :

— On lui a demandé comment il se sentait en prison ? Il a répondu qu'il se sentait en sécurité, comme une délivrance d'un environnement trop violent. Il est suivi par un psychologue et une psychiatre et a deux activités par semaine, le sport et la sculpture.

Le mot sculpture résonne dans ma tête, il a lui aussi pallié sa souffrance en créant de ses mains. J'imagine ses mains désormais plus belles

— Tu es toujours là ? s'inquiète Lola

Le soleil a disparu dans la mer, tout comme ma colère se dissipant goutte après goutte le long de ma joue. J'arrive à sortir quelques mots :

— Ça va, Lola, je suis juste très émue, continue !

— On lui a demandé s'il voulait lire ta lettre, il a préféré que nous lui lisions, je pense qu'il a des difficultés quant à la lecture, il a arrêté l'école à 10 ans. Tu sais Mafalda, elle est magnifique ta lettre. Il nous regardait, et au fur et à mesure de la lecture, ses yeux brillaient de plus en plus.

À l'autre bout du fil, je suis clouée sur mon siège, il ressent des émotions, il prend une dimension humaine…

Lola continue :

— Il nous a dit qu'il voulait libérer sa tête et libérer la tienne, qu'il ne savait pas ce que voulait dire radieux, mais après l'éclaircissement de Julienne, il finit par dire qu'il voudrait lui aussi que notre avenir soit plus radieux, que ce mot était beau. Il était aussi étonné de ta démarche et il voulait que tout ça soit mis dans une petite boite pour la jeter ensuite

— Je suis tellement heureuse qu'il ait réagi ainsi, ce que tu me dis là est juste extraordinaire, je te remercie du fond du cœur

— On essaye de se voir rapidement

— Oui je te fais part rapidement de mes disponibilités, belle soirée Lola

— Belle soirée, Mafalda.

Elle raccroche avant moi, je démarre la voiture, branche à fond les musiques des années 80, je pleure tout le long de la route, des larmes de joie qui me rappellent que l'on peut changer les regards.

Le souvenir d'une phrase que mon père me disait me revient en mémoire :

> *Il n'y a pas de gens méchants, il n'y a que des gens souffrants.*

162

Le Festival black Woodstock, qui regroupe les rockeurs, doit être le seul festival dans le monde entier face à la pandémie du Covid. Le fort Teremba est à peine une heure de Nouméa, il regroupe les vestiges du centre pénitentiaire de Nouvelle-Calédonie.

Nous voilà, avec les amis, plantant nos tentes sur la colline qui surplombe les toiles tendues et les têtes de cerf, figures emblématiques de ce festival.

Sylvan et Daoud ont le sens de l'organisation, tout est déjà prêt, la tente est installée à côté de la tonnelle illuminée par des lampions, et si jamais on se perd, une énorme sucette Chupa Chups trône sur le côté.

Après quelques verres bien remplis, nous serpentons le festival passant d'un concert à un autre, je rencontre à chaque stand, un ami perdu de vue, un vrai bonheur.

Le matin je me réveille tout en sueur, il fait une chaleur à crever, il n'est que 7 h et soi-disant la tente est *black and fresh*.

J'essaye de me donner un air de fête mais j'avoue que mes préoccupations sont ailleurs. La médiation prend une place énorme dans mes réflexions, elle me submerge, me questionne, ce chemin du pardon est mouvementé. J'ai du mal à laisser la place à Bertrand, nos petits rencards de dernières minutes ne m'apportent plus forcément de vibrations, je le sens s'échouer dans un mal être qui ne m'appartient pas. Je n'ai en aucun cas la possibilité de l'aider, et nous décidons d'un commun accord de mettre fin à notre relation et d'acter de nouveau cette date ancrée sur notre peau.

163

Dernière limite pour écrire la lettre pour Abel, comme si j'étais sclérosée par le temps. C'est moi seule qui m'impose ces limites pour avancer même si des fois j'aurais envie de mettre sur pause. Dans ces moments-là l'inspiration est difficile.

Les mots se mélangent dans ma tête, les phrases s'entremêlent. Tellement de questionnements, dans l'attente d'une seule réponse, juste savoir que c'est une belle personne, oui une belle personne qui m'a pénétrée sans mon consentement, juste ça, pour redorer mon corps meurtri, pour que la plaie ne s'ouvre plus jamais.

Je me dis qu'il faut que j'écrive comme si j'écrivais à un enfant. Il faut que je touche son enfant intérieur.

Je m'attable devant mon bureau et commence une esquisse de la deuxième correspondance avec Abel.

« Bonjour Abel,

J'espère que tu te portes bien.

Il m'aura fallu quelques jours pour accueillir ce qui se passe durant cette médiation.

Julienne et Lola m'ont transmis tes paroles.

J'avoue qu'elles ont résonné en moi et m'ont beaucoup touchée. Ta phrase, sur le fait qu'il faut qu'on se libère la tête, qu'on se libère chacun de notre souffrance, m'a beaucoup émue. Je sais désormais que tu veux passer à autre chose. Il ne faut jamais oublier ce qu'il s'est passé, il faut en prendre conscience, pour que plus jamais ce côté sombre ne ressorte.

Je te fais confiance, tout comme je me fais confiance sur ce chemin de réparation.

Je suis heureuse de savoir que tu veux bien me rencontrer et nous allons, avec l'aide de Lola et de Julienne, pouvoir s'entretenir dans les meilleures conditions.

C'est pourquoi j'ai besoin de savoir quelques petites choses te concernant. Tu es en aucun cas obligé de répondre, mais sache que pour pouvoir m'asseoir en face de toi, j'ai besoin de cette correspondance.

Comment te sens-tu ? Que ressens-tu quand tu sculptes, que sculptes-tu ? Pourquoi as-tu choisi la sculpture ? Que fais-tu le reste du temps ? As-tu compris pourquoi tu étais en prison ? Quel sentiment ressens-tu à mon égard ? Sais-tu lire ? Es-tu heureux d'avoir ta sœur auprès de toi, qu'est-ce qu'elle t'apporte ? Te projettes tu dans ton avenir, à ta sortie ? Si oui, que retiendras-tu de ton passage en prison ?

Il est important que l'on se libère de notre souffrance afin qu'on puisse continuer chacun notre chemin en paix.

Pour ma part, j'ai trouvé ma guérison dans l'écriture, et la création d'attrape-rêves et de bijoux en macramé.

J'ai écrit un premier tome qui sera publié en février. Ce premier tome et les suivants parlent de ma reconstruction après ce drame. Les noms ont été changés bien sûr pour qu'il ne te porte pas atteinte. J'ai décidé d'en parler pour que les comportements changent en Nouvelle-Calédonie, que les femmes puissent être respectées.

J'ai repris mon travail d'infirmière après trois ans d'arrêt maladie.

Dans le dernier livre je parle de la médiation restauratrice, de ce que nous vivons ensemble pour transformer ce malheur en quelque chose de positif… »

Je me relis, quel charabia et que d'interrogations. Je me trouve très intrusive, peut-être un peu trop.

J'en parlerai avec Lola et Julienne, elles seront me guider en douceur vers cette rencontre.

164

J'ai dans l'idée de tatouer le titre de mon livre sur mon corps… comme toujours, rituel de passage.

Le premier tatouage avait été fait cinq mois après le viol, il représente un bracelet à l'intérieur duquel il y a un arbre de vie avec d'immenses racines formant un cœur. Il symbolisait la renaissance et l'ancrage.

Deux mois après, sur la cuisse gauche côté cœur, je me suis fait tatouer une phrase, celle de mon ami Eliott : « laisse-toi happer par ce vide, c'est là que l'on crée et que l'on devient. Ta vie commence maintenant ».

J'ai enchaîné avec un immense papillon, ailes déployées, au-dessus de ma poitrine, ma métamorphose commençait.

Quelques jours plus tard, je fis ajouter à la queue du papillon le signe de la résilience.

Aujourd'hui, mon amie tatoueuse me propose un troc, un attrape-rêves contre un tatoo.

Pendant que je crée son attrape-rêves, elle me dessine l'idée d'un tatouage, un soleil maya derrière la cuisse gauche avec « Le soleil finit toujours par nous lever » écrit à l'intérieur.

Je nomme son attrape-rêve, un *attrape-divinatoire*, pour la plus lumineuse des tatoueuses.

En le créant j'ai pensé à elle, j'ai écouté des mantras, je me suis baignée dans son univers, j'ai observé l'écriture de ses doigts sur mon corps, et j'ai créé…

J'ai pensé à sa profonde gratitude envers l'Univers et la nature.

J'ai trouvé, enfoui dans les perles, un pendentif cosmique, je l'ai placé sous le pompon bleuté autour duquel s'entremêlent des plumes de pintade, de dindon et de canard. En dessous, règne en princesse, le cristal de roche.

Des pierres, par ci par là, pour ouvrir ses chakras ou peut-être tout simplement sublimer leur alignement.

Et d'autres pierres qui m'ont rappelé sa force, son courage, son amour, sa détermination et sa lumière.

Nos deux créations sont magnifiques et pleines d'amour.

165

Je fais part à Julienne et Lola de mon idée de lettre. Elles me disent que pour l'instant ce n'est pas nécessaire. Leur prochaine rencontre avec Abel se fera différemment. Je n'en suis pas mécontente, je ne la sentais pas vraiment.

Aujourd'hui c'était baignade avec Sylvan à la rencontre des tortues… j'aime être en sa compagnie, c'est simple, joyeux et apaisant.

Elle est mon amie, ma petite fée du logis (souvent elle pénètre dans mon antre et le fait briller sans jamais oublier de le colorer des fleurs du jardin), jamais avide d'ondes positives, elle me sublime en m'appelant *son héroïne*. Elle est toujours disponible pour relire mes écrits et me prodiguer des conseils avisés.

Ce soir, je danse, j'écris, je crée, je me fais du bien.

166

Je décide de penser à ma bulle de bien être. Ce n'est pas un jour comme les autres, marqué au fer rouge de la violence, celui des Grenelles contre les violences faites aux femmes.

Après une nuit douce, je me lève, m'assois sur mon transat, écoute le chant matinal des oiseaux, entrecoupé de couinements de Kitkit, mon chien, qui cherche indéniablement mon attention. Je sirote mon thé et pense à ce que je pourrais m'offrir pour cette journée si particulière, qui me rappelle à ma condition de femme violentée, sans le vouloir et comme toutes, je fais partie des « une sur quatre »[42]

Je regarde mon jardin et je décide de prendre soin de lui, il fait partie de ma bulle de bien-être. J'enfourne la barre à mine, le râteau, le sécateur et la pelle dans la brouette, et je creuse, je coupe, je ratisse,

---

[42] « Une sur Quatre » : une femme sur quatre est violentée en Nouvelle-Calédonie

en une heure mon jardin avait une autre gueule. Il était si beau que ma terrasse me paraissait fade.

Alors je me lance dans un changement radical de déco. J'embauche mon fils et son pote pour déplacer les meubles. Ils le font sans rechigner.

Comme une impression de fin de cycle où tu dois te réinventer, après la mue tu dois passer à l'action. Alors j'actionne mon bonheur, je remplis ma bulle de bien-être.

À 12 h, palettes découpées, nouveau salon à base d'objets divers récupérés par-ci, par-là. J'accepte l'invitation de Daoud et Sylvan à piqueniquer en bord de mer.

Une heure de prélassement dans une eau bouillonnante, accompagnée d'une salade tahitienne, du sourire lumineux de Sylvan et des accords de Daoud à la guitare. Ma bulle se gonfle tout doucement.

À 14 h, je retrouve mon transat, qui a été agrémenté durant la matinée d'un petit parasol à fleurs et d'un tapis gazon (à défaut d'un vrai). J'ouvre ma boîte mails, la maison d'édition m'a envoyé le final, presque prêt à être édité. Je jubile, je suis fière de moi, la bulle est prête à exploser.

Je feuillette Facebook, pense à mes amis, je leur accorde peu d'attention en ce moment, mais ils ne m'en veulent pas.

À 18 h, j'arrive au château Hagen, ma bulle de bien être s'égare un peu. Les décorations de Noël illuminent quelques gens qui s'attroupent autour des nattes installées face à la scène. Beaucoup de femmes, peu d'hommes, d'ethnies différentes. Ça ne rassemble pas les foules. C'est un sujet encore tabou.

Je m'assois sur la natte, les présentations commencent, je sors mon carnet d'écriture, j'ai besoin de noter le ressenti des intervenants, comme un porte-parole, ou un porte-maux ou porte-mots, à vous de choisir.

Le premier, un prof de sport d'une soixantaine d'années, qui dénonce les violences faites aux femmes et aux enfants, avec son slogan « les femmes et les enfants d'abord ». Il n'est pas resté indifférent face à la violence faite à ses élèves. Qui plus est, c'est un homme. Mon cœur est profondément touché de l'entendre parler d'elles. C'est la plus grande preuve d'humilité pour un homme d'oser briser le silence pour nous.

Puis il y a eu la conteuse, enjolivée d'une magnifique robe aux couleurs chatoyantes. Elle nous raconte l'histoire d'une femme maltraitée et ses façons de tout faire pour éviter la malveillance de son mari.

Et arrive sur scène, cette grande dame, dans les deux sens du terme, un paréo empaqueté et une fleur dans les mains en signe de coutume. Elle dépose son offrande face à nous sur la natte, s'assoit en tailleur et prend la parole. Sa voix, tremblante et affirmée à la fois, nous conte son enfance et une scène coutumière où la femme doit en gros… la fermer ! Elle parle en son nom, elle parle en leurs noms, en nomme quelques-unes. Elle marque une pause, reprend son souffle pendant quelques secondes le temps des applaudissements. Elle retient ses larmes, gonfle son thorax et reprend son combat : celui de crier haut et fort pour que ça cesse, pour que la coutume évolue, change et porte un regard bienveillant sur ces femmes. Elle finit par faire sa coutume, celle de l'offrir aux semeurs d'amour, de respect et de dignité.

Merci ma sœur, ce soir tu m'as touchée en plein cœur.

S'ensuit une magnifique prestation de l'Adie[43], qui aide les femmes à mettre en valeur leur pouvoir créatif.

Puis c'est le tour de Lola, la juriste, qui théâtralement explique l'ordonnance de jugement - je ne suis pas sûre que ça s'appelle ainsi mais elle ne m'en voudra pas si je me trompe -.

Deux jeunes filles entrent en scène, slamant - mélange des genres - des maux entremêlés dans des mots. On sent qu'elles font partie des « une sur quatre ». Cette force dans les mots m'a laissée longtemps sans voix. Respect mes sœurs.

La soirée se termine sur une ola et une enfilade d'applaudissements et de regards compatissants.

---

[43] ADIE, Association pour le Droit à l'Initiative Économique : www.adie.org

Je rentre sur le Mont-Dore, je mets de la musique italienne à fond dans la voiture et je me dis que ma bulle de bien-être a pris une sacrée claque ce soir.

En rentrant, j'ai besoin de danser pour évacuer cette colère qui resurgit, je branche mon casque Bluetooth pour ne pas énerver mon voisin et choisis *Hair Let the Sunshine* et telle une putain de guerrière, je déambule dans mon salon, levant le poing pour que toute cette violence cesse et que les consciences s'éveillent enfin. Même si je doute d'être encore là pour voir un jour un monde, sans religion, sans politique, sans arme et donc sans violence, je l'imagine et je peux le vivre par procuration en écrivant.

167

Lundi, jour de repos, j'aime être décalée, tout le monde part au travail et nous on trace la route vers Bourail, fin du bac français, planche de bodysurf dans le coffre, à l'affût des vagues.

Le soleil est au rendez-vous, les amis aussi, Olga, Sylvan et Daoud sortent les glacières et les topettes de *number one*[44].

On s'installe sous un raisinier de bord de mer (ou résigné pour une dyslexique comme moi), nos

---

[44] Number One : cette bière « emblème calédonien » est brassée par La GBNC (Grande Brasserie de Nouvelle Calédonie) : c'est la plus vendue sur le Caillou !

papilles salivent à la vue de la salade tahitienne, des premiers litchis, et on fait un vœu de circonstance.

La mer est d'huile, les vagues tardent à surgir, nous les attendons patiemment sur notre planche. Olga et moi discutons de nos peurs des requins. Même génération… les dents de la mer nous poursuivent. Sylvan hurle « Quand on parle du loup, on en voit l'aileron ! ». Au loin, en effet, une grosse tâche noire dans l'eau et un truc qui ressemble bien à un aileron. Les garçons se rapprochent, rien ne leur fait peur. Ils connaissent par cœur le lagon et nous rassurent, c'est une raie manta de deux mètres de large. Impressionnante mais rassurante, tout en douceur et en harmonie, elle nous nargue de ses grandes ailes, le temps d'une pause photo, immortalisant ce moment magique.

Nous rejoignons notre case à Poé, de façon très patriarcale - on ne change pas nos conditionnements en un coup de baguette magique - : les femmes préparent l'intérieur, gonflent les matelas, apprêtent le petit nid douillet, les garçons partent au volant de ma Dacia pour chercher du bois.

18 h, l'heure de l'apéro au bord de la plage, agrémenté de notes musicales. Je suis pleine de béatitude en regardant mon fils gratter quelques accords.

La nuit tombe, les flammes du feu de camp nous illuminent, faisant concurrence à la lune bien ronde et pleine, mon regard vers le ciel, je suis à l'affût d'une étoile filante et là plus qu'un rêve, une réalité :

Une comète qui dure une éternité. Tout le monde a eu la chance de pouvoir l'observer et jouir de ce moment unique.

Ce sont des journées comme celles-ci qui t'ouvrent vers tous les possibles.

J'appelle Éléonore, on discute quasiment trois heures, j'ai l'impression d'être avec elle, l'impression d'être maman même à l'autre bout de la terre.

J'aime quand elle parle de moi et se moque gentiment de mon amour inconditionnel, j'aime quand elle me parle de ses angoisses, de son petit cœur qui s'éteint, de son envie de sauver les clochards qu'elle rencontre chaque jour en allant à l'université. Je la trouve forte malgré tout, quitter une île dorée pour se retrouver dans une cité universitaire en confinement y a mieux pour ne pas déprimer.

Elle avance à petits pas, parfois elle recule, comme la chanson que me chantait ma maman « les pommes faisaient rouli-roula… et hop un pas en avant, un pas sur le côté, un pas de l'autre côté… il était une bergère qui s'en allait au marché, elle portait sur sa tête trois pommes dans un panier… ».

Cet appel m'a fait du bien et je trouve l'élan pour gravir le sentier des Éoles accompagnée de mon garde du corps, Kitkit, indispensable pour que mes peurs s'envolent. La marche est difficile à réapprivoiser.

Sur mon chemin en faisant la biquette, j'ai croisé le regard d'une liane, elle était belle, je la prenais dans mes bras, je l'imaginais en attrape-noël, je me pose sur un tronc d'arbre, prend l'énergie, me berce du son vibrant des oiseaux, écoute la nature, l'observe, nous sommes en communion. Je rebrousse chemin pour chercher un peu d'aide, je reviens une demi-heure plus tard avec les garçons, ils me dégottent une autre liane beaucoup plus vieille où le bois est une sculpture à lui-même. Et me voilà partie dans la création, il est géant, j'adore. Il décore mon salon ce sera un *attrape-sapin*, à défaut d'un vrai.

168

Ce soir, je dois rendre les commentaires sur ma couverture, je suis un peu stressée et j'ai du mal à réaliser que j'en suis arrivée là, du mal à me dire que c'est moi qui aie accompli tout ce long chemin en si peu de temps.

Trois années pour se réInventer, c'est parlant et très ancré, ne dit-on pas qu'il faut trois ans pour faire un deuil…

Je décide donc d'envoyer une question à mon groupe d'amis.

Quelle 4ème de couverture choisiriez-vous entre celle de l'éditeur et la mienne.

Et la couleur, rose ou orange ?

En peu de temps les avis fusionnent, divergent, chaque message me fait reconnaître la personne, chaque message m'apprend aussi à mieux les connaître.

J'attrape un stylo, une feuille blanche et je fais un tableau, une case pour la couleur de la couverture, une case pour la 4ème de couverture et j'en rajoute une qui s'est immiscée sans que j'en formule la demande, celle pour le titre.

C'est à ce moment-là que j'en tire une grande leçon de vie. Nous sommes tous Unique mais nous formons un Tout.

Si je fais l'analyse de mon tableau, il y a autant de rose que d'orange, pour certains le rose représente la féminité, pour d'autres, c'est l'amour, pour ma sœur, ce sont les années collèges, pour Aurel c'est le chakra du cœur… L'orange, pour certains c'est la couleur que l'on porte comme symbole de non-violence envers les femmes ou encore le chakra sacré très parlant pour ce genre de livre, d'autres diront que c'est plus chaleureux, plus en harmonie avec la peinture.

Pour la 4ème de couverture, il n'y a pas photo, celle de l'éditeur, plus accrocheuse revient en boucle. Pour la mienne plus poétique, plus floue, plus d'émotionnelle… l'affect prend le dessus.

J'ai donc pris ma décision en suivant leurs conseils avisés, je choisis la couverture orange et la 4ème de couverture de l'éditeur.

Parce que certains ont été quelque peu perturbés par le titre que j'ai modifié récemment, je leur donne la raison de ce choix.

Il est déjà très affectif. C'est comme un hommage à mon papa, il n'est pas au courant d'ailleurs, c'est pour cela que je ne l'ai pas publié sur mon mur. Il le découvrira quand il sera édité.

Mon papa est un admirateur des expressions et de leur non-sens, et un jour attablé derrière son bureau en Belgique, il m'explique longuement que mon titre *Le soleil finit toujours par se lever* est un non-sens et que *Le soleil finit toujours par nous lever* serait plus approprié. Ce jour-là il a mis un doute dans ma tête. Parce que c'est mon papa dois-je le croire ? En tout cas, ce titre, je le trouve plus universel et non plus seulement centré sur les seuls humains.

J'ai ce tendre souvenir de jeunesse où il me disait *tu es aimée* au lieu du *je t'aime* du commun des mortels. Alors oui pour moi le soleil nous lève et c'est nous qui nous levons et nous couchons dans notre lit, le soleil lui ne bouge pas, et de toute son énergie nous illumine chaque jour.

Je vais me coucher en attendant que le soleil me lève !

169

Le Mont-Dore est en colère, désaccords sur l'usine du sud, chacun défend ses intérêts. La route de Saint Louis, seule route qui permet l'accès à Nouméa est bloquée, tout ce qui est bon à brûler brûle au milieu des routes, entraînant des barrages. Ils n'hésitent pas à attiser la peur en brûlant une station-service, les habitants sous le choc, défendent leur habitat, montent à l'assaut, mettant en place leur propre barrage.

PARDON MADAME

En tant qu'infirmière je peux passer mais à quel risque, recevoir un caillou, une balle ou autres faits répandus pendant la colère. Je décide de m'exiler chez Julie, une amie, sur Robinson, petite ville près de Nouméa et avant St Louis.

Ce soir, je m'attelle à ma chronique, seule arme que je peux utiliser pour faire passer un message.

J'écris « La chronique de Mafalda » :

Je n'ai pas signé pour être infirmière dans l'armée.

Je suis infirmière libérale en Nouvelle-Calédonie depuis 15 ans.

J'ai traversé les tribus de la côte est à la côte ouest, sans oublier celles de la chaîne.

J'ai été accueillie avec un large sourire et un petit thé au coin du feu, je suis repartie la banquette arrière pleine de mandarines, de mangues et d'ananas.

Je suis infirmière, et je prends soin de vous comme j'aimerai que l'on prenne soin de moi, avec bienveillance et amour.

Alors aujourd'hui pour une fois mettez-vous à ma place, souvenez-vous quand vous étiez malade qui a pris soin de vous ?

La violence et la haine n'ont jamais rien résolu, moi je choisis l'amour c'est moins lourd à porter.

Je n'ai pas signé pour être dans l'armée, je n'ai pas signé pour mettre ma vie en péril, non, j'ai signé pour prendre soin des gens.

PARDON MADAME

S'il vous plait, avec tout mon cœur, arrêtez ces barrages, ces caillassages, ces débordements en tout genre, vous valez beaucoup mieux que ça.
Respectez-nous et respectez-vous.

170

Dans le passé, je m'étais posée comme une personne ayant choisi d'être infirmière pour soigner des blessures inconscientes. Soigner les gens me permettait d'être reconnue et retrouver un peu d'humanité, donner un sens à la vie peut être.

Aujourd'hui, je défends ma position de *non-sauveuse*. Oui, j'ai décidé de vivre sans vouloir sauver le monde entier. Je ne peux qu'être une paysanne de la vie et semer de petites graines.

J'ai aussi décidé de ne plus faire partie du triangle infernal, sauveur, victime, bourreau.

Et même si, la moindre goutte de violence me submerge, je veux continuer à y croire en ce monde meilleur, en harmonie avec notre vraie nature. Ne baissons pas les bras, changeons notre regard, ne nous positionnons plus comme des victimes mais comme acteurs de notre vie.

Alors ce soir, j'ai décidé de m'inscrire sur des groupes de soutien pour les femmes violentées.

Je continuerai de suivre ce que je ressens dans mon cœur. Avoir pris soin de moi me permet à ce jour de pouvoir prendre soin d'elles. Alors c'est avec élan que je lis leurs témoignages, tous poignants, violents, perturbants, interpellants…

Je décide de leur envoyer un message. C'est ainsi que commence, après les chroniques de Mafalda, une nouvelle direction, un nouveau chemin, une porte qui s'ouvre vers l'inconnu si attendu… tout ceci en patience et amour :

Bonjour à vous toutes d'ici et d'ailleurs.

Je m'appelle Jeanne et Mafalda est mon personnage de roman. J'habite en Nouvelle-Calédonie et même si le côté paradisiaque fait rêver, les violences sévissent aussi beaucoup.

Victime de viols, j'ai trouvé un pouvoir de résilience extraordinaire. L'écriture a été ma thérapie, et elle m'a permis de transformer mon malheur en quelque chose de merveilleux. Je suis infirmière et désormais je suis écrivaine et créatrice de bonheur. La souffrance, ce chaos inexplicable m'a fait tomber dans le vide. Je me suis laissé happer par ce vide, cette petite mort déguisée et c'est de là que je suis devenue celle que je suis maintenant. J'ai été en mode victime, puis je suis passée en mode guerrière, désormais je suis juste moi en paix. Je suis en cours de médiation restauratrice avec le violeur, j'ai choisi l'Amour et le Pardon à la haine et la colère, même si ces dernières sont nécessaires un temps donné. Je publie mon premier roman, "Le soleil finit toujours par nous lever", en février. C'est une victoire extraordinaire sur la violence. J'ai réussi à transformer la violence en quelque chose de beau.

Ces épreuves m'ont appris à me découvrir et à m'aimer. Vous toutes que je lis, j'entends votre souffrance, elle résonne dans mon cœur, je vous envoie plein de lumière et d'amour. Je sais combien on peut tomber dans l'enfer et ne plus en sortir.

Voici quelques outils qui ont été libérateurs pour moi, puissent-ils vous servir aussi :

— Briser le silence, en parler, pour que la honte s'évanouisse.

— Porter plainte pour être secouru

— Aller au procès s'il y en a un, pour être reconnue par la société comme victime et non coupable.

— S'entourer de gens bienveillants

— Accueillir chaque émotion, elles doivent être vécues et digérées. Pleurez, criez, riez… Vivez vos émotions, ne les refoulez pas. Je suis infirmière et j'ai bien compris que tout ce qui ne s'exprime pas s'imprime dans le corps. Chaque maladie est une représentation de la douleur.

Soyez votre meilleure amie.

Je vous souhaite une merveilleuse journée.

Avec tout mon amour.

Des réponses arrivent en pagaille, des mercis qui parlent de résilience, d'honnêteté, de beauté, de lumière, et de positif. Certaines réponses sont négatives, en colère, l'impossibilité d'une renaissance, l'incompréhension d'un pardon…

Je décide d'écrire un petit manuel de survie d'une femme violée, d'y mettre les outils qui m'ont aidé, et surtout de donner pour une fois une belle fin à une histoire tragique.

171

Noël approche à grands pas, je retrouve mon enfant intérieur et tente d'écrire à la Mère Noël, ayant l'impression que le Père Noël est aux abonnés absents, vu le contexte ambiant sur cette belle île.

Chère Mère Noël,

Je m'appelle Mafalda, j'ai 47 ans et je sais que vous avez un pouvoir créateur exceptionnel.

Je suis triste en ce moment, mais aussi déçue par la décadence humaine.

Je souhaiterai un monde en harmonie,

Des battements de cœurs qui sonnent à l'unisson,

Des genres et des couleurs qui ne se disputent plus,

Des pouvoirs qui s'étiolent pour devenir des poussières d'étoiles,

De l'argent qui n'aurait plus de valeur,

Du rire comme arme.

Des clones de Grand Corps Malade.

Et mon dernier souhait est juste une suggestion :

« Pourriez-vous créer une Île aux cons ? », enfin si ce projet vous intéresse vous pouvez m'envoyer un message en mp (euhhh je pense que vous avez internet).

Je vous remercie de tout cœur.

Je sais que c'est beaucoup de travail en peu de temps, mais ça urge ! ! !
Merveilleuse journée Mère Noël.
Ps : au cas où vous ne trouviez pas, voici ma position GPS (-22.1199056, 166.4169231).
Mafalda

172

Je rentre enfin chez moi après sept jours d'affrontements sur les routes calédoniennes. J'ai traversé La Tribu de Saint Louis en changeant mon regard, je me suis souvenue du film de Roberto Benigni, *La vie est belle*, et j'ai décidé de voir ma réalité, celle qui me fait du bien et non celle que l'on m'inflige.

Les banderoles blanches écrites à l'encre rouge Usine du pays, *dehors Trafigura* se transforment en immense drapeau-cœur rose. Les abris de fortune longeant le bord de la route où déambulent les militants prêts à contre-attaquer avec leurs pierres se transforment en petit café terrasse, où tous les attablés trinquent à « Amour, santé, bonheur ».

S'en suit les carcasses incendiées de voitures empilées les unes sur les autres, qui deviennent des œuvres artistiques. Un nouvel art de rue est peut-être en train de se créer ? Ses œuvres nous rappelleront le souvenir douloureux de ces derniers jours, pour que plus jamais cela ne recommence.

Quand mon grand-père me parlait de la guerre, je sentais sa terrible tristesse. Ses yeux perdus reflétaient son impuissance mais tout en lui criait « que plus jamais cela ne recommence ! ».

J'aime à penser que nous vivons une nouvelle ère, celle de l'éveil des consciences. J'essaye de ne pas haïr. J'essaie juste de trouver comment rassembler unir les volontés les talents les altérités pour notre bonheur.

173

Sylvan et moi cherchions un endroit où l'on pouvait se déconnecter de tout ce grabuge environnement.

Sur les conseils avisés de Sylvan, je réserve au camping Tomo Bonheur.

Rien que le nom me plait, je me sens déjà dans un petit cocon face à la rivière La Ouenghi, un ti' punch à la main regardant le soleil qui s'estompe. À notre départ, agitation à Saint Louis qui s'embrase à nouveau. On croise les doigts pour passer avant les barrages, sachant qu'il y en a au moins quatre avant d'arriver à Tomo : Saint Louis, La Conception, Païta et Saint Laurent. À chaque endroit critique, nous passons en poussant un cri de guerre.

Arrivées à l'intersection de Tomo, nous poursuivons sur une route en terre rouge. Un portail au milieu d'un grand champ nous indique que nous sommes sur la bonne voie. Deux ou trois kilomètres plus loin, des morceaux de bois forment une clôture longeant un terrain verdoyant.

Nous pénétrons dans Tomo Bonheur, quelques palmiers dessinent le chemin, en face, l'accueil, un petit container aménagé, et en paysage de fond somnole le lit de la rivière, encore rouge des dernières pluies.

L'endroit invite à la paresse, au lâcher prise, à la détente.

Nous sommes accueillies par Charles, le gérant, qui nous ouvre les portes de son petit coin de paradis, en même temps qu'il nous ouvre son cœur avec un sourire enchanteur en guise de bienvenue. Visite guidée… parcelle de camping, douches à ciel ouvert, toilettes sèches…

Nous avons l'embarras du choix, nous sommes en semaine et il n'y a pas grand monde à cette période.

Je pense beaucoup à la médiation et à la rencontre avec Abel. Parfois je doute d'avoir pris cette décision, la peur refait surface.

Face à la rivière, j'imagine le lieu où nous nous retrouverons, ce sera en prison, c'est certain, et j'ai peur que ce soit rempli d'énergies négatives. Qu'est-ce que je pourrais ajouter comme touche pour rendre cet endroit plus beau ? Un attrape-rêves.

J'avais emmené une valisette pleine de fil de macramé, de plumes, et de bois flotté. Je décide de commencer un magnifique attrape-rêves, en pensant à cette rencontre.

Je choisis des plumes blanches, en signe de pureté et d'insouciance, du fil bleu clair, pour rappeler l'eau et son perpétuel mouvement ou l'envol de la colombe, j'y ajoute des bois cassés, pour rappeler que l'on peut redonner vie à ce que l'on pensait mort et des plumes de buse pour donner un côté tribal. Je prendrai le temps qu'il faudra pour le finir et il sera majestueux dans le lieu qui nous réunira et si par mégarde la peur arrive, je pourrai, comme le démontre la méthode du *brainspotting*[45], le regarder et me remplir d'Amour.

Nous avons passé trois jours en mode VIP, descente en canyoning de la rivière, farniente, création, lecture, rires, joie…

Ma bulle de bien être est à son comble quand tout s'écroule à nouveau, et que la violence ressurgit sans crier garde.

Je me prépare à aller fêter les cinquante ans de Sarita, mon amie de cœur. En route, je m'arrête acheter des cigarettes au petit magasin d'alimentation.

---

[45] « Le Brainspotting est une méthode de traitement puissante et ciblée qui fonctionne en identifiant, traitant et libérant des sources neurophysiologiques centrales de la douleur émotionnelle/corporelle, du traumatisme, de la dissociation et de divers autres symptômes difficiles. Le Brainspotting est à la fois une forme de diagnostic et de traitement, renforcée par des sons bilatéraux, qui produisent un effet profond, direct et puissant tout en étant ciblé et contenant. » https://www.ietsp.com/questce-que-le-brainspotting/

En sortant, un jeune homme sort son sabre et se jette sur un autre jeune en hurlant comme un animal. En deux secondes, il lui scalpe le cuir chevelu, le jeune tombe à terre comme le sabre.

Mon cerveau se met en mode sauveuse, et active l'amygdale[46]. Sans contrôler le moindre de mes gestes, j'empoigne le sabre, le jette dans le magasin, protège la patronne qui n'est plus très jeune, lui hurle de fermer le magasin. Mes cris ont une connotation guerrière de Lumière *Arrêtez d'être violents, s'il vous plaît, choisissez l'Amour.*

L'assaillant jette un énorme caillou sur une voiture garée sur le parking, le conducteur s'enflamme et démarre au quart de tour. L'agresseur se positionne face à la voiture, et d'un élan de haine, grimpe sur la voiture qui lui fonce dessus. Il s'accroche aux barres de toit, la voiture file à vive allure, il sera éjecté un peu plus loin, sans aucune blessure.

Le sang coule à flot dans les cheveux de la victime qui est à mes pieds. En une minute, j'ai eu

---

[46] Il s'agit ici de l'amygdale cervicale : « Elle fait partie du système limbique et est impliquée dans la reconnaissance et l'évaluation de la valence émotionnelle des stimuli sensoriels, dans l'apprentissage associatif et dans les réponses comportementales et végétatives associées en particulier dans la peur et l'anxiété. L'amygdale fonctionnerait comme un système d'alerte et serait également impliquée dans la détection du plaisir. » https://fr.wikipedia.org/wiki/Amygdale_(cerveau)

l'impression d'être dans un film, je pense m'être dissociée et je me regardais sauver ce jeune homme.

J'attrape ma trousse de secours, demande de l'aide, réussis à stopper l'hémorragie, les pompiers arrivent.

Je repars tremblante des pieds à la tête, me dis qu'aller faire la fête n'est plus vraiment ce dont j'ai besoin. Et comme par réflexe, je m'écoute, j'accueille ma peur, je pleure et réfléchis à ce dont j'ai besoin, ici et maintenant, j'ai besoin d'une amie, j'ai besoin de ma Coco. Je dévie de route, direction Savannah, elle est là, comme à son habitude pour trouver les mots doux qui me font oublier cette violence.

174

Ce matin j'ai rendez-vous à la FJR[47] pour la troisième médiation. Julienne et Lola sont derrière le bureau, elles me proposent un thé et sortent la dinette en plastique rose de la FJR. Elles me parlent de leur dernière entrevue avec Abel en prison. J'ai ce besoin incessant qu'elle me détaille ses émotions, son ressenti. Elles me rappellent qu'il a un vocabulaire réduit et me rassurent quant à l'humanité de cet homme. Abel leur a exprimé sa peur de me rencontrer. Il se souvient du procès, de ma haine et de ma colère. Ce jour-là, la peur avait changé de camp, c'est

---

[47] FJR : Fédération pour la Justice Restauratrice en Nouvelle-Calédonie… https://fjr-nc.nc/

lui qui la ressentait désormais. Il sait que ce ne sera pas facile de me rencontrer, il se dit honteux et sait qu'il m'a fait du mal, mais il accepte cette médiation, il dépasse lui aussi ses peurs, celles d'affronter sa victime, d'affronter ses actes.

Il n'a gardé contact qu'avec sa sœur, parle très peu à ses frères, voisins de cellules. Il se dit en sécurité en prison, être heureux de reprendre l'école, et parle de son avenir.

Je ressors émue de ce rendez-vous, le pardon résonne dans mon cœur, je suis sur la bonne voie.

175

Nous partons pour fêter noël au camping Tomo bonheur, et je suis seule avec mon fils, avant que nous rejoignent Julie et ses enfants.

J'ai comme cette impression qu'il risque de s'embêter avec moi. Quelle ne fut pas ma surprise de me dire que c'était une bénédiction. Je me suis retrouvée, moitié mère, moitié enfant. On a joué au badminton, j'ai perdu, au ping pong, j'ai gagné, on a fait du skate line en solo ou duo sur la corde. *On a baigné*[48] à la rivière au son du hit de l'été calédonien du moment, on a lancé un grand feu, discuté autour, remémoré des souvenirs d'enfance, croqué à pleine

---

[48] « On a baigné » expression Calédonienne… sur le caillou quand *on a mangé* on ne s'est pas mangé,mais quand on se baigne *on a toujours bien baigné* !

dent une côte à l'os agrémentée d'épices. La somme de tous ces moments m'envahit d'un bonheur immense.

J'en profite pour faire une petite chronique sur Noël :

Mon cher Noël,
Je trouve que tu illumines nos maisons,
Que tu fais rêver les petits,
Et réveilles l'enfant intérieur en chacun de nous.
J'ai l'impression que tu es un magicien de l'amour,
En réunissant des générations autour d'une table,
En apaisant la colère et la haine.
Alors même si, somme toute, tu es devenu le fruit d'une image marketing ou d'un roman à l'eau de rose, je t'aime moi, merci de faire vibrer nos cœurs à l'unisson.
Je vous souhaite un merveilleux noël dans la joie, l'amour et la lumière.

176

Comme tous les ans, en fin d'année, on fait un bilan, je lance la dernière chronique sur le net.

Dernier jour d'une année perturbante pour beaucoup de personnes, sublimé par une *full moon*.

Chacun fait le « bile-an », et on en a tous bien secrété de cette bile au vu du contexte sanitaire et sociétal.

La covid nous a fait sortir de notre zone de confort, nous a heurté, troublé, anéanti parfois.

Personnellement, ce petit virus maous costaud m'a fait beaucoup réfléchir à ce que je suis, une petite particule dans ce monde bien vaste. Il m'a rappelé à ma condition d'humaine, donc de mortelle, il a éveillé ma conscience et m'a fait grandir.

Il a développé en moi une capacité d'adaptation extraordinaire.

J'accueille ce qu'il se passe en moi, comme j'accueille les saisons. Pour beaucoup d'entre nous, l'hiver a été long mais on sait qu'après l'hiver le printemps arrive toujours et colore notre vie.

Alors ce soir et tous les autres jours qui viennent, dansons avec la vie, embrassons-nous, serrons-nous fort dans les bras, disons-nous des mots d'amour, augmentons nos vibrations, dorlotons nos peurs, et sans le savoir nous aurons créé un vaccin naturel.

177

L'année 2021 débute sous de beaux auspices. Mon livre est en vente, mon rêve devient réalité, mon malheur s'émerveille.

Aujourd'hui, j'ai eu l'honneur de célébrer le premier mariage impromptu de l'année au Mont-Dore.

C'est sous la pluie diluvienne, que mes amis Delphine et Zeev se sont unis et ont fait de ma journée un rayon de soleil.

Delphine ressemblait à une petite fée indienne, elle nous regardait avec un sourire haut perché sur des petites joues rosées par l'émotion.

Zeev resplendissait de couleurs, tel un top model de Benetton. Il nous illuminait de sa prestance, et de ses bras, nous enveloppait d'amour.

Puis il y a eu le passage obligé mais finalement bien plaisant devant l'adjoint au maire…un Oui, un Yes, une signature, et un baiser qui en dit long…

Des flocons de riz, vieille tradition païenne, jetés sur les mariés, leur souhaitant la plus belle récolte et le plus beau fruit de l'amour.

Et nous avons festoyé, dansé autour d'un verre de sangria.

J'ai ressenti leur mélodie d'amour, et je l'ai trouvée belle.

178

Dans une semaine, je vais visiter la prison… enfin notre futur parloir. Je dois tenter de m'imprégner ou plutôt de me préparer psychologiquement à notre rencontre. C'est bizarre, je dis « notre parloir », comme si nous préparions une cérémonie. Cette rencontre que j'ai désirée, ce besoin de comprendre, de déchiffrer d'où vient cette violence, et surtout très égoïstement pour moi, pour m'enlever l'image de cette bête sauvage, pour qu'enfin je vois en lui la lumière, car je sais que l'ombre ne peut exister que s'il y a de la lumière. Je n'oublie pas que j'ai moi aussi ma part d'ombre et que grâce aux bras enveloppants de mes parents, j'ai pu l'apprivoiser. Il suffit d'un seul pas en avant pour sortir de l'ombre.

Imaginez un enfant qui fait ses premiers pas, s'il est encouragé et reçoit de l'amour, son estime s'épanouit.

Il avait l'âge de ma fille, alors comme une maman je crois que je lui ai tendu la main pour qu'il aperçoive la lumière. J'ai une intime conviction qu'il fera partie de ces *lumineux* qui font rayonner discrètement mais puissamment notre planète.

Je ressens cette rencontre comme une cérémonie de pardon.

Dans huit jours, j'y serai, tremblante, hésitante, apeurée certainement. J'imagine le lieu, Lola et Julienne m'ont fait une description digne d'architectes d'intérieur. C'est un peu un Ikea version prison.

Ce lieu, je le sens froid. Alors j'y accrocherai l'attrape-rêves créé avec le cœur. Je déposerai peut-être une natte par terre sur la terrasse en oubliant les barbelés qui la recouvrent. Je brûlerai du bois de santal, pour faire sourdre humanité et humilité en cet endroit sévère et terne.

Oui, j'appréhende, des flashbacks reviennent mais le visage a disparu.

Petit à petit, il s'efface de ma mémoire traumatique, l'Amour me guide vers ce chemin de la guérison, puisse-t-il être doux, lumineux et voir l'espoir briller dans les yeux de tous ces êtres blessés.

Quand je doute de moi, je regarde mes créations et d'un seul coup de baguette magique, le doute, tout penaud, s'estompe laissant sa place à l'Amour de soi qui sous l'emprise d'un phénomène bio-chimique inexpliqué (et pourquoi vouloir le prouver scientifiquement) se transforme en Amour universel.

179

Ce matin, je change de tournée, c'est parti pour celle de Robinson. Je relis le mail envoyé par ma collègue pour me remémorer le sens du parcours vers mes patients. En quinze jours, j'avais bien déconnecté. Je suis ravie de les retrouver. Ils m'accueillent avec des bras chaleureux, des bisous parfois un peu baveux ou un sourire radieux. Je me rends compte que je suis leur rayon de soleil, mais qu'ils sont aussi le mien.

Cette tournée est tranquille, à dix heures je rentre chez moi. J'ai l'intime conviction qu'il faut que je passe par ma boîte aux lettres. Je décide de récupérer vite fait mon chien, histoire de le sortir un peu et je trace la route vers la poste. J'aperçois un recommandé à travers la porte de la boîte. Je passe directement au guichet pour récupérer mon colis, je sais déjà ce qu'il contient. Des frissons hérissent mes poils tout le long de mes bras, mes jambes dansent la tremblote, mes yeux s'embuent. La postière me tend le colis et me dit « Il y a un recommandé qui vient juste d'arriver pour vous » ... ça tombe bien. Pour une fois je me suis dit quel plaisir d'aller à la poste sans avoir une quelconque facture mais juste des bonnes nouvelles. Un souvenir d'enfance me revient, où chaque jour j'aimais ouvrir la boîte aux lettres, attendant des cartes postales de mes grands-parents ou de mes copines. C'était notre façon de communiquer, les boîtes mails ou les messageries n'existaient pas. Il fallait user de patience.

Je signe le recommandé, regarde le colis posé sur le comptoir, n'ai qu'une hâte le toucher, l'ouvrir et découvrir le plus beau cadeau que je ne me suis jamais offert, mon premier livre.

La postière perçoit en moi l'irrésistible envie de l'ouvrir et me tend des ciseaux. Je lui explique les raisons de mes larmes, elle est émue.

Je sors le sourire béat, le livre collé contre mon cœur.

Dans la voiture, j'ouvre la lettre qui vient du tribunal de première instance de Nouméa, je comprends vite en lisant son contenu qu'une boucle se ferme, le traumatisme après avoir été reconnu s'évapore doucement. L'aide financière de l'État arrive pour soulager un tant soit peu mon quotidien.

Je démarre la voiture, lance un petit « On va se promener à la mer ? » à mon chien, qui me regarde en remuant la queue en signe d'approbation.

Kitkit se jette à l'eau, je m'installe sur le sable encore humide des dernières pluies, je prends mon livre, contemple la couverture, la trouve très attirante et commence à lire mon roman.

Je le dévore, je suis dans la bulle de Mafalda, ce n'est plus mon histoire mais la sienne. La dissociation devient légitime et salvatrice.

Je prends de nouveau conscience du chemin parcouru.

Mon livre représente désormais, un trésor, longtemps cherché, longtemps espéré, un trésor guérisseur qui s'appelle le détachement.

180

En ces temps plutôt agités sur le caillou et ce sentiment d'insécurité permanent :

Il y a ceux qui s'isolent et barricadent leur habitation,

Celles ou ceux qui s'empressent de s'armer,

Celles ou ceux qui prient pour que le vivre ensemble soit une réalité,

Celles ou ceux qui prient pour que le caillou soit libre et indépendant…

Et il y a mon lotissement, qui a mis en place une stratégie collective et solidaire simple et peu onéreuse, qui j'espère, évitera tous débordements face aux exactions que l'on subit en ce moment.

Il s'agit d'une corne de brume que l'on déclenche si l'un d'entre nous est en danger. Les voisins sont alertés et branchent leur talkie-walkie sur le réseau commun, la communication s'établit et l'aide arrive rapidement.

Je trouve l'idée très humaniste mais je reste quand même profondément attristée d'en arriver là.

Pour moi, Il y a TOI, il y a MOI, il y a NOUS, il y a VOUS, nous sommes tous uniques, et nous partageons cette terre que nous aimons chacun pour des raisons différentes et heureusement sinon je pense que l'on se ferait chier.

La vie est une éternelle dualité, et pourtant je suis certaine qu'il est possible de vivre dignement ensemble, en semant sur cette planète des petites graines d'amour. On voit bien depuis des millénaires que semer la terreur, la colère, la jalousie ou la haine nous amènent vers notre propre destruction. Mère nature nous le rappelle bien et surtout depuis ces derniers mois.

Ne voulons-nous pas, tous, notre bonheur ?

Nous sommes dans une société qui me fait penser à un serpent qui se mord la queue. La violence ne s'arrêtera jamais si elle ne s'arrête pas déjà chez soi et à l'intérieur de soi. Ne disions-nous pas que l'éducation était le vaccin contre les violences et l'ignorance. Qu'est devenue l'éducation sous toutes ses formes bien sûr ?

Moi j'ai depuis longtemps changé ma façon de voir la vie. Avec ce que j'ai vécu et si j'avais renvoyé toutes les violences que l'on m'a infligées, je serais une serial killer. J'ai juste appris ce que la société nous a retiré ou jamais enseigné : me connaître, m'aimer et pardonner.

181

J'ai aimé ma journée, elle était paisible, j'étais sur le haut de la vague telle une surfeuse, en équilibre, sûre de moi, sourire aux lèvres. Il n'a pas fallu grand-chose pour que je réussisse cet exploit. Prendre soin de moi et accueillir.

Je comprends tellement de choses qui me paraissent désormais une évidence.

Pourquoi je suis résiliente ? Pourquoi je fais cette démarche de pardon ? Pourquoi les mots me viennent maintenant ?

Je suis résiliente car j'ai reçu de l'amour. Sans lui il me semble impossible d'être résilient. Je comprends pourquoi certaines personnes ne s'en sortent pas et plongent désespérément dans la violence.

Je pardonne car justement je sais que donner de l'amour, même à son propre bourreau, peut aider à surmonter ses propres blessures et par de ça résilier le passé.

J'ai entendu à la radio ces deux phrases de Nassrine Reza :

> *La violence n'est pas le reflet d'une émotion qui s'exprime.*
> *La violence est le reflet d'une émotion qui n'a jamais pu s'exprimer.*

Elles m'ont aussi fait prendre conscience que la violence que l'on m'a infligée n'était pas contre moi mais contre sa propre colère refoulée depuis trop longtemps. J'étais juste là au mauvais endroit et au mauvais moment.

Beaucoup de réflexions qui me mènent au haut de la vague.

Puis en fin d'après-midi, autour d'un petit apéro improvisé, Aurel m'enlace de ses bras doux et tendres, ses effluves de patchouli m'enivrent, ses vibrations résonnent au rythme de mon cœur.

Elle, mon amie de cœur, elle, ma sœur d'âme, elle, qui bientôt repartira retrouver ses racines à la Réunion, elle, que j'aimerai avoir à mes côtés, elle que j'aime de tout mon être.

Que serais-je sans elle ? Serais-je toujours là si elle ne m'avait pas guidé sur ce chemin spirituel ?

La seule réponse c'est que je suis là, ici et maintenant, en vie, surfant sur la vague.

Et pour parfaire cette soirée, mon Titi d'amour, mon neveu de cœur, m'envoie ce petit mot :

« Ma tatie, tout ce qu'elle mérite c'est de se reposer en écrivant des bouquins au bord de la piscine du Sheraton ».

182

Le compte à rebours est lancé, dans quatre jours j'y serai.

PARDON MADAME

Une réalisatrice m'avait proposé de me suivre durant cette médiation, j'avais finalement accepté, pensant que nous étions en train de vivre une aventure hors du commun et que l'on pourrait transmettre un message différent de celui que l'on voit dans ce genre d'affaires criminelles.

Cette réalisatrice doit rencontrer Abel en prison pour lui demander s'il accepte d'être filmé.

Elle me l'a aussi proposé hier soir.

J'ai été surprise, je n'y étais pas du tout préparée. Cette rencontre était déjà difficile pour moi. Porter un micro et être entourée de caméras me perturbait un tant soit peu.

J'avais peu de temps pour donner ma réponse et finalement j'acceptais, après tout, j'avais déjà écrit l'histoire, j'avais essayé de passer un message et médiatiser cette rencontre pourrait peut-être me permettre de poursuivre cet élan dans lequel je me suis lancée.

J'avais ce ressenti qu'il accepterait, j'ai l'impression qu'il est dans cette dynamique de reconstruction et du pardon.

Beaucoup de personnes pensent que la justice restauratrice permet à l'auteur des faits d'avoir une remise de peine, ce qui est faux, c'est simplement permettre de comprendre la douleur impactée, permettre de prendre conscience du mal et trouver une libération par la parole.

Et pourtant, toutes mes peurs resurgissent par moment depuis ces deux dernières semaines.

En fin d'après-midi, en quittant la Tamoa submergée par la pluie trop fréquente, je prends connaissance d'un mail qui me fait sourire. Abel accepte la présence des caméramans. C'est un grand pas pour lui aussi et cela me donne confiance.

J'avais besoin d'appeler la réalisatrice pour savoir comment elle l'avait trouvé, son regard, ses attitudes et tout… comme pour la première rencontre en présence de Julienne et Lola, j'avais ce besoin profond qu'elle me décrive tous les détails.

Elle avait l'impression qu'il exprimait le désir d'une reconstruction, mais il était très angoissé par notre face à face.

Elle a insisté sur le fait qu'il avait peur de me rencontrer, peur de retrouver celle que j'avais été durant le procès, agressive, haineuse, crachant le poison de la violence qu'il m'avait injecté.

Qu'il ait peur de moi me fait sourire, c'est le comble.

Après ces mots, je le perçois comme un jeune adulte fragile et en questionnement.

Les rôles s'inversent.

Finalement, je crains moins cette rencontre.

On est liés depuis plus de trois ans, liés par une tragédie, on a baissé nos armes, laissé parler notre cœur, tissé un lien plus humaniste, parlé de notre souffrance, on s'accroche à cette toile fragile espérant transformer notre malheur en quelque chose de plus beau.

183

Telle une prisonnière, je décompte les jours avant ma libération.

Trois jours avant de le voir, trois jours avant de m'asseoir en face de lui sans qu'une scène violente ne vienne entraver notre rencontre.

Ce J-3 a été entremêlé de joie, de tristesse, d'une résurgence de tous mes traumas, des entre-deux bienveillants portés par une famille de sang et de cœur, et d'un ici et maintenant.

On fait le bilan de ce qui nous a donné de l'amour et les plumes qu'on y a laissées.

Telle une guerrière, je suis montée au front, j'ai pris l'assaut, j'ai pris des coups dans la gueule, mais une horde de « sœurcières » était là, un combat se gagne si on est plusieurs.

En ce J-3, je ne suis plus dans le combat mais dans l'acceptation et l'adaptation, je ne cesse d'y croire, même si des petits *cons-ditionnements* viennent me titiller l'esprit.

Une chose est sûre, je ne laisserai personne déshonorer mon choix.

En ce J-3, je travaillais sur Boulouparis, et comme par hasard cet après-midi j'ai été inondée d'amour par mes patients comme s'ils ressentaient ce qui m'arrivait : le premier m'offre mon repas du soir, un plat réunionnais à base de poulet, riz agrémenté de gingembre et de petits légumes, le second me tend dans un tupperware deux parts de gâteau de pain à la banane encore un peu tiède et le troisième me dit que je suis un ange venu du ciel… Hasard ou coïncidence ?

Il est 22 h 10, je m'allonge dans mon canapé sur la terrasse, tamise la lumière, fais en sorte d'être bien installée en calant deux oreillers sous ma nuque, endolorie par une journée de libéral, et commence à pianoter sur mon écran, le livre Pardon Madame se termine, on clôt un chapitre, puis deux, puis trois et on écrit Fin.

Car après il n'y aura pas de suite, une nouvelle vie commencera, celle d'une aventurière écrivaine romançant chaque rencontre.

Dans deux heures nous passerons à J-2, je visiterai notre parloir, puis j'irai rencontrer la directrice d'une librairie de la place qui est emballée par mon livre. Le midi, Rimbaud m'invitera au resto, tête à tête mère-fils, un rêve devenu réalité.

184

Il est 7 h 38, j'arrive face à la prison, je suis en avance, ma gorge se noue, les larmes coulent avec raison, je ne contrôle plus depuis longtemps, je laisse sortir et j'ai ce besoin d'écrire pour poser mes mots. J'hésite à me garer devant la prison ou face à la mer, je choisis la vue mer.

Christophe Mahé passe à la radio, la mélodie résonne en moi « Et je rêve de décrocher la lune, je rêve de lumières qui s'allument, je rêve, Messieurs Dames, je rêve… ».

Mon cœur bat trop vite, il est à quelques centaines de mètres de moi dans sa cellule, je l'imagine regarder le ciel à travers les barreaux, angoissé aussi.

Je fume une cigarette, puis l'écrase dans mon cendrier, j'éteins le contact, ravale les dernières larmes et ferme la voiture.

Je me dirige vers le poste d'accueil, prend une grande respiration, l'expire tout en rehaussant mes épaules.

Rester digne, restez fière, la rivière devient océan…

Je tends ma pièce d'identité, tout en saluant le gardien d'un large sourire. Je l'informe que je suis attendue par la psychologue dans le cadre d'une médiation restauratrice, un clic sonne l'ouverture de la porte, j'aperçois Julienne derrière la porte suivante, ses yeux lumineux m'attendent avec bienveillance.

Je pénètre dans cet univers inconnu, apeurée, bouleversée, mais je sens le soutien de Julienne dont les paroles me mettent en confiance. J'observe, comme à mon habitude, ce qui m'entoure, je m'imprègne, j'imagine la vie des détenus.

Comment peut-on sortir indemne de cet endroit ? Comment a-t-on pu inventer un système carcéral comme celui-ci ?

La chaleur est accablante et je ressens une énergie lourde, pesante malgré le sourire du personnel.

Je sursaute en voyant un rat mort sur mon chemin, je repense à ma Gallou qui me disait toujours que le rat était une représentation de la mort, mais loin d'être négatif, la mort symbolisait la fin de quelque chose et une renaissance. Alors, j'entends ce signe et je souris.

Julienne nous dirige vers son bureau, on longe des bâtiments en agglo, je regarde vers le ciel comme si j'avais besoin d'air, je dévisage l'immense grillage qui couronne le mur d'au moins cinq mètres de haut, j'aperçois la mer au loin, une prison dans un paysage paradisiaque.

Après une dernière porte sécurisée, je m'installe dans le tout petit bureau de Julienne et c'est autour d'un verre d'eau fraîche que je confie mon ressenti. Elle est là, sécurisante, rassurante et empathique.

Il est 9 h : l'heure de visiter ce que l'on appelle *l'unité de vie*, un petit appartement mis à la disposition pour les détenus et leur famille.

Nous repassons plusieurs portes, une gardienne nous accueille en me claquant une bise, sans le savoir elle m'a mise à l'aise, j'avais l'impression d'être de la famille. J'aime la Calédonie pour ça.

Je passe dans le détecteur de métaux, un peu comme quand on part en voyage, un gardien nous accueille de l'autre côté, et pareil, nous claque une bise amicale.

Je palpite, je m'imagine dans deux jours, il sera là, derrière la porte. Je pleure, Julienne pose sa main sur mon dos en signe de réconfort.

Je rentre dans la pièce, surprise, elle me fait penser aux bungalows de la mutuelle des fonctionnaires[49]. Une table ronde recouverte d'une nappe en plastique un peu usée, quatre chaises en plastique blanches, un petite kitchenette toute équipée, un salon avec un grand canapé faisant face à deux vieux sièges, une chambre avec un lit double, une chambre avec un ou deux lits simples, je ne sais plus, l'intimité des chambres m'importe peu et me perturbe plutôt. Une fenêtre ouvre sur la terrasse fermée par quatre murs et des barbelés.

Je m'imaginais mettre une natte sur cette terrasse mais j'avoue que la chaleur, le bruit des détenus et la petitesse m'ont vite enlevé cette idée de l'esprit.

Julienne me demande d'imaginer mon arrivée, sachant que j'ai demandé qu'il soit installé avant moi, considérant qu'il m'invitait dans son lieu de vie.

En prenant en compte les caméramans et la réalisatrice, Lola et Julienne, l'espace se réduit. Quand j'arriverai, il sera en face de moi, ce sera direct mais on ne va pas tergiverser. Derrière lui, mon attrape-rêves, créé pour l'occasion, sera accroché au

---

[49] La mutuelle des fonctionnaires de Nouvelle-Calédonie possède des centres de vacances (Poé, Dumbéa…)

mur, je pourrais l'admirer si j'ai besoin de poser mon regard ailleurs.

Julienne finalise notre entretien et telle une serveuse, me demande ce que j'aurai envie de boire, « une canette *small* de coca normal s'il te plaît », me propose ce que l'on pourrait grignoter, une impression de room service. Tout est mis en place pour que je me sente bien et que lui aussi se sente bien. Nous ne sommes plus au procès, nous sommes en médiation, nous sommes là pour métamorphoser un malheur, l'embellir, et le rassurer.

Il est 9 h 30 quand je quitte la prison, soulagée et légère, d'autant plus que j'ai rendez-vous avec une grande librairie de la place pour *l'émotion* de mon livre (oui, je préfère *émotion* à *promotion*).

La peur passe le relai à la joie. C'est pour cela que j'aime profondément la vie, pour son ambivalence perpétuelle.

Je ressors de mon entretien, sautillante. Je suis reconnue comme victime certes, mais aussi comme écrivaine et je jubile.

Je crois en moi, je lâche prise, et je vais chercher une pierre pour lui faire un collier, comme une coutume de pardon. Et dire qu'il y a de ça deux ans, tout cela m'aurait paru insensé et inimaginable.

J'entre dans le magasin de mon amie, mon regard se pose sur une turquoise amérindienne, j'écarquille les yeux quand je vois la signification de cette pierre, c'est la pierre du pardon. Je souris à mon intuition, ce merveilleux outil de protection.

En rentrant ce soir, j'ai embrassé mon fils, j'ai aimé le regarder travailler avec plein de belles résolutions comme toutes celles que l'on a quand on commence une année scolaire, et puis oh surprise, dans ma cuisine, une tête de rat m'a été déposée en offrande par mon chat.

Deux rats morts dans la journée ça ne m'arrive pas tous les jours. Je raconte l'histoire des rats et la symbolique à mon fils, il rit, il aime croire au hasard alors je le laisse faire son chemin.

<h1 style="text-align:center">185</h1>

Onze heures avant la médiation, je me demande comment je serai.

Je ne sais pas, je n'ai plus envie d'y réfléchir, je laisserai ce qui sortira.

Je m'interroge sur le ressenti d'Abel. Quel est son état émotionnel, prendra t'il lui aussi un cachet pour dormir comme moi ?

L'angoisse monte, je descends doucement de ma vague. La nuit porte conseil.

Demain sera un jour pas comme les autres, tout ira bien.

186

Ma nuit a été entrecoupée de réveils nocturnes avec l'image de lui face à moi, quelques suées, quelques angoisses légitimes.

J'avais préparé hier soir mes affaires, en hésitant entre deux tenues. J'ai opté pour la tenue simple, tee-shirt Desigual coloré (je viens juste de repenser au tee-shirt que je portais lors de mon agression, un tee-shirt Desigual coloré aussi, c'est bizarre ce que l'inconscient nous fait faire), un legging noir, mes sandales de spartiates. J'ai choisi aussi les colliers pour l'occasion, celui avec la pierre en cœur de cristal, celui qui porte un ange de Bali, et un autre de mes créations couleur turquoise, couleur du pardon. Je me prépare la boucle d'oreille créée pour l'occasion, couleur du soleil agrémentée de plumes.

J'avais ressorti les images d'Abel, celles de la police, les faisait défiler sur mon écran en face duquel j'étais assise.

Une façon particulière de me préparer au face à face.

J'ai ressenti encore de la colère et j'ai beaucoup pleuré.

Avant de me coucher, je me suis sentie soulagée et prête à aller jusqu'au bout.

J'avais appelé Sylvan pour qu'elle m'emmène à la prison, car sous mes grands airs de courageuse, je n'en menais pas large et j'avais besoin d'aide.

Le réveil sonne à 5 h30, je peine à ouvrir les yeux, j'émerge et mon mental s'active telle une locomotive. Pschitt…. Une petite voix certainement la voix de la peur résonne dans mon cerveau :

— *Alors c'est le jour J ma grande*, il faut que t'assure maintenant. Ah tu ne fais plus la maligne, dis-le que tu as peur ?

Je lui réponds, je la rassure de ma petite voix intérieure, celle qui vient du cœur :

— Bien sûr que j'ai peur, et c'est normal, je t'accueille petite peur, ne t'inquiète pas tout va bien se passer, j'ai choisi le chemin de l'Amour et tu ne pourras pas m'en détourner.

Je me lève, souriante et d'un pas vif, je réveille mon fils, lui prépare des tartines grillées et du jus de citron miel, il m'éblouit de son sourire matinal. Je me dis qu'il est gâté par la vie, il a des parents, séparés, mais aimants.

Je file sous la douche, passe un bon moment à sentir l'eau pénétrer dans chacune de mes cellules, j'inspire, j'expire, j'inspire, j'expire…

La tension monte, je m'habille, me trouve plutôt bien apprêtée pour cette rencontre, j'inspire, j'expire…ça monte encore, je bois deux bonnes gorgées d'eau, Sylvan arrive, nous partons direction le lycée afin d'y déposer nos garçons et nous traçons la route vers la prison.

Dans la voiture, je fais comme si, mon fils fait comme si aussi, on parle de tout et de rien et surtout pas de ça.

Nous sommes un peu en avance et décidons avec Sylvan de nous poser autour d'un café sur une terrasse de la place. La tension redescend quand je croque dans mon cheesecake à la framboise et sirote mon chocolat chaud.

8h30, on arrive devant la prison, mon cœur s'emballe, encore dix minutes à attendre, c'est insupportable, il faut que je m'occupe. Sylvan est là avec sa bienveillance et sa bonté, on fume une clope, parle du dernier bouquin en vogue.

8h40 je recommence le même scénario qu'il y a deux jours, présentation de ma carte d'identité, une porte, une deuxième, mais cette fois-ci, Julienne n'est pas là pour m'accueillir, petite couille dans l'organisation administrative mais ce n'est pas grave car je suis gentiment accompagnée par un gardien très compatissant. Il doit connaître la raison de ma venue… ces rencontres là ne courent pas les rues.

Lola arrive en s'excusant, m'accueille dans ses bras chaleureux, son regard est embué par l'émotion. Elle me dit que c'est la première médiation qu'elle fait et qui va jusqu'au bout.

Il est 9 h quand je passe le sas de contrôle, je retiens mes larmes, ma gorge se noue, j'étouffe…en quelques secondes je crée ma bulle de bien être, mes enfants, ma famille, mes amis, ma chanson *somewhere* on the *rainbow*... je prends Lola dans mes bras (elle fait partie aussi de ma bulle de bien être), je fonds en larmes, ma gorge se dénoue petit à petit. Je suis à cinq mètres de lui, un mur nous sépare, il est installé dans l'unité de vie, on attend le signal de la réalisatrice pour entrer. Elle m'installe un micro, j'ai l'impression d'être dans un speed dating, ça me fait sourire quand les choses peuvent être prise en dérision.

La réalisatrice contrôle le micro, je la sens très émue, ses doigts tremblent. Tout le monde à ce moment-là me paraît très touché par notre démarche.

Je reprends confiance en moi, je rehausse mes épaules, me tiens droite.

Un « C'est bon » de Lola suffit à relancer mon rythme cardiaque, j'enlève mes chaussures, j'ai besoin de sentir le sol, d'être ancrée, puis j'avance vers la porte...

Il est là face à moi, derrière la table, mains sur les genoux, les yeux baissés vers le sol, il ne me regarde pas, je ne regarde que lui, j'attends de voir ses yeux, je m'assoie, il lève son regard, un court instant nos yeux se croisent, et c'est à ce moment-là que j'ai su que je n'avais pas fait tout ce chemin pour rien.

Il est là, lumineux, avec un regard doux, bienveillant, un sourire timide et honteux, il parle peu, mais pour moi ce n'est pas le plus important, c'est mon ressenti.

Je sens de belles énergies, j'ai l'impression d'avoir une autre personne en face de moi. Ce n'est plus un violeur, c'est un jeune homme de 21 ans blessé par la vie.

Après un silence nécessaire, je prends la parole, je le remercie d'avoir accepté de me rencontrer et je le rassure en lui expliquant que je ne suis plus dans la haine et la colère mais dans l'amour et que je ne vais pas lui faire de mal. Je sens ses épaules se relâcher, il est en confiance, je suis en confiance, nous sommes en confiance.

Nous apprenons à nous connaître, il parle peu, s'excuse souvent de ne pas trouver les mots pour exprimer ce qu'il ressent, je suis envahie par un profond sentiment empathique et je sors une enfilade de mots bienveillants qui viennent du plus profond de mon cœur, je lui parle comme si je parlais à un de mes enfants.

Je lui rends aussi la violence qu'il m'a infligée, lui explique qu'elle ne m'appartient pas, et qu'il peut choisir d'en faire ce qu'il en veut.

Il est touché en plein cœur, il comprend que cette violence, il doit l'extérioriser d'une manière différente, en la malaxant, la transformant en quelque chose de beau.

Il aime l'attrape-rêves qui a été accroché derrière lui, je lui raconte que c'est le fruit de ma violence intérieure, il sourit.

Je remarque son nouveau tatouage sur le visage, rituel des prisonniers et l'interroge sur sa signification. Il m'explique qu'il s'est fait tatouer l'ombre et la lumière sur le front et hier son animal totem, un lézard, symbole de la renaissance et du renouveau. Je lui raconte l'histoire des miens. Nous avions ce point commun… le besoin de ritualiser nos actes en les encrant sur notre corps.

Puis je lui tends mon cadeau au-dessus des victuailles qui remplissent un peu trop la table, je vois enfin ses mains, je les trouve belles.

Je lui dépose dans le creux de la main la turquoise montée en collier accompagnée d'un petit mot qu'il lira en rentrant dans sa cellule. J'entoure mes mains autour des siennes, l'énergie passe, nos regards se croisent, il retient ses larmes, je n'ai pas de crise de panique, plus d'angoisse, ce qu'il reste de sang séché s'évapore.

J'ai envie de fumer, je demande une petite pause. J'aurais aimé m'entretenir avec lui sans caméra ni micro, mais il ne fume pas. Je fume ma cigarette, Lola me rejoint heureuse de la tournure de cette médiation, un papillon se pose sur moi, elle s'exclame, moi j'ai l'habitude, je communique déjà depuis longtemps avec eux.

On reprend le cours de la médiation, je lui demande des excuses, il me dit Pardon Madame et s'excuse du mal qu'il m'a fait.

Je lui réponds que si je suis là c'est que je crois en lui et qu'il peut être quelqu'un de bien.

Je lui pardonne.

Nous avons libéré notre souffrance, nous allons pouvoir continuer notre chemin, chacun de notre côté, le dos allégé.

Puis je demande ce moment d'intimité avec lui, j'ai besoin de lui parler seule sans micro, ni caméra.

Il s'assoit dans le canapé, ne quittant pas la pierre des mains, je suis accroupie face à lui.

J'enlève ma boucle d'oreille, lui tends et lui dis :

— Je souhaite de tout mon cœur que tu trouves une vie stable et heureuse quand tu sortiras de prison. Et si un jour tu tombes amoureux, respecte ta femme, reste dans la lumière et dans l'Amour… surtout n'oublie jamais ça. Tu lui offriras cette boucle ou une autre que tu auras choisie parce que sa beauté t'inspirera à jamais *amour et respect* pour celle qui la portera.

Il me regarde, j'ai l'impression que c'est beaucoup pour lui, il n'est peut-être pas habitué à cette bienveillance.

Un merci silencieux sort de ses lèvres.

Nous reprenons notre place à table, Lola nous propose de dire en un mot ou deux notre ressenti pour clore cette médiation.

Il commence en disant « J'ai le cœur qui a explosé, je pars avec de l'Amour, je n'ai pas d'autre mot », je suis touchée moi aussi en plein cœur, le soleil finit par nous lever. Je poursuis en disant simplement « Je me sens légère et libérée ».

Il s'apprête à partir, je me lève, lui serre la main en lui tapotant le dos amicalement, lui glisse un « Prend soin de toi » et lui promets de lui créer un attrape-rêves pour sa cellule.

Nous débriefons avec l'équipe qui est profondément sous le choc émotionnel de cette scène de vie qui ne ressemble à aucune autre.

Je sors de la prison, la porte claque derrière moi, à l'intérieur de moi, j'entends le son d'une autre porte qui s'ouvre, celle de la liberté.

Et sans le vouloir, je deviendrai aux yeux des autres une héroïne.

187

Ce matin j'assiste à la dernière médiation avec Lola et Julienne. Elles sont, comme à leur habitude, souriantes, joyeuses, et bienveillantes.

Des mois sont passés depuis la rencontre avec Abel. Des mois durant lesquels j'ai été mise en lumière : dédicaces, interviews, Association des écrivains de Calédonie, Bibliothèque humaine, Maison du livre, proposition de réaliser un documentaire[50] à l'échelle nationale… des témoignages à foison.

---

[50] Réalisation d'un documentaire en 2022 (production Latitude 21 Pacific) « L'ombre de Mafalda ». Ce documentaire retrace l'histoire de ma reconstruction. Il exprime toute l'importance de la prise de parole libératrice et de l'engagement dans la « justice restauratrice ».

Des mois où j'ai été envahie par le vide aussi, et un besoin irrépressible de m'isoler à nouveau. Il fallait accueillir le raz de marée émotionnel que cette médiation a provoqué dans tout mon être.

L'étiquette d'héroïne qui me collait à la peau ne m'appartenait pas.

N'acceptant pas les Héros, j'ai choisi Éros.

Notre société les adore ces héros, forts, combattants violents, réussissant à tuer les méchants, se croyant capables, du haut de leur pouvoir et de leurs certitudes, d'éradiquer le mal par les armes et la soumission.

J'ai choisi Éros[51], le dépassement des turpitudes par l'amour et la générosité. En cheminant vers le pardon, je prenais la voie féconde de l'Amour, laissant derrière moi les ornières et obstacles que génèrent la haine et la vengeance.

L'harmonie de cette médiation m'a permis de voir en l'autre ses possibles, de ne pas me sentir coupable de m'être trouvée sur son parcours de violence… coupable de rien. Mais en un temps un lieu, j'ai servi d'exutoire, de défouloir pour une âme en souffrance.

Mon regard sur Abel s'est façonné, affiné tout le long de cette médiation. Petit à petit, il quittait son rôle de bourreau pour devenir lui aussi un *Éros*, en

---

[51] Éros « est le dieu primordial de l'Amour et de la puissance créatrice dans la mythologie grecque ». Par intuition plus que par de savantes recherches ce dieu à ma préférence (https://fr.wikipedia.org/wiki/Éros)

osant prendre la parole, en ne niant pas les faits, en reconnaissant la violence de son acte et espérant pouvoir en atteindre une pleine et nette conscience.

Il garde une âme d'enfant blessé. Sachant qu'il a fait quelque chose de mal. Il ne comprend toujours pas à ce jour les raisons de son acte. Il se décrit comme un monstre, se demande s'il pourrait devenir un gentil… il craint le regard de la tribu.

Comme un enfant, il a compris la leçon.

Comme un enfant, il a rangé tout cela dans une boîte et il l'a abandonnée sur le chemin.

Et comme un adulte fragile, il se demande comment il va se reconstruire après tant d'années d'enfermement, quelle place il va avoir au sein de sa famille, et de la société ?

S'il rencontre quelqu'une il s'est promis d'en parler.

Il lui offrira cette boucle d'oreille.

Il la respectera ainsi que toutes les autres.

En terminant cette médiation, je prends conscience que la croisée de nos destins s'arrête là, il part à gauche, je pars à droite, nous allons chacun tracer notre route avec l'espoir de réussir notre vie avec *ÇA*. Les dernières paroles d'Abel me laissent sans voix :

> *J'avance.*
> *Tout ce que j'ai fait est derrière moi.*
> *C'est comme s'il y a une aiguille qui pique encore.*
> *Mais je crois que je vais réussir quelque chose dans ma vie.*

PARDON MADAME

J'ai encore beaucoup de mal à prendre conscience du chemin parcouru. Les larmes montent… En trois années tant de chutes et des montagnes à gravir, tant d'amour reçu inconditionnellement, tant d'espoir dans le désespoir…

ÉPILOGUE

Pardonner ne signifie pas que les actes nuisibles ne sont pas mauvais ni qu'une personne n'aura pas à affronter les conséquences de ses actes. Le pardon n'est pas une absolution.
Pardonner, c'est briser le cycle de la haine

Mathieu Ricard

2041
CATFARM
(POUSSAN)

Je pose la lettre sur la table de la terrasse de mon van, je ne sais pas de qui elle peut venir. Le timbre représente un cagou[52]. Ça fait longtemps que ma boîte aux lettres est vide, le numérique a pris le dessus.

Le cagou, la Calédonie, plus de quinze ans que je n'y ai pas mis les pieds.

J'avais quitté ce Caillou pour finir un cycle de vie. Pèleriner sur les chemins de Saint Jacques de Compostelle, marcher seule plus de 1 500 km, tirer un trait sur les peines passées… peut-être défier les destins.

Je retrouvais mes racines en m'ancrant dans cette terre que j'avais fuie pour réaliser un rêve de jeunesse, une vie au SOLEIL.

Ce compagnon de mes rêves comme de mon quotidien efface le voile de la nuit sur la vallée. Je regarde et sens les vignes s'ouvrir à la vie. Je prends cette lettre, la fait tourner entre mes doigts, l'ouvre délicatement. Détient-elle un trésor irremplaçable ?

Apparaît une photo de famille. Je l'observe avec minutie, je le reconnais, il est souriant. À côté de lui

---

[52] Le cagou, ou kagou huppé, est un oiseau qui ne vole pas, ne chante pas mais aboie pour marquer son territoire. C'est une espèce endémique protégée de la Nouvelle-Calédonie.

une femme, certainement sa compagne, et un bébé. Derrière eux, je revois le papayer qu'il avait fait pousser en prison et que j'ai planté sur la route de Poindimié pendant le tournage du documentaire. Ce papayer symbolise l'union de nos forces pour voyager vers le pardon et la résilience.

Deux petites lettres accompagnent la photo.

Je lis la première écrite sur une feuille de cahier d'école. L'écriture est enfantine.

« Bonjour Madame, je vous présente ma famille, ma femme Joanna, mon fils Solal. Je les aime beaucoup et je suis heureux.

Je vous renvoie le poème que vous aviez caché dans le petit sac de la pierre du pardon. Qu'il puisse vous être utile dans vos moments de doutes !

Olé[53] Madame »

Ces années-là me reviennent comme un boomerang, ma poitrine s'accélère, mes doigts deviennent moites. Comme elle le fait de temps en temps la mémoire traumatique, restée gravée dans mes souvenirs, pique mais désormais je peux la remplacer par les beaux souvenirs du pardon et savourer les fruits de sa récolte.

Avec émotion, je déplie délicatement la deuxième feuille jaunie par le temps, les bords rongés par

---

[53] *Olé* contraction de *Oléti* veut dire *merci beaucoup* en langue kanak de Lifou

l'humidité. Je reconnais mon écriture, aussi naïve que celle d'une enfant précoce dans sa quête de simplicité et d'humanité.

> *La Vie,*
> *Elle possède sa magie propre*
> *Elle porte un pouvoir bien plus grand qu'il n'y parait*
> *Tu ne sais pas toujours où elle te mène*
> *Mais elle te mène*
> *Sois confiant, sois toujours confiant*
> *Tu vas vers le meilleur de toi*
> *La vie t'y porte, la vie t'y mène*
> *La vie te le souffle dans les veines*
> *La vie te le bat dans le cœur*
> *Aie confiance, toute confiance*
> *C'est du beau qui t'attend*
> *C'est du beau qui s'offre à toi*
> *Même si parfois, tu ne le vois pas*
> *Laisse-toi porter par la magie et ne réfléchis pas*
> *Un jour, tu comprendras…*

Aurélie Moreau avait écrit ce poème, il m'avait aidé à voir la vie en rose. Par lui je voulais juste dire à cet homme que l'on était en Vie.

Je regarde vers le ciel, un papillon se pose sur ma main, me rappelant la force et le courage que nous avons eu en osant changer nos regards, le pardon résonne dans mon cœur.

J'inspire… J'expire…

PARDON MADAME

Quel merveilleux malheur ![54]

Quel merveilleux malheur ![54]

APARTÉ

PARDON MADAME

À ce jour une femme sur quatre est victime de violences sexuelles en Nouvelle Calédonie, triste record national. Le viol y est encore un tabou. Briser ce tabou et le silence qui nous ronge de l'intérieur, qui nous enferme et paralyse nos possibilités c'est transformer les cris de souffrance et de colère en paroles d'humanité libératrices.

Ainsi j'ai pu sortir de mon enfermement.

J'ai vécu mille vies dans ce corps, ce corps qui a ramassé son lot de plaies, blessures, douleurs mais qui n'a jamais oublié l'essentiel, danser, rire, chanter, pleurer, crier… vivre ses émotions sans retenue.

Peut-être que vivre, c'est être sur une corde tendue, trouver le bon équilibre, laissant le passé derrière soi en s'immergeant dans le moment présent, acceptant que le futur comme l'horizon comporte sa part d'illusion, qu'il puisse s'éloigner quand on l'approche, mais qu'il reste toujours un guide quand nous le nourrissons d'espoir.

C'est faire confiance en la vie, continuer de semer des graines d'amour même si la récolte peut être dévastée, c'est oser faire vibrer les cordes de sa vie sans jamais les casser, accepter que le bonheur n'existe pas sans le malheur, considérer que chaque épreuve est un tremplin vers un meilleur.

C'est accueillir ses émotions sans les refouler et jamais oublier de croire en ses rêves, car notre puissance est illimitée et notre pouvoir sacré est beaucoup plus doux que celui qui règne en ce monde actuel.

Je continuerai d'être aventurière, de partir à la rencontre de l'autre.

L'écriture donne un sens à ma vie, l'émerveille au quotidien. Je me souviens du message divin de ma grand-mère :

> *Paix, amour et lumière*
> *Le passé se ferme à jamais*
> *La lumière va éclairer ta vie*
> *Abolis le mot PEUR*
> *Paix à toi mon ange*
> *Ta voix est ancrée,*
> *Ta voie est tracée.*

Les mots TA VOIX et TA VOIE vibrent en moi. À l'époque ces deux mots ne me parlaient pas, désormais ils prennent tout leur sens.

S'exprimant quelquefois criant haut et fort, ma voix a guidé ma voie… oui je suis fière de la vie que je me suis réinventée.

Désormais, j'ai envie de porter la voix de toutes celles qui ne veulent plus se taire. Une nouvelle vie s'offre à moi, je m'élance doucement dans ses bras.

REMERCIEMENTS

PARDON MADAME

Merci QUINO[55], grand dessinateur *philosofantasque* ! Sans lui, Mafalda n'existerait pas. Mafalda m'a aidée à tisser les mots de ma souffrance. Elle a illuminé mon quotidien. Tout au long de ma guérison, je suis restée dans son ombre, désormais elle est ancrée/encrée sur ma cuisse gauche, elle tient un ballon rouge en forme de cœur à la main, Mafalda et moi Jeanne nous ne faisons plus qu'une.

Profonde reconnaissance pour ma choupinette, qui malgré la distance, depuis la Métropole, continue à me rendre heureuse… et pour mon petit prince qui émerveille ma maison chaque jour. Merci à eux de s'être magnifiquement adaptés à ma métamorphose et d'avoir cru en moi.

Merci à mon père, sans qui ce livre n'aurait pas tout à fait le même goût, les mêmes couleurs. Merci à ma mère de m'avoir portée tout en me protégeant de sa propre souffrance. Merci à ma sœur d'avoir fait écho à mes écrits avec amour et patience.

Merci à Sylvie, pour son soutien inconditionnel, ses douces saveurs préparées avec amour pour rassasier mes doutes durant toute l'écriture de ce roman.

---

[55] Joaquín Salvador Lavado Tejón dit QUINO : auteur du *comic strip* « Mafalda » mettant en scène une petite fille curieuse et philosophe s'interrogeant sur l'actualité et le monde des adultes :
https://www.linternaute.fr/biographie/art/1775562-quino-biographie-courte-dates-citations/

Merci à Julie Corinne et Marc pour l'amitié indéfectible qu'ils m'accordent depuis tant d'années.

Merci à mes amis balinais, aux catfarmeurs qui m'ont redonné le goût de vivre… On se retrouvera bien vite !

Merci à Claudie, Kate, Christine et Philippe, pour leur belle résidence d'écriture, berceau de mes créations artistiques et littéraires.

Merci à Leslie, Justine et toute l'équipe de la Justice restauratrice de Nouméa, pour leur accompagnement bienveillant durant la médiation.

Merci à mes ami·e·s pour leurs conseils avisés tout au long de l'écriture de ce livre.

Merci à mes patients qui chaque jour me rappellent la valeur de la Vie.

Je n'oublie pas toutes celles et tous ceux qui ont croisé mon chemin durant ces dernières années, famille, amis, professionnels, inconnus surprenants, auteurs inspirants. Ils font partie de ma bulle de bien-être. Je récolte et récolterai leur semence encore, encore et toujours.

Merci à toutes celles et ceux qui décideront de briser le silence, aussi bien les victimes que les bourreaux.

Merci à vous lectrices et lecteurs. Vous m'êtes connu·e·s ou inconnu·e·s mais vous *êtes*.

Merci de trouver dans nos réalités les initiatives et volontés aussi douces que fortes, aussi sensibles

PARDON MADAME

qu'intelligibles qui féconderont notre Terre d'une utopie sociale réalisable : l'Harmonie.

EN GUISE
D'AU REVOIR

Un cadeau pour vous toutes et tous.

Simplement pour taquiner les logiques formelles et nous rappeler l'attention qu'on peut porter aux histoires des gens comme aux gens sans histoire… À tout moment, ouvrir notre porte à l'étranger, à l'étrangeté, peut provoquer un décalage, un décollage de notre quotidien prégnant handicapant…

Que la surprise soit inspirante et source d'émotions !

Mon cadeau… un coup de foudre.

Luigi « tombe amoureux » une chute heureuse, ou comme lui diraient les peuples pêcheurs « tu es tombé dans le filet d'une pêche miraculeuse »

À toi Luigi !

À vous de communier !

POÈME D'UN CONFINÉ
par
LUIGI ONNI

Voici une histoire vraie, vécue puis retranscrite en agençant les mémoires avec les souvenirs de ce soir d'été sur une île paradisiaque. Je n'y croyais pas, je riais au nez des gens qui utilisaient cette expression en leur assénant des coups de philosophies déterministes. Mais ce soir-là, j'ai dû y croire par la force des choses. Ce soir-là, j'ai vécu un **coup de foudre** et voici cette histoire.

« Je ne distingue plus la plage de la mer dans cette nuit totale. Je peux seulement me fier à la respiration de la mer caressant le sable. Elle projette sa semence à plusieurs mètres en expirant puis, inspire en faisant danser les millions de grains de sable impatients d'obtenir une nouvelle caresse. J'enquille un pied devant l'autre en direction de la lumière vacillante du feu. Les ombres des danseurs fous se projettent sur la falaise comme des peintures rupestres surdimensionnées. J'entends au loin les percussions et les riffs de guitare qui m'introduisent à l'ambiance de ce soir.

Il y a bien trente personnes autour du feu. La musique des instruments se mélange au crépitement du feu. Intimider par tout ce beau monde, je décide d'abord de contempler. Comme un photographe, je cherche à capturer les rires, l'expression des visages joyeux, les dragouilleries.

Sur un coup d'œil fortuit, je croise le regard d'une fille. Elle me regarde intensément. Je bloque. À ce moment-là, c'est comme si je perdais le contrôle de mes yeux pour ne regarder qu'elle. L'espace d'un temps, l'univers s'est éclipsé. Les sons ambiants se sont étouffés. Ma vision s'est resserrée en direction de ses yeux. Trois secondes, elle ne détourne toujours pas le regard. Cinq secondes, son regard s'intensifie. Sept secondes, tout a disparu.

Je suis maintenant sur une plateforme de pierre qui donne sur cascade immense. Derrière moi, un torrent en furie se rue dans le vide en déplaçant des montagnes de gravier sur son passage. Tout autour, des arbres géants s'étendent à perte de vue. Tout est si intense. Je sens le vent qui me pousse de toutes ses forces vers la mort. Je vois chaque goutte d'eau se jeter littéralement dans le vide.

La cascade se déverse beaucoup plus bas dans un grand lac. Il est en forme d'amande. Au milieu, il y a une zone arrondie délimitée par sa couleur, un vif bleu turquoise. Des ruisseaux de lait d'amande acheminent l'eau bleutée à l'extrémité du lac. Je vois la couleur se diluer progressivement en ce blanc mat. La lisière de l'eau est bordée par une ligne d'arbre nu.

Tout cela à l'air de faire partie d'un tout. Un équilibre parfait, le torrent, la cascade, l'eau turquoise, les ruisseaux. Je percute. Ce que j'ai en face de moi n'est d'autre que l'œil de cette fille. Cette couleur, c'est le bleu de ses yeux. Les arbres sont ses cils. La cascade est son pleur. Le torrent est le ruissellement des larmes sur son visage. Finalement, ce perchoir depuis lequel j'assiste à ce spectacle n'est d'autre que ce qui me retient d'y aller, de lâcher prise sur le monde pour plonger dans le fond de ses yeux.

Je me penche. Je suis pris d'un vertige incontrôlable. Je me cramponne de toutes mes forces à ma pierre. Quelque chose m'empêche de sauter. Je ne risque probablement rien mais la violence des éléments me fait reculer. Que faire ? Comment échapper ? Je cris comme si tout cela pouvait m'entendre :

— Stop, je veux partir d'ici !

Brusquement, une vive bourrasque me décolle de ma pierre en m'entraine dans l'aspiration de la cascade. Je n'ai même pas le temps de lutter, ma chute est trop rapide. En moins d'une seconde, je suis de l'autre côté du mur, complètement enseveli, dans un entre-deux aqueux et intangible. Cet instant marque la première étape de mon épopée sous-marine.

Je me laisse porter par des courants tièdes jusqu'à la barrière de corail. Je m'abandonne à la lumière tamisée des méduses fluorescentes. Je m'accroche aux ailerons de dauphins pour atteindre des citées englouties mystérieuse. J'admire la naissance du baleineau en plein océan vert. Les anémones remuent leurs filaments jaunes à mon passage. Je ne sais pas pourquoi mais je sens que je respire. Je respire mieux que d'habitude. Chaque bouffée d'air me donne plus que nécessaire. Trop ? Je ne sais pas, mais cela m'enivre et me fait planer comme un scaphandrier.

Je perçois une lumière au loin qui m'intrigue. Elle paraît plus folle que les autres sources lumineuses des bas-fonds. Elle a quelque chose d'incontrôlable. Je nage vers cette lumière et au fur et à mesure que je m'approche, je comprends que c'est la lumière du feu. Comme une bulle de réalité fade dans tout ce monde fantastique. Elle m'aspire et d'une seconde à l'autre, plus rien. Je suis à nouveau sur la plage. Je regarde autour de moi. J'aimerais raconter à mes amis ce qu'il vient de se passer mais ils ne comprendront pas.

La fille ? Elle n'est plus là. Elle est partie sans rien dire. Comme ce petit courant d'air de la porte entrouverte qui vous caresse délicatement le cou un soir d'été. On veut qu'il reste avec nous éternellement tant il nous fait du bien. Mais il est juste assez lent pour qu'on ait le temps de l'adorer et juste assez rapide pour qu'on soit frustré de son envol. Tout cela s'est passé bien trop vite. Je n'ai même pas eu le temps d'en profiter. Pire, je n'ai même pas eu le temps d'aller la voir.

Mais je crois que j'ai au moins réussi à faire une chose : parler avec mes yeux. En l'espace de sept secondes, j'ai voulu lui raconter l'histoire de sa beauté : de mon admiration pour sa posture féminine, frileuse, les genoux serrés dans ses bras ; des doux traits de son visage qui se dessinent en pétales au rythme des palpitements du feu ; de son rire, évaporé dans l'air qui se destine à qui pourrait bien l'attraper.

Je l'ai attrapée et je l'ai gardée précieusement dans mon cœur. Si elle veut que je lui rende il faudra bien qu'elle se montre demain ».

TABLE DES MATIÈRES

www.ingramcontent.com/pod-product-compliance
Lightning Source LLC
LaVergne TN
LVHW050852200726
843508LV00011B/1991